Jennifer Waschke

Du und ich gegen den Rest der Welt

Das Buch

Die Liebe hebt Lina in die Lüfte, doch die Last auf ihren Schultern wird nie verschwinden

Für Lina bricht eine Welt zusammen, als ihre beste Freundin Maya wegzieht. Sie war ihr Lieblingsmensch, ihr Anker in der Schule und ihr Fluchtpunkt, wenn ihr Vater mal wieder betrunken die Wohnung auseinandergenommen hat. Sie ist die einzige, die von der Alkoholsucht von Linas Vater weiß. Denn Lina will um jeden Preis verhindern, dass das Geheimnis aufgedeckt wird ... Am Tag von Mayas Umzug begegnet Lina Micky, der sie mit seinen strahlenden Augen sofort in den Bann schlägt. Sie genießt das Gefühl von Freiheit und Leichtigkeit, das sie hat, wenn sie mit ihm zusammen ist. Doch die Lüge um ihren Vater steht zwischen ihnen und dann steht eines Tages das Jugendamt vor ihrer Tür. Lina muss eine schwere Entscheidung treffen ...

Die Autorin

Jennifer Waschke wurde 1988 geboren. Aufgewachsen im Kölner Norden lebt sie inzwischen in Dormagen, fühlt sich jedoch noch immer mit Köln verbunden. Sie ist staatlich anerkannte Erzieherin und Sozialarbeiterin und arbeitet in einer Abteilung vom Jugendamt. Seit ihrer frühsten Kindheit schreibt sie Geschichten und träumt davon, ihre eigenen Bücher in den Händen halten zu können. Dabei ist es ihr ein Anliegen, mit ihren Geschichten nicht nur zu unterhalten, sondern auch zum Nachdenken anzuregen.

Jennifer Waschke

Du und ich gegen den Rest der Welt

Roman

FOREVER

Forever by Ullstein
forever.ullstein.de

MIX
Papier aus verantwortungsvollen Quellen
FSC® C083411

Originalausgabe bei Forever
Forever ist ein Digitalverlag
der Ullstein Buchverlage GmbH,
Berlin Juli 2018 (1)

Umschlaggestaltung: zero-media.net, München
Titelabbildung: © FinePic®
Innengestaltung: deblik Berlin
Gesetzt aus der Quadraat Pro powered by pepyrus.com
Druck- und Bindearbeiten: CPI books GmbH, Leck
ISBN 978-3-95818-316-2

Kapitel 1

»Was für ein Scheißtag«, murmelte Lina, während sie den zerdrückten Eierkarton betrachtete. War ja klar, dass ausgerechnet die Einkaufstüte herunterfallen musste, die empfindliches Material enthielt. Der Karton war bereits durchgeweicht und flutete die Äpfel darunter mit Eierglibber. Widerlich.

Lina stampfte frustriert mit dem Fuß auf und schloss dann endlich die Haustür auf. Beim nächsten Mal würde sie die Tüten abstellen, bevor sie versuchte, mit dem Schlüssel das Schlüsselloch zu treffen.

Sie sammelte die auf dem Boden liegenden Lebensmittel zusammen und betrat dann die Wohnung. Sofort roch sie den altbekannten Mief, der ihr jedes Mal aufs Neue Kopfschmerzen bereitete. Eine Mischung aus abgestandenem Bier, Zigaretten und Schweiß. Jeden Tag dieselbe ekelerregende Duftmischung. Der Fernseher lief, und die Rollläden waren heruntergelassen, obwohl draußen die Sonne schien und es heller Tag war. Lina hievte die Tüten in die Küche und schaute sich um. In den acht Stunden, in denen sie in der Schule und beim Einkaufen gewesen war, hatte ihr Vater ganze Arbeit geleistet. Er hatte sich Nudeln gekocht. Nudeln und Tomatensoße waren überall verteilt. Das benutzte Geschirr stand in der Spüle, daneben unzählige Bierflaschen – teilweise leer, aber einige hatten noch Reste, als habe ihr

Vater sie auf der Hälfte vergessen. Vermutlich war er zwischenzeitlich eingeschlafen. Lina kannte das schon.

Angewidert ließ sie die Rollläden nach oben, riss ein Fenster auf und atmete die warme Frühlingsluft ein, die ihr entgegenwehte. Dann begann sie, die Einkäufe auszupacken, bis nur noch die beschädigte Eierpackung übrig blieb. Nach der verpatzten Deutscharbeit war das Chaos das Letzte, was sie brauchte. Ihre Laune war doch ohnehin schon im Keller. Frustriert schmiss sie den Karton in einen Müllbeutel und pfefferte einige der leeren Bierflaschen dazu, die laut scheppernd im Beutel landeten. Es war schade um das Pfand, aber Lina schämte sich für die leeren Flaschen zu sehr, als dass sie das Geld einlösen würde. Alleine die Vorstellungen von den Blicken und dem Getuschel der Leute bereiteten ihr Unbehagen.

»Lina? Bist du das?«, lallte ihr Vater schläfrig.

Lina hörte ihn im Wohnzimmer husten, als würde seine Lunge laut protestieren. In Wahrheit war es aber sicherlich sein ganzer Körper, der diesem Alltag, bestehend aus Alkoholexzessen, langsam nicht mehr standhielt.

»Ja, Paps. Ich bin's«, rief Lina und sah durch die Tür, die ins Wohnzimmer führte. Ihr Vater lang im Dunkeln vor dem Fernseher, in einer dicken Rauchschwade, die den ganzen Raum umhüllte.

»Warum machst du denn so einen Krach?«, fragte ihr Vater verärgert und richtete sich keuchend auf. »Ich will schlafen.«

Lina knibbelte an ihren Fingernägeln. »Paps, es ist fünf Uhr nachmittags. Willst du nicht lieber mal an die frische Luft gehen?«, fragte sie hoffnungsvoll.

Ihr Vater ließ seine Hand auf den Couchtisch knallen, sodass Lina erschrocken zusammenfuhr. »Sag du mir nicht, was ich tun soll. *Ich* bin hier der Vater, verstanden?«

»Schon klar, Paps.« Lina seufzte kapitulierend. »Mach, was du willst«, fügte sie leise hinzu und lief in ihr Zimmer.

Wenn er wie ein Vater behandelt werden wollte, musste er sich endlich mal wieder wie einer benehmen, dachte sie sauer. Sie war es leid! Ständig war er nur besoffen und verschlief den ganzen Tag. Manchmal kam es Lina vor, als sei sie nicht seine sechzehnjährige Tochter, sondern sein Hausmädchen, das ihm alles hinterherräumte. Sie kochte, sie putzte und kaufte ein – nur damit der Laden hier lief ... und weil sie ihren Vater liebte ... trotz allem.

Das Trinken war mittlerweile schon ein jahrelanges Problem von ihm, das die Erinnerungen an seine frühere, fürsorgliche Art immer mehr verblassen ließ. Die Vaterfigur aus Linas Kindheit war nichts als ein Geist der Erinnerung.

In Linas Hals sammelte sich ein Kloß, während sie an früher dachte: als ihre Mutter noch da gewesen und alles einfacher gewesen war. Sie waren eine Familie – vielleicht keine glückliche, aber immerhin eine Familie. Seit ihre Mutter mit dem neuen Typen abgehauen war und werweißwo lebte, war diese Familie nicht mehr vorhanden. Ihr Vater hatte sich daraufhin im Alkohol verloren. Er hatte seinen Führerschein abgeben müssen und letztendlich seinen Job nicht mehr behalten können. Ein Lkw-Fahrer ohne Führerschein war eben nicht haltbar für eine Firma. Bewerbungen für neue Jobs hatte er gar nicht erst abgeschickt. Seine Alkoholfahne roch man ohnehin schon auf drei Meter Entfernung, und das würde jedem potenziellen Arbeitgeber ebenfalls auffallen.

Lina schien sich als Einzige in dieser Wohnung daran zu stören, dass ihr Vater von Hartz IV lebte und das ohnehin knappe Geld für Zigaretten und Alkohol ausgab, während Lina jeden Cent umdrehte, um Essen für sie beide zu kaufen. Aber darüber nachzudenken änderte nichts. Ihr Vater änderte sich nicht. Lina konnte nur zusehen, es durchstehen und hoffen, dass es irgendwann besser werden würde. Zurzeit wurde alles nur noch schlimmer.

Ihre Gedanken schweiften zu ihrer besten Freundin Maya. Seit dem Kindergarten waren sie befreundet, und Maya war die Einzige, die in Linas Probleme eingeweiht war. Nachbarn und Mitschüler streuten manchmal Gerüchte, besonders im Sommer, wenn ihr Vater betrunken auf irgendwelchen Plätzen auftauchte oder wenn er sich wieder neuen Alkohol im Kiosk nebenan besorgte. Aber die ganze Wahrheit kannte nur Maya.

Sie war Linas Fels in der Brandung und schaffte es, dass Lina wegen dieser häuslichen Zustände keine Ausraster bekam. Doch dieser Fels war zum Untergehen verurteilt. Nur noch sechsunddreißig Stunden bis Samstag – und dann würde Maya fortziehen, weil ihre Mutter einen doofen neuen Job in einer doofen neuen Stadt bekommen hatte.

Natürlich gab es Handys, das Internet und Züge, um in Kontakt zu bleiben. Aber es würde einfach nicht mehr dasselbe sein. Lina wusste noch nicht, wie sie ohne Maya weitermachen sollte.

Lina ließ sich mit dem Rücken gegen das Bett sinken, vollkommen genervt von den Matheaufgaben vor ihr. Nach der beschissenen Deutscharbeit musste das mit Mathe wirklich klappen. Sie hatte in Deutsch einfach ein Blackout gehabt. Alles, was sie gelernt hatte, war wie ausradiert gewesen. Was das für ihr Zeugnis bedeuten würde, wollte sie sich noch gar nicht ausdenken. In Mathe musste es einfach besser laufen, auch wenn sie keine Ahnung hatte, wie sie diese quadratischen Gleichungen angehen sollte. Ihr Kugelschreiber war vor Frustration längst in einer Ecke gelandet.

Sie hatte sich angewöhnt, auf dem Boden zu lernen, weil sie auf dem Bett zu sehr damit beschäftigt war, in die Kissen zu versinken und müde zu werden. Einen Schreibtisch hatte Lina nicht, weil ihr Zimmer lediglich die Größe eines Schuhkartons hatte – gefühlt zumindest.

Gedankenverloren spielte sie mit ihrem rotblonden Haar. In der letzten Zeit war es gewachsen und ging ihr nun bis zur Brust. Am Wochenende hatte Maya ihr die Haarspitzen grün gefärbt, passend zu Linas Augen, die farblich an das Grün einer Wiese erinnerten. In der Schule hatte sie mit diesen grünen Haarspitzen einige neugierige Blicke geerntet, aber die bekam sie wegen ihrer Klamotten ohnehin ständig.

Wenn man Linas Aussehen eine Überschrift hätte geben müssen, wäre eine Punk-Prinzessin das richtige Wort gewesen. Konkret hieß das Springerstiefel, Bandshirts, die in ihre taillierten Röcke gesteckt waren, und eben bunte Haarsträhnen. Ihr Nasenpiercing nicht zu vergessen, das sie sich zu ihrem sechzehnten Geburtstag hatte stechen lassen.

Lina liebte es, sich individuell zu kleiden. Die schrillen Sachen waren eine gelungene Abwechslung zu ihrem sonst oft tristen Leben, und sie mochte die Schublade, in die sie deswegen oft gesteckt wurde. Auch wenn es in dieser Schublade mitunter etwas einsam werden konnte, wenn die beste Freundin, die mit ihr dort drin war, wegzog und sie alleine ließ.

Lina rutschte einmal hin und her, um sich wieder in Position zu bringen und sich auf Mathe zu konzentrieren. Sie musste sich wirklich zusammenreißen. Sie schaffte es, eine halbe Stunde zu lernen und endlich einen kleinen Aha-Effekt zu erhaschen, bevor ein lautes Scheppern und Poltern sie hochschrecken ließ.

»Paps, ist alles in Ordnung?«, rief sie und riss ihre Zimmertür auf.

Ihr Vater hatte eine Stehlampe umgerissen und lag verwirrt

auf dem Fußboden, scheinbar nicht fähig zu rekonstruieren, was geschehen war.

»Was machst du denn?«, schimpfte Lina und half ihrem Vater auf, damit er sich nicht an den Glasscherben schnitt, die wohl von der kaputten Glühbirne stammten. Ihr Vater schwankte und klammerte sich an Linas Arm, bis es wehtat.

»Weiß auch nicht, was das war. So viel Krach ... wollte zum Kühlschrank«, lallte er und wurde von einem Schluckauf geplagt.

»Setz dich«, forderte Lina und manövrierte ihn sachte auf einen der Küchenstühle. »Du hast genug Bier getrunken. Und im Kühlschrank ist keins mehr.« Sie begann die Scherben aufzukehren, während ihr Vater sie ansah, als habe man einem Kind seine Süßigkeiten geklaut.

»Nichts mehr da? Aber ... nein ... da war doch noch ...« Er schien wahrlich verwirrt.

»Du hast alles ausgetrunken. Wirklich.« In Linas Stimme klang Verbitterung mit, aber ihr Vater hörte es nicht. Natürlich nicht. Er nahm ja kaum wahr, wo er sich befand.

Plötzlich stemmte er sich auf den Tisch und machte Anstalten aufzustehen. »Kiosk«, murmelte er, und Lina legte das Kehrblech zur Seite.

»Paps, du hattest genug. Du solltest wirklich schlafen gehen«, sagte sie bestimmt und legte ihm eine Hand auf die Schulter. Es war noch etwas früh, um ins Bett zu gehen, aber da sich ihr Vater ohnehin nicht an feste Schlafenszeiten hielt, war es egal. Alles war besser, als dass er loszog, um sich einen neuen Alkoholvorrat zu kaufen. Ihr Vater schaute sie an, schaffte es aber offensichtlich nicht, sie zu fixieren.

»Vielleicht eine gute Idee«, murmelte er schließlich und ließ sich von Lina zur Couch führen.

Sie hatten extra ein Schlafsofa gekauft, damit Lina ihr eigenes

Zimmer haben konnte. Der Plan war gewesen, das Sofa jeden Abend auszuziehen und tagsüber das Bettzeug im Kasten darunter zu verstauen. Aber dazu war es nie gekommen. Die Couch blieb ausgezogen, das Bettzeug darauf. Ein Chaos, genau wie die ganze Wohnung, von Linas Zimmer einmal abgesehen. Dort bemühte sie sich zumindest um eine Grundordnung, auch wenn es durch die geringe Größe und ihre bunt zusammengewürfelten Sachen ziemlich chaotisch wirkte. Es war eng, zugestellt, und die Wände waren mit Postern und Fotos behangen, damit man die langweilige weiße Farbe darunter nicht sehen konnte. Lina mochte es gerne farbig und bunt. Für weiße, kalte Wohnräume hatte sie nichts übrig.

Sie beseitige die Spuren ihres Vaters, weichte die Töpfe ein und brachte die Glasscherben in die Mülltonne vor dem Haus, bevor sie sich wieder ans Lernen machte. Doch ihre Gedanken schweiften immer wieder zu der Ungerechtigkeit ab, die sie zu übermannen drohte. Wegen ihrem Vater, wegen Maya – irgendwie wegen allem. Es war deprimierend, wie schlecht alles lief.

Kapitel 2

Am Freitagnachmittag streifte Lina durch den Schulflur und musterte ihre Mitschüler, die sich alle auf ihr Wochenende freuten. Es war merkwürdig, wie sehr alle ihr Leben genossen, gar nicht wissend, dass Lina das schlimmste Wochenende überhaupt bevorstand. Niemand schien sich dafür zu interessieren, dass Maya den letzten Tag nicht mehr in der Schule war und auch nie wieder dieses Gebäude betreten würde. Keinem schien es wichtig, dass sie wegzog. Keinem außer Lina.

Sie fühlte sich einsam, während die anderen Schüler in Grüppchen liefen und plauderten. Ein bitterer Vorgeschmack auf die nächsten Wochen, Monate, das ganze Jahr. Kaum, dass sie daran dachte, sammelten sich Tränen in Linas Augen. Aber sie durfte noch nicht weinen. Noch war Maya da. Sie atmete tief ein und aus und versuchte sich zu beruhigen. Dann schulterte sie ihre schwarze Umhängetasche, an der verschiedene Buttons und Aufnäher angebracht waren, und verließ die Schule.

Bis zu Maya hatte sie es nicht weit. Ihre Wohnung befand sich zwei Querstraßen hinter der Schule, in einer freundlichen Wohnsiedlung mit gepflegten Vorgärten und Straßenkreide auf dem Boden. Es erinnerte Lina an die Gegend, in der sie früher mit ihren Eltern gewohnt hatte. Die jetzige Wohnung war in einem weniger schönen Viertel – ein heruntergekommenes Mehrfamilienhaus, direkt neben einem großen Hochhaus. Aber dafür waren die Mieten dort billig, und die meisten Wohnungen, wie auch die von Lina und ihrem Vater, standen als Sozialwohnungen zur Verfügung.

Lina sah betrübt auf den Umzugswagen, der in der Einfahrt stand, und klingelte schließlich an der Haustür. Sie versuchte innerlich eine Mauer aufzubauen, um nicht zu emotional zu reagieren, aber als Maya die Tür öffnete und Lina ihre Freundin umarmte, blieb ihr vor Trauer beinahe die Luft weg. Sie versuchte jede Sekunde der Umarmung auszukosten, und so verharrten die beiden Freundinnen viel länger in ihrem Begrüßungsritual als normalerweise.

»Ist alles in Ordnung? Wie war Deutsch?«, fragte Maya und löste sich aus der Umarmung.

Lina seufzte frustriert. »Hab's voll verhauen. Was sonst.«

Maya tätschelte tröstend ihre Schulter und schob sie dann sanft in ihr Zimmer, nur dass es gar nicht mehr an Mayas Zimmer erinnerte. Es war kahl, nichts hing an den Wänden, und außer einem Sitzkissen und einer Matratze waren auch keine Möbel mehr darin. Einige Umzugskartons standen noch geöffnet auf dem Fußboden.

»Sieht ... leer aus«, kommentierte Lina und sah Maya betrübt an.

»Schon ein Unterschied zu der Unordnung, die hier sonst immer zu finden ist, oder?«

Maya war die chaotischste Person, die Lina kannte. Sie hatte ein Talent dafür, ihre Sachen wild im Zimmer zu platzieren. Lina hatte einmal einen BH an einer Lampe gefunden und war in schallendes Gelächter verfallen, als sie sich vorgestellt hatte, wie er wohl dort hinaufgekommen war.

»Es ist echt verrückt«, sagte Maya und ließ sich auf die

Matratze fallen. »Seit Wochen schon packe ich Kartons und spreche davon, dass ich wegziehe. Aber erst heute ist alles so real geworden. Jetzt, wo das meiste schon im Transporter ist. Bis gestern Abend konnte ich mir noch einreden, es wäre nur ein böser Traum.«

Lina setzte sich neben Maya und betrachtete eingehend ihre Freundin. Ihre haselnussbraune Haut und ihre schwarzen Afrolocken, die sie zu zwei hohen Knödeln zusammengerafft und mit bunten Bändern geschmückt hatte. Maya liebte Sachen in Neonfarben, die sie gerne mit schwarzer Kleidung kombinierte und damit noch farbenfroher aussah als Lina. Insgeheim bewunderte sie, wie sehr Maya diese bunten Farben standen, wo Lina mit ihrem hellen Teint nur wenige der knallbunten und grellen Farben tragen konnte.

Sie wollte ihre Freundin nicht gehen lassen. Traurig ließ Lina ihren Kopf auf Mayas Schulter fallen. Das alles war noch so unwirklich, insgeheim hoffte sie noch, aus einem Albtraum zu erwachen. Aber so war es nicht. Dies war die bittere Realität.

»Aber es stimmt, oder?« Linas Stimme klang verletzlich. »Morgen um diese Zeit bist du schon auf dem Weg nach Stuttgart.«

»Ich schätze schon, Süße.«

»So eine Scheiße.«

»Kannst du laut sagen.« Maya strich sanft über Linas Handrücken. »Ich werde dich ziemlich vermissen.«

Eine Weile saßen die Mädchen auf der Matratze und sagten nichts, sondern ließen den Moment auf sich wirken. Sie genossen die Zweisamkeit, die schon bald auseinandergerissen werden würde.

Lina machte sich Sorgen, wie ihre Freundschaft sich entwickeln würde, wenn Maya 350 km entfernt wohnen würde. Seit der

Grundschule hatten sie jede freie Minute miteinander verbracht. Mehrmals wöchentlich trafen sie sich, telefonierten und schrieben jeden Tag, und Lina schlief regelmäßig bei ihrer Freundin – immer dann, wenn es ihr zu Hause wieder zu viel wurde. Eigentlich waren sie mehr wie Schwestern, dies hier war Linas Ersatzfamilie. Eine Familie, die sie so dringend brauchte.

Frau Kingsmann wusste nichts Genaues über Linas Probleme zu Hause, aber sie wusste, dass Lina nicht gerne dort war. Das war das Gute an ihr, sie stellte niemals Fragen. Stattdessen kümmerte sie sich liebevoll um Linas Wohl, kochte und backte für die Mädchen und ließ es zu, dass Lina weit mehr Zeit in ihrer Wohnung verbrachte, als es für eine normale Freundin der Tochter üblich wäre. Lina war so unfassbar dankbar für die ganzen Jahre, in denen dies ihr Schutzraum gewesen war. Und sie verstand ja auch, dass die berufliche Karriere vorging und Stuttgart eine wahnsinnige Chance für Mayas Mutter darstellte, die dort eine leitende Position in der Marketingabteilung einnehmen würde. Aber es änderte nichts an dem dicken Kloß in Linas Hals, der sich seit der Verkündung festgesetzt hatte. Es war nicht nur die Tatsache, dass sie nun auf sich alleine gestellt sein würde … es war vor allem auch der Kummer um die Familie, die sie verlieren würde. Und das, obwohl sie den Verlust ihrer eigentlichen Familie noch immer nicht verdaut hatte. Auch nach all den Jahren nicht.

»Bereit für einen letzten Spieleabend? Wir haben die Kiste mit den Brettspielen extra noch nicht in den Transporter gepackt.« Maya strahlte Lina an. Auch den Optimismus ihrer Freundin würde sie vermissen.

Im Laufe der Jahre hatten sie sich angewöhnt, einmal im Monat einen gemeinsamen Spieleabend zu machen. Dabei aßen sie tonnenweise Schokolade oder bestellten Pizza und zogen sich hinterher damit auf, wer gewonnen und verloren hatte. Früher war es das Ritual von Maya und ihrer Mutter gewesen, aber sie hatten Lina bereitwillig in dieses Ritual eingebunden. Selbst jetzt noch, in einer Zeit, in der Lina und Maya immer mehr unter sich waren und sich in Mayas Zimmer zurückzogen, verzichteten sie nicht darauf. Zu wichtig waren ihr solche familiären Momente, die sie zu Hause niemals bekam.

»Ein letztes Mal Salamipizza?«, fragte Maya und nahm ihr Smartphone in die Hand. Auf Linas Zustimmung rief sie beim Pizzaboten an. Frau Kingsmann baute in der Zwischenzeit das erste Brettspiel auf und verteilte die Snacks, die nicht wie sonst in kleine Schüsseln umgepackt, sondern direkt aus der Tüte gegessen wurden.

Sie schafften eine Runde *Tabu* und eine Runde *Monopoly*. Lina gewann das zweite Spiel, aber sie konnte sich nicht richtig darüber freuen. Als es draußen dämmerte und Maya immer wieder gähnte, wusste sie, dass die Zeit gekommen war, sich zu verabschieden. Aber Lina fühlte sich nicht bereit, wusste, dass sie sich ohnehin nie bereit fühlen würde für diesen Schritt. Ein großer Teil von ihr schrie danach, sie anzuflehen, nicht nach Stuttgart zu gehen, oder sie wenigstens mitzunehmen. Weil sie hier in den letzten Jahren ihre glücklichsten Stunden verbracht hatte. Hier war ihr zu Hause, nicht bei ihrem Vater. Sondern bei dieser Familie hier. Sie würde so gerne mit nach Stuttgart, aber der Gedanke an ihren Vater hielt sie zurück. Weil sie ihn nie zurücklassen könnte. Er brauchte sie. Und auf eine verquere Art und Weise brauchte sie ihn wohl auch.

»Komm uns gerne sooft du willst in Stuttgart besuchen«, sagte Frau Kingsmann. »Unsere Tür steht immer offen für dich.« Sie schloss Lina in ihre Arme. »Pass auf dich auf«, ergänzte sie und ließ Lina hart schlucken und Tränen in ihr aufsteigen. Sie versuchte, ihre gesamte Dankbarkeit in ihre Umarmung zu legen.

Lina konnte gar nicht in Worte fassen, wie viel ihr diese Frau bedeutete und wie viel sie ihr in den letzten Jahren geschenkt hatte.

Dann wandte sich Lina Maya zu, die bereits angefangen hatte zu weinen. Es zerbrach Lina das Herz.

»Versprichst du mir, dich sofort zu melden, wenn ihr angekommen seid?«, fragte Lina. Nun konnte auch sie die Tränen nicht mehr zurückhalten. Die Trauer, die sich in den letzten Wochen angesammelt hatte, floss nun ungehindert über ihre Wange.

»Mache ich sofort«, antwortete Maya und schluchzte auf.

»Melde dich oft, okay?«, fragte Lina und umarmte Maya.

Maya nickte und vergrub ihr Gesicht in Linas Haaren. Eine Weile standen sie so da und ließen ihrem Kummer freien Lauf.

Dann löste sich Lina, sah Maya ein letztes Mal in ihr tränenverschmiertes Gesicht, das nun von zerlaufener Wimperntusche gezeichnet war. Sie fuhr Maya noch einmal mit ihrer Hand über die Wange, um einige der Tränen wegzuwischen. Und dann ging sie und schloss die Haustür hinter sich. Lina hoffte, dass die Tür der Freundschaft sich nicht ebenso schließen würde.

Kapitel 3

Danach streifte Lina durch die Straßen. Jetzt wo ihre Ersatzfamilie weg war, fühlte sie sich orientierungslos. Sie wollte nicht nach Hause gehen, aber sie wusste auch nicht, was sie sonst tun sollte. Es war bereits dunkel, und sie begegnete Grüppchen von lachenden und schnatternden Leuten. Der Anblick der Partykleidchen-Mädchengruppen, die sich untergehakt hatten und eine Sektflasche in der Hand hielten – bereit, gemeinsam die Nacht unsicher zu machen – zog Lina zusätzlich herunter. Gerne wäre Lina auch in Partystimmung gewesen, um ihren Freitag und ihr Wochenende zu genießen. Stattdessen geisterte sie alleine durch die Straßen, mit dem Wissen, dass zu Hause ein betrunkener Vater auf sie wartete. Freitags war sein Zustand oft am schlimmsten. Dann traf er sich gerne mit einigen seiner Saufkumpanen am Rathausplatz, um gemeinsam zu trinken. Und Lina wusste aus Erfahrung, dass es dann nicht nur bei ein paar Bier blieb.

Lina hielt an und atmete die kühle Frühlingsluft ein. Sie wusste, was sie wollte: Sie wollte ihre Probleme für einen Abend vergessen, sich keine Sorgen um ihren Vater machen und nicht nach Hause gehen, um wieder sein Kindermädchen zu spielen. Und sie wollte auch nicht die Trauer wegen Maya an sich heranlassen. Noch nicht. Sie wollte ebenso freudig durch die Straßen ziehen wie die an ihr vorbeikommenden Menschen und den Freitagabend genießen – mit leerem Kopf und ohne all den Ballast, der sie herunterdrückte.

Kurz entschlossen wechselte Lina die Richtung und hielt vor einem beleuchteten Kiosk. Eine kleine Stimme in ihrem Kopf flüsterte ihr zu, dass sie ganz die Tochter ihres Vaters war, als sie sich zwei Bierflaschen kaufte und stolz war, nicht ihren Personalausweis zeigen zu müssen.

Lina steckte eine der Bierflaschen in ihre Tasche und öffnete die zweite mit einem lauten Zischen, ehe sie das Bier ansetzte und herunterkippte. Der Geruch erinnerte sie unangenehm an ihren Vater, und der Geschmack war etwas zu bitter für ihre Vorlieben, aber mit jedem Schluck wurde die kleine Stimme in ihrem Kopf leiser, sodass sie weitertrank. Mit der Flasche in der Hand stieg sie die Treppen der U-Bahn hinunter. Ihr Plan stand fest: Sie würde heute all ihre Sorgen vergessen, für diesen einen Abend. Sie würde trinken, tanzen, Spaß haben und vergessen, dass sie alleine war.

Das *Pink* war gut besucht. Es war ein kleiner, alternativer Club aus der Punkrockszene, der in einer alten Fabrikhalle aufgezogen worden war. Hier spielten am Wochenende Newcomer-Bands aus der Umgebung, und manchmal fanden hier kleinere Festivals statt.

Lina kannte den Laden bislang nur aus Erzählungen, weil man erst mit sechzehn dort hineingelassen wurde. Maya und sie hatten immer vorgehabt, gemeinsam dorthin zu gehen, aber der Umzug und das Leben waren dazwischengekommen.

Lina schüttelte entschlossen den Kopf. Sie musste aufhören, an Maya zu denken, wenn sie ihren Plan in die Tat umsetzen wollte. Die zwei geleerten Bierflaschen hatten ihren Kopf bereits in angenehme Watte gepackt, aber es schien noch nicht zu reichen, um vollständig abschalten zu können.

Im Laden hatte die erste Band zu spielen begonnen, und der Bass dröhnte durch die kleine Halle. Lina sah sich um. Die Tanzfläche vor der Bühne war in rotes Licht getaucht. Der Rest lag im Dunkeln, was die Orientierung erschwerte. Trotzdem bemerkte Lina, dass ihr der Laden gefiel. Nicht nur die Musik, sondern auch die Leute um sie herum. Die anderen Mädchen hier trugen ihre punkige Kleidung nicht mit verspielten Accessoires wie Lina, die einen roséfarbenen Tüllrock, schwarze Springerstiefel sowie ein bauchfreies Bandshirt von der Band *Broilers* trug und alles mit langen Ketten und Schleifen-Ohrringen aufgepeppt hatte. Aber trotzdem war ihr Stil ebenso bunt und verrückt wie der der anderen.

Obwohl Lina alleine an der Theke stand, um der Band zu lauschen und sich ein neues Bier zu kaufen, fühlte sie sich mit einem Mal nicht mehr so einsam wie zuvor.

Lächelnd trank sie ihr Bier und wippte mit dem Fuß zum Takt der Musik. Dabei beobachtete sie eine Gruppe Mädchen, die sie gerne angesprochen hätte, um neue Bekanntschaften zu schließen. Aber Lina traute sich nicht. Sie war nicht geübt darin, Kontakt zu finden. Keine Ahnung, wie sie jemanden ansprechen sollte. Außerdem hatte sie zu viel Angst vor einer Abfuhr, die dann wiederum ihren sorgenfreien Abend zerstören würde.

Lina nahm einen großen Schluck und stellte ihre Flasche ab. Immerhin tanzen konnte sie, dafür musste sie nicht kontaktfreudig sein. Sie straffte ihre Schultern und ging zur Tanzfläche. Dort tanzten und pogten bereits einige Leute, und Lina mischte sich in die Menge, um der Musik zu verfallen. Mit Maya hatte sie alle Folgen *Greys Anatomy* gesehen, bei denen Meredith Grey und Cristina Yang immerzu ihre Gefühle herausgetanzt hatten, wann immer sie etwas bedrückte. Lina war seitdem der Meinung, dass Tanzen einen von Problemen befreite, weil es dabei half, die Emotionen herauszulassen. Und in Lina tobten Emotionen im Überfluss, die alle herausgetanzt werden mussten.

Die Lichtanlage, das Gefühl der Anonymität auf der Tanzfläche und die Musik schafften es, Lina mitzureißen. Sie schloss ihre Augen und konzentrierte sich nur auf sich und ihre Bewegungen und auf die Energie, die durch ihren Körper drang. Lina tanzte und tanzte. Der Schweiß sammelte sich bereits auf ihrem Rücken, und sie spürte die Wärme unter ihren Haaren, doch das war ihr egal. Sie könnte noch stundenlang so weitermachen.

Der Bass dröhnte in ihrem Magen, und die Farben verschwammen vor ihren Augen, während sie sich der Musik hingab. Die Gitarre war aggressiv, ganz nach Linas heutiger Stimmung. Der Alkohol berauschte ihre Sinne, und sie fühlte sich frei und ungezwungen, genau wie es ihr Plan gewesen war. In diesem Moment spürte sie, dass die Leute bei Greys Anatomy recht hatten. Tanzen half. Sie fühlte sich gut, viel leichter. Lina drehte sich im Takt der Musik und schwang ihre Arme nach oben. Dabei bewegte sie ihre Hüften.

Bis sie sich aufhörte zu drehen, die Welt jedoch weiter in Kreisen an ihr vorbeizog und scheinbar noch nicht mitbekommen hatte, dass sie die Drehungen gestoppt hatte.

Lina wurde schwindelig. Sie fasste sich an den Kopf, um ihn dazu zu bringen, mit dem Drehen aufzuhören. Aber es klappte nicht. Sie begann zu taumeln und spürte förmlich, wie ihr das Blut aus dem Gesicht wich. Sie versuchte, den Ausgang zu sehen. Auf einmal war sie sicher, dass sie frische Luft brauchte. Aber sie konnte nicht erkennen, wo sie hinmusste. Die Welt drehte sich immer noch, als eine Hand sie an der Schulter packte. Mit sicherem Griff hielt diese Hand Lina fest und gab ihr Halt.

»Alles in Ordnung bei dir? Du bist etwas blass um die Nase«, sagte eine männliche Stimme, und Lina fuhr mit dem Kopf herum. Schlagartig wurde ihr wieder schwindelig.

»Komm«, sagte der Junge und drückte sie sanft Richtung Ausgang. »Ich glaube, du brauchst kurz etwas frische Luft.«

Er führte Lina zum Ausgang, wo sich einige der Leute zum Rauchen trafen. Der beißende Zigarettengeruch fuhr Lina in die Nase, was sie schmerzhaft an ihren Vater erinnerte. Der Junge, nach wie vor seine Hand an Linas Schulter, schob sie fort, weg von den Rauchern und von der dröhnenden Musik, die durch die Tür drang.

Hier war die Luft besser – kühl und rein –, und Lina nahm einen großen Atemzug, der den Nebel, der ihre Sinne fest im Griff hatte, ein wenig lichtete. Dann setzte sie sich auf eine Mauer, war jedoch kurz davor, das Gleichgewicht zu verlieren.

»Langsam, kleine Saufnase«, sagte der Junge und stützte sie ab, damit sie nicht rücklings die Mauer hinunterfiel.

»Ich bin keine Saufnase«, murmelte Lina und funkelte den Jungen böse an, der sich neben sie gesetzt hatte.

Trotz des Alkohols entging Lina nicht, wie attraktiv er war. Er trug ebenfalls Springerstiefel und ein Bandshirt, wenn auch von einer Band, die Lina nicht kannte. Sie starrte auf das Shirt, fest entschlossen, sich den Namen der Band zu merken, um sie sich später anzuhören, aber ihr betrunkener Zustand behinderte ihre Merkfähigkeit. Der Junge hatte etwas längere braune Haare, und trug einen Sidecut auf der rechten Seite.

Lina ließ ihren Blick über sein Gesicht gleiten, über die schokoladenfarbenen Augen, die spitze Nase und die kleinen Bartstoppeln an Wangen und Kinn.

»Wow«, sagte Lina und gaffte ihn weiter ungeniert an.

Der Junge grinste frech. »Wow? Was beeindruckt dich denn so?«

»Du bist wow.« Hatte sie das gerade wirklich gesagt?

Der Junge räusperte sich. »Das ist gut zu wissen, wo du mir schon aufgefallen bist, seit du reingekommen bist.«

Hatte *er* das gerade wirklich gesagt? Oder war Lina so betrunken, dass sie sich den Satz nur eingebildet hatte?

Sie blinzelte einmal und versuchte ihren Kopf wieder klar zu bekommen, um sich besser auf den Jungen konzentrieren zu können. Aber das Bier hatte sich in ihrem Kopf festgesetzt.

»Wir sollten dich wohl zunächst wieder etwas nüchtern kriegen, bevor wir diese ganze Du-bist-mir-aufgefallen-Sache vertiefen.« Er grinste und zeigte kleine Grübchen. »Ich hole dir ein Wasser. Lauf nicht weg.«

Lina nickte brav und sah zu, wie der Junge ins *Pink* verschwand. Ihre Gedanken überschlugen sich so schnell, dass ihr drohte wieder schlecht zu werden. Wer war er, wie hieß er, und wieso war sie ihm aufgefallen? Und das Wichtigste: Würde er wirklich wiederkommen? Lina hoffte es. Und das war der einzige Gedanke, der vollkommen klar war.

Kapitel 4

Mit jeder Sekunde, in der Lina auf den mysteriösen Jungen wartete, wurde ihr Kopf ein wenig klarer. Die frische Luft tat ihr gut und vertrieb den Nebel in ihrem Gehirn.

Sie dachte schon, in ihrem alkoholisierten Zustand habe sie sich den Jungen nur eingebildet, als er endlich aus dem Eingang vom *Pink* trat und auf sie zukam. Er hielt zwei Gläser Wasser in den Händen und lächelte ihr entgegen.

»Alles gut?«, fragte er und reichte Lina eins der Gläser, das sie gierig leerte. Seine Augen wurden groß. »Wow, wenn du eben beim Bier auch so einen Zug draufhattest, verstehe ich, wieso du so betrunken bist.«

»Ich bin nicht betrunken, nur ein bisschen angeheitert.«

Der Junge setzte sich neben Lina und zog eine Augenbraue in die Höhe. »Angeheitert?«, wiederholte er ihre Worte und schüttelte lachend den Kopf. »So nennst du das also?«

Lina stellte das leere Glas neben sich und drehte sich zu ihm. Sie war noch immer benommen, aber immerhin wieder so weit Herrin ihrer Sinne, dass sie ihrem Körper befehlen konnte, sich aufzurichten, ohne hintenüber zu kippen.

Sie betrachtete den Jungen, der gerade an seinem Wasserglas nippte, neugierig von der Seite.

»Wer bist du?«, platzte es aus ihr heraus.

»Wer bist *du?*«, fragte er zurück.

»Ich bin Lina.«

Er musterte sie eingehend, und Lina wurde plötzlich nervös. Sie hatte eben bei Maya so viel geweint, dass sie sicherlich furchtbar aussah. Sie hatte seitdem nicht einmal überprüft, ob ihre Wimperntusche ebenso verlaufen war wie die von Maya. Unsicher strich Lina ihren Rock glatt.

»Ich bin Micky.«

»Micky«, wiederholte sie leise. »Wie Micky Maus?«

Er ließ ein lockeres Lachen hören. Lina mochte den Klang. »Wenn du an Micky Maus denkst, ist das nicht sehr schmeichelhaft.«

»Aber jeder mag doch Micky Maus.«

»Mhm, okay. Aber es ist für einen Jungen trotzdem kein wirkliches Kompliment, auch wenn ich diesen Vergleich oft höre. Micky ist nur mein Spitzname, eine Abkürzung für Michael.«

»Michael klingt langweilig. Micky passt besser zu dir«, überlegte Lina laut, während sie seinen Kleidungsstil betrachtete. Ein gewöhnlicher Name wie *Michael* passte nun wirklich nicht dazu.

»Woher weißt du denn, dass ich kein Langweiler bin?«, fragte Micky, und seine Stimme wurde butterweich, sodass Linas Herz einen Satz machte.

»Ich weiß es einfach.« Lina schluckte schwer, ihr Hals fühlte sich trocken an.

Die Stimmung zwischen ihnen hatte sich verändert und war wieder an dem Punkt angelangt, bei dem Lina ihn nur anstarren und erneut *wow* sagen konnte. Bei Micky schienen ihre kommunikativen Fähigkeiten außer Kraft gesetzt, und sie wurde zum Strohkopf.

»Ich habe so das Gefühl, dass wir wieder bei dem Du-bist-mir-aufgefallen-Thema sind«, sagte Micky sanft, und sein Blick ließ

Linas Sinne wieder benebeln, so sehr zogen seine braunen Augen sie in seinen Bann.

»Wieso bin ich dir aufgefallen?«, fragte Lina mit belegter Stimme und wartete gespannt auf die Antwort.

Doch Micky trieb die Spannung ins Unermessliche. Er nahm einen großen Schluck Wasser, bevor er sie ansah.

»Es war dein Tanzen«, sagte er, und Lina runzelte verwirrt die Stirn. »Du hast getanzt, als wärst du alleine im Raum, und es war dir egal, wer dir dabei zugesehen hat. Du hast einfach die Musik gefühlt.«

»Und wenn ich dir sage, dass es nur daran lag, dass ich betrunken war? Fändest du mich dann nicht mehr interessant?«, fragte sie und dachte an das Gefühl von Leichtigkeit auf der Tanzfläche.

Natürlich tanzte sie auch sonst gerne ausgelassen, besonders in ihrem Zimmer, wenn sie alleine war. Aber sie konnte nicht leugnen, dass der Alkohol ihr geholfen hatte, alles um sie herum zu vergessen. Aus diesem Grund hatte sie schließlich überhaupt das Bier getrunken: um nichts mehr mitzubekommen.

»Ich dachte, du wärst nur angeheitert?«, fragte Micky lachend, und Lina fiel mit ein.

»Wer weiß ... vielleicht habe ich ja doch ein klein wenig zu viel getrunken.«

»Vielleicht«, neckte Micky sie, und seine Augen blitzten auf.

Es war nicht das erste Mal, dass Lina mit einem Jungen flirtete. Sie hatte bereits feste Freunde gehabt und Erfahrungen gesammelt. Trotzdem schaffte es Micky, Lina aus dem Konzept zu bringen. Er strahlte diese Selbstsicherheit und Coolness aus, und trotzdem war Lina sicher, dass er einen sanften Kern hatte. Sonst hätte er sich nicht um ihr betrunkenes Ich gekümmert und ihr kein Wasser gebracht. Micky war einer von den Guten.

Eine Weile saßen sie draußen, während Micky erzählte, dass er mit ein paar Freunden im *Pink* sei, und Lina sich immer wieder dabei erwischte, wie sie auf seinen Mund starrte und sich dabei fragte, wie sich seine Lippen wohl anfühlten. Ihr betrunkenes Ich hätte gerne ausprobiert, ihn zu küssen, aber die kühle Luft half, den Alkohol aufzusaugen wie ein Schwamm, sodass sie von Minute zu Minute klarer wurde.

»Dir scheint es wieder besser zu gehen«, erkannte Micky lächelnd. »Du bist nicht mehr so blass um die Nase.«

»Mir geht es auch besser. Das Wasser und die frische Luft haben mich, glaube ich, vor einem ziemlichen Absturz bewahrt.« Lina zog peinlich berührt die Mundwinkel nach oben. »Danke.«

»Nicht dafür. Habe ich gerne gemacht.«

Bilder von Linas besoffenem Vater erschienen vor ihrem inneren Auge – wie er lallte und kaum noch stehen konnte und dabei Möbel und Gegenstände mit sich riss. Es war peinlich und ekelhaft, wie wenig er seine Bewegungen unter Kontrolle hatte, wenn er richtig betrunken war. War Lina eben genauso gewesen? Sie versuchte, den Gedanken zu verdrängen.

Einmal über die Stränge zu schlagen, hieß nicht gleich zu werden wie ihr Vater. Er hatte sie schließlich erst so weit getrieben, heute alles vergessen zu wollen.

Außerdem hatte Lina keine großen Mengen getrunken, nicht so wie ihr Vater, der das Bier literweise in sich reinkippte. Lina war nur betrunken gewesen, weil sie eben *nicht* so war wie ihr Vater und schlichtweg nichts vertrug. Zwei oder drei Bierchen reichten, um sie betrunken zu machen, weil sie sonst kaum Alkohol trank.

Micky schien sich jedoch nicht an Linas Alkoholkonsum zu stören. »Warum habe ich dich hier noch nie gesehen?«, fragte er.

»Bist du denn öfter hier?«

»Schon sehr regelmäßig, eigentlich fast jedes Wochenende. Aber du nicht, oder?«

»Tatsächlich bin ich das erste Mal hier. Aber vielleicht komme ich jetzt ja öfter.« Lina lächelte.

Micky musterte sie mit einem Blick, der Lina eine Gänsehaut verschaffte. Irgendwas hatte er an sich, denn noch nie hatte jemand derartige Gefühle in ihr ausgelöst. Das schummrige Licht der Laternen und die intime Stimmung, die hier, abseits vom Geschehen, entstand, verstärkten diese Gefühle noch. Lina wusste nicht, was es war, das diesen Jungen so anziehend machte, aber sie wusste, dass sie wollte, dass diese Gefühle blieben. Sie verdrängten den Kummer in ihrem Inneren. Sie war überrascht, was für eine positive Wendung dieser Abend gerade genommen hatte.

»Sollen wir noch ein bisschen reingehen und die Band hören?«, fragte er. »Eine Stunde haben wir noch, bis wir gehen müssen.«

Nur noch eine Stunde bis Mitternacht. Es nervte echt, minderjährig zu sein und nicht so lange bleiben zu dürfen, wie man wollte.

Lina nahm Mickys Hand. Ein wohliger Schauer überkam sie, als sie seine Finger zwischen ihren spürte, während er sie zurück ins *Pink* und direkt auf die Tanzfläche zog. Die Band, die mittlerweile spielte, war etwas zu gitarrenlastig für Linas Geschmack. Trotzdem sah sie Micky breit grinsend an und begann genauso zu tanzen wie vorhin, als Micky sie scheinbar beobachtet hatte. Sie schwang ihre Arme über den Kopf und bewegte ihre Hüfte zum Takt, während Micky sie ansah, als sei er hypnotisiert, und dabei ebenfalls im Takt wippte.

Unter den bewundernden Blicken von Micky fühlte sich Lina begehrt und schön, und das war ein Gefühl, das wirklich *jedes* negative Erlebnis des Tages und jede kleine Sorgenfalte verschwinden ließ. Lina fühlte sich mit einem Mal so, als könnte sie fliegen. Sie drehte sich und lachte und ließ all ihren Emotionen freien Lauf. Dieses Mal war darin keine versteckte und unterdrückte Wut zu finden, sondern einfach nur Freude.

Für diesen Moment wollte Lina alles vergessen. Und jetzt, dank Micky, schaffte sie es auch ohne Alkohol.

Kapitel 5

Als die die Durchsage im Pink verkündigte, dass die Minderjährigen den Laden verlassen mussten, waren Micky und Lina so aufgedreht, dass sie kichernd und lachend durch die Straßen zogen. Das Tanzen und Flirten hatte sie aufgeputscht. Lina war fest entschlossen, noch nicht nach Hause zu gehen. Es war ihr egal, dass sie nichts mehr auf den Straßen verloren hatten und die Polizei sie entdecken und nach Hause bringen könnte. Sollte sie doch! Die Nacht war jung, ebenso wie Lina und Micky. Sie wollte diesen Zustand auskosten.

Linas Herz flatterte. Sie spürte jeden Herzschlag fest in ihrer Brust, und dadurch fühlte sie sich lebendig, so wie lange nicht mehr. Sie war an diesem Abend ausgegangen, um ihre Probleme zu vergessen und sich wieder unbeschwert zu fühlen, etwas, das der Alkohol nur zeitweise geschafft hatte. Aber in Gegenwart von Micky fühlte sich Lina die ganze Zeit frei, als würde sie auf Watte gehen. Es war unglaublich.

Düsseldorf schlief nie wirklich, nicht hier in der Altstadt und nicht am Wochenende. Lina sah einige Leute durch die Straßen ziehen, die meisten mit eingezogenem Kopf, als wären sie auf geheimer Mission unterwegs. Das partywütige Volk, das Lina zuvor gesehen hatte, war von den Straßen verschwunden und in die Clubs und Bars gezogen. Sie würden erst später wieder auf die Straße gehen, getrieben vom Heißhunger.

Trotz der Tatsache, dass nur wenige Menschen den Weg von Lina und Micky kreuzten, fühlte sich die Stadt für Lina viel zu voll an. Sie wollte gerne diese intime Stimmung zwischen Micky und ihr, die sie vor dem Pink gefühlt hatte, entstehen lassen. Die beleuchteten Schilder der Imbissbuden wirkten aufdringlich in dieser Dunkelheit. Hier, mitten auf einer Straße, im Schein einer Pommesbude, fühlte Lina zwar noch das Kribbeln, wenn sie Micky ansah, jedoch war es anders, weniger stark.

»Ich glaube, ich habe eine Idee, wo wir noch ein bisschen Zeit verbringen könnten«, sagte Micky, als habe er Linas Gedanken gelesen. Er umfasste Linas Hand und zog sie grinsend in die nächste Straße, ohne ihre Reaktion abzuwarten.

Sie fragte nicht, wo er mit ihr hingehen wollte, denn es war Lina ohnehin egal. Hauptsache, sie waren zusammen und sie würde wieder dieses Kribbeln spüren, das stärker wurde, je mehr sie die Straßen verließen.

»Ist das ein Park?«, fragte Lina, als sie in eine Seitengasse einbogen und sie Bäume sah.

»Jap. Der perfekte Ort zum Rumhängen.«

Lina begutachtete den kleinen Park, der im Schein der Laternen dalag, als würde er schlafen. Nur Lina und Micky störten diese nächtliche Ruhe. Und Lina erkannte zufrieden, dass dies wirklich der perfekte Ort war, um selbst zur Ruhe zu kommen und ihre neue Bekanntschaft besser kennenzulernen. Die Aufregung fuhr ihr von der Fußspitze hoch zur Kopfhaut.

Obwohl der Park mitten in der Innenstadt gelegen war, gab es um sie herum keinen Verkehr. Stille umgab sie, als wäre das hier nicht Teil dieser Welt, in der es so laut zuging. Sie waren nun an einem Ort, der nur Micky und Lina gehörte.

»Komm schon, worauf wartest du?«, fragte Micky lachend und zog sanft an Linas Hand, die er noch immer umfasste.

Lina ließ sich sachte mitziehen, bis sie an eine kleine Unterführung kamen. Es war ein Tunnel aus Backstein, der sich auf eine idyllische Art und Weise in den Park einfügte.

Es legte in Lina einen Schalter um, als sie von dem Frieden des Tunnels umgeben wurde. Micky stand in der Dunkelheit und wurde von einer der Lampen in sanftes Licht getaucht. Sie dachte plötzlich nicht mehr nach, sondern konzentrierte sich nur noch auf ihr Kribbeln und das Bedürfnis, diesem Jungen nahe zu sein.

»Was hast du? Wieso guckst ...?«, fragte Micky noch, weil er ihren Blick bemerkt hatte. Doch er kam nicht dazu, seine Frage zu Ende zu stellen. Lina hatte ihn an seinem T-Shirt herangezogen, sanft und doch bestimmend. Er war einen Kopf größer als Lina, sodass sie sich auf die Zehenspitzen stellte und ihn ansah. Sie legte alles in ihren Blick, um ihm zu zeigen, was ihr Wunsch war. Plötzlich waren nur noch wenige Millimeter zwischen ihnen. Sie waren sich so nah, das eine von Mickys Haarsträhnen Lina an der Wange kitzelte und sie seine vollen Lippen direkt vor sich hatte. Er leckte sich unwillkürlich darüber, offensichtlich war er nervös. Seine Augen weiteten sich überrascht, als er merkte, was Lina vorhatte, aber er wirkte nicht abgeschreckt.

Lina presste ihren Mund auf seinen. Ein Teil von ihr war selbst überrascht, wie selbstbewusst und forsch sie sein konnte. Noch nie hatte sie von sich aus einen Kuss begonnen, noch nie die Führung übernommen, aber in diesem Moment fühlte es sich einfach richtig an. Sie hatte sich heute geschworen, Spaß zu haben. Sie hatte sich einfach das Bier genommen, war losgefahren, hatte getanzt und ihr Glück in die Hand genommen. Und dieser Junge fehlte ihr zu diesem Glück noch. Er und seine unerklärlich anziehende Art.

Seine Lippen zitterten leicht, bevor er sich ein klein wenig von ihr löste.

»Du hast getrunken. Vielleicht sollten wir nicht …«

Lina hörte Mickys Einwand, aber dennoch hörte sie ihm nicht richtig zu. In ihrem Kopf rief alles danach, diesen Kuss fortzusetzen. Sie wusste instinktiv, dass es nichts mit dem Alkohol zu tun hatte. Sie wusste genau, was sie wollte. Und sie fühlte sich nicht mehr benebelt, sondern ihre Gedanken waren klar. Sie legte ihm einen Finger auf die Lippen, um ihm zu signalisieren, dass sein Einwand nicht nötig war. Dann presste sie erneut ihre Lippen auf seine.

Und Micky gab nach.

Seine Lippen öffneten sich, und seine Zunge traf auf Linas. Der Kuss war warm und leidenschaftlich und ließ Linas zufrieden aufseufzen. Es war der Moment, in dem bei Micky scheinbar jede Zurückhaltung verloren war. Er hatte verstanden, dass dies hier nichts mit Betrunkenheit zu tun hatte. Lina spürte die Verbundenheit zwischen ihnen, diese Anziehungskraft, und wusste, dass Micky sie in diesem Moment auch fühlte. In dem Moment, als er sie mit einem leisen Raunen gegen die Wand des Tunnels drückte. Seine rechte Hand umfasste ihr Gesicht, während seine andere Hand an ihrer Hüfte lag. Sie küssten, als wäre der andere eine Droge und als würden sie nie wieder damit aufhören wollen.

Mit geschwollenen Lippen und einem Lächeln lagen Lina und Micky auf einer Tischtennisplatte im Park. Sie lagen Kopf an Kopf, und Linas Haare waren so lang, dass sie sich über Mickys Schulter ergossen. Er spielte mit ihren Haarspitzen. Lina wusste nicht, wie lange sie im Tunnel gestanden hatten. Sie hatte mittlerweile jegliches Zeitgefühl verloren, aber irgendwann hatte sie trotz der hitzigen Küsse begonnen zu frieren. Die Nächte waren noch kühl, der Frühling noch zu jung. Aber Micky hatte ihr irgendwann seine Lederjacke um die Schultern gelegt, in die sie dann ganz hineingeschlüpft war.

»Ich hätte wirklich nicht erwartet, dich heute zu treffen«, flüsterte Micky und fuhr Lina liebevoll durch ihre Haare.

»Das hatte ich auch nicht erwartet. Du hast aus einem wirklich beschissenen Tag einen guten Tag gemacht.«

»Was war denn so beschissen?«, fragte Micky, und erst da merkte Lina, dass sie den zweiten Satz laut gesagt hatte.

Sie überlegte kurz. Lina vertraute sich den Leuten nicht an. Niemand wusste von ihrer Situation zu Hause. Letztendlich war nur Maya eingeweiht, die seit Jahren Stillschweigen wahrte und sie nie verraten hatte.

Ein Teil von ihr wünschte, sich Micky anvertrauen zu können. Vielleicht lag es daran, dass sie ihm im Tunnel die wahrhaftige Lina gezeigt hatte, mit echter Leidenschaft und echten Emotionen. Sie hatte sich in seinem Beisein vollends gehen lassen. Genau wie beim Tanzen im Pink hatte sie alles in diese Küsse gelegt. Und sie wollte nicht, dass Geheimnisse diese Echtheit kaputt machten.

Aber sie konnte ihm ihre Situation zu Hause nicht erzählen, konnte nicht sagen, wie aufreibend es war, den Haushalt alleine zu schmeißen, in der Schule nicht aufzufallen und zu verhindern, dass ihr Vater noch tiefer sank. Sie konnte ihr Geheimnis nicht lüften. Zu viel stand auf dem Spiel. Sie würde ihren Vater nicht verraten. Außerdem war da diese Stimme in Linas Kopf, die ihr sagte, dass Micky sie nicht mehr mögen würde, wenn er wüsste, in welchen Verhältnissen sie lebte.

»Meine beste Freundin zieht weg. Schon in ein paar Stunden«, sagte sie die Halbwahrheit.

»Zieht sie weit weg?«

Lina nickte zaghaft. Obwohl sie die Worte traurig machten,

spürte sie diesmal nicht diesen großen Stich in ihrem Herzen, als würde Mickys Anwesenheit ihre Trauer ein wenig schmälern.

»Sie zieht nach Stuttgart.«

»Uff. Das ist ... kacke. Wirklich, Lina. Es tut mir leid. Ich kann mir nicht vorstellen, wie es ist, seine beste Freundin nicht mehr täglich sehen zu können.«

»Ja, es ist unfair. Ich freue mich für Mayas Mutter. Sie hat einen guten neuen Job gefunden. Sie werden sich viel mehr leisten können und ziehen in eine schicke Maisonette-Wohnung. Aber warum musste es ausgerechnet Stuttgart sein? Das ist *so* weit weg.«

Micky strich Lina gedankenverloren durch ihre Haare. Die Geste beruhigte sie ein wenig.

»Gibt es schon Pläne, wann ihr euch wiedersehen könnt?«

»Ich fürchte nicht. Wir haben ab jetzt unterschiedliche Ferienzeiten. Wir müssen uns daher noch überlegen, wie wir es machen können.«

»Scheiße.«

»Ja«, stimmte Lina zu. »Vielleicht klappt es im Dezember zwischen den Feiertagen. Aber bis dahin ist es noch so lang. Zu lang.« Sie ließ ihre Hände über seine Brust fahren, um sich ein wenig abzulenken. »Maya und ich kennen uns schon seit der Grundschule. Seitdem gab es fast keinen Tag, an dem wir uns nicht gesehen haben. Ich kann mir noch nicht vorstellen, wie es jetzt sein wird. Ich brauche Maya.« Und Frau Kingsmann brauchte sie auch, dachte Lina. Aber das konnte sie nicht laut sagen. Nicht ohne Micky erklären zu müssen, warum ihr die Mutter ihrer besten Freundin so wichtig war. Drauf würde ein Rattenschwanz von Fragen folgen, Fragen zu ihrer eigenen Mutter und zu ihrem Vater. Und sie würde darauf nur lügen können. Also schwieg sie.

»Das verstehe ich. Meine besten Freunde brauche ich auch um

mich.« Er seufzte. »Jetzt verstehe ich, wieso du dich betrunken hast. Manchmal muss man die ganze Scheiße einfach vergessen. Mach ich auch immer, wenn mich alles ankotzt.«

»Was denn zum Beispiel?«

»Zum Beispiel meine Eltern. Ich habe zu Hause dauernd nur Stress. So oft hau ich ab, penn woanders. Ich verbringe so wenig Zeit wie nötig in diesem Haus. Weißt du, meine Eltern sind so richtige Spießer, die tausend Sachen von mir verlangen, die ich nicht machen will.«

Lina richtete sich auf, um ihm in die Augen sehen zu können. »Was denn?«

Micky zuckte mit den Schultern. »Sie erwarten bestimmte Noten, ein bestimmtes Aussehen, ein bestimmtes Studium. Aber die können mich mal. Ich mach, was ich will!«

Seine Worte hallten in dem leeren Park wider, und Lina gefiel das Echo, auch wenn ihr auffiel, dass Mickys und ihre Situation unterschiedlicher nicht sein könnten.

Micky wollte, dass seine Eltern ihn endlich in Ruhe ließen und sich um ihren eigenen Kram kümmerten. Und Lina wollte endlich von ihrem Vater beachtet werden. Sie würde alles dafür geben, dass ihr Vater sich für Noten oder eine Ausbildung interessierte.

Doch egal wie unterschiedlich die Ausgangssituation war: Letztendlich waren sowohl Lina als auch Micky unglücklich; die gemeinsame Zeit ließ diesen Frust ein wenig kleiner erscheinen. Es ließ sich damit besser aushalten. Lina hoffte inständig, dass dieses Band nicht nur am heutigen Abend bestehen würde.

Lina schloss die Wohnungstür auf. Sie lächelte noch immer. Die Sonne war bereits aufgegangen, so lange hatten sie auf der Tischtennisplatte gelegen und geredet. Eine ganze Nacht lang war Lina weg gewesen, aber ihr Vater schien es nicht mal gemerkt zu haben. Er schlief in gewohnter Pose auf der Couch, bei laufendem Fernseher und mit unzähligen Bierflaschen um sich herum. Nichts Neues, alles wie immer.

Aber Lina fühlte sich diesmal anders, während sie das Chaos betrachtete. Die Last, die dieses Bild ihres Vaters stets mit sich brachte, schien ein wenig leichter zu sein, als wäre die Welt rosarot, sodass selbst der stockbesoffene Vater nicht mehr so schlimm aussah.

Lina ging in ihr Zimmer und ließ sich grinsend auf ihr Bett sinken. Sie war verknallt, und wie! Sie dachte an Micky zurück – an seine Stimme, sein leises Raunen während ihrer Küsse und an seine Hand in ihren Haaren –, und sie wusste, dass es nur noch ihn für sie gab. Denn niemand hatte es bisher geschafft, sie auf andere Gedanken zu bringen. Und niemand hatte es bisher geschafft, diese Empfindungen in ihr auszulösen; diese tiefe Vertrautheit und dieses brennende Verlangen nach mehr.

Micky hatte versprochen, sich am nächsten Tag bei Lina zu melden, und sie wusste instinktiv, dass er das tun würde. Er hatte diese besondere Verbindung zu ihr auch gespürt. Er musste einfach!

Gedankenverloren zog Lina ihr überdimensionales Schlafshirt an und band ihre Haare zu einem hohen, lockeren Zopf, ehe sie sich in ihre Bettdecke einwickelte und das Licht löschte. Sie schloss die Augen und driftete bereits in einen Traum ab, als das Geräusch einer eingehenden Nachricht sie aufschrecken ließ. Verwirrt schnappte sie sich ihr Handy und sah auf die Nachricht.

> Konnte nicht warten dir zu schreiben. Hoffe du bist
> gut nach Hause gekommen. Schreib, wenn du
> wach bist. Will dich wiedersehen! Micky

Ein Lächeln meißelte sich auf Linas Gesicht ein, und sie hatte so eine Ahnung, dass es so schnell nicht verschwinden würde. Micky hatte ihr versprochen, sich direkt nach dem Wachwerden zu melden. Dass er schon vorher schrieb, hatte Lina nicht erwartet. Sie schickte ihm ein Kuss-Smiley und klickte dann auf sein Foto, das er in seinem WhatsApp-Profil hinterlegt hatte. Wie besessen starrte Lina auf seine Augen und seine vollen Lippen und seufzte leise.

Irgendwann schlief sie ein, noch immer das Handy mit dem Profilbild in der Hand, und träumte vom Tunnel, von Micky und ihr.

Kapitel 6

Das penetrante Klingeln ihres Smartphones riss Lina aus einem Traum. Verwirrt sah sie sich nach der Quelle des Lärms um, bis sie ihr Handy neben ihrer Hüfte fand. Die Sonne schien durch das Fenster und tauchte ihr Zimmer in grelles Licht, gegen das Linas Augen blinzelnd protestierten.

»Hallo?«, fragte Lina, als sie das Gespräch annahm, und richtete sich verschlafen auf. Die Nacht war viel zu lang und der Schlaf viel zu kurz gewesen. Lina fühlte sich kein bisschen ausgeruht. Hätte sie die Uhrzeit nicht gesehen, hätte sie geglaubt, noch gar nicht geschlafen zu haben.

»Habe ich dich geweckt? Nachmittags?«, fragte Maya auf der anderen Leitung, und Lina stellte sich vor, wie ihre Freundin die Stirn runzelte.

»Ich war die halbe Nacht wach«, erklärte Lina krächzend und griff nach der Wasserflasche neben ihrem Bett, um ihre Kehle zu befeuchten.

»Wieso denn das? Hattest du Stress zu Hause? War was mit deinem Vater?«

»Nein, nein«, beruhigte Lina gleich, bevor sich Maya Sorgen machen konnte. »Eigentlich war es etwas Gutes, das mich vom Schlafen abgehalten hat«, gab sie grinsend zu und dachte an Micky.

»Erzähl!«

Lina versicherte sich, dass ihre Zimmertür geschlossen war, und erzählte Maya alles – nun ja ... fast alles. Den übermäßigen Alkoholkonsum ließ Lina in ihrer Berichterstattung weg. Sie und Maya hatten in der Vergangenheit auch schon zusammen getrunken, aber so viel war es zuvor nie gewesen. Und Lina wusste, dass Maya ihr Vorwürfe machen würde, wenn sie davon wüsste.

Maya wäre nie auf die Idee gekommen, sich aus Kummer zu betrinken. Sie stand bei Trauer und Sorge eher auf Schokolade. Bergen von Schokolade.

»Wieso lernst du ausgerechnet dann einen heißen Typen kennen, wenn ich nicht da bin, um ihn zu sehen?«, schmollte Maya, kaum dass Lina ihren Bericht abgeschlossen hatte. »Jahrelang herrscht gähnende Leere in deinem Liebesleben, obwohl du weißt, wie sehr ich auf gute Storys stehe. Und dann wendet sich das Blatt, keine zwei Stunden, nachdem ich weggezogen bin? Wie unfair.«

»Gähnende Leere?«, beschwerte sich Lina. »Ich war immerhin sechs Monate mit Flo zusammen. Mit ihm hatte ich mein erstes Mal. Wie kannst du das als gähnende Leere bezeichnen?«

Maya lachte schallend. »Stimmt. Eigentlich war dein Liebesleben in den letzten Jahren sogar recht spannend. Aber das ist jetzt auch schon alles Monate her. Das war letztes Jahr.«

»Das Jahr ist ja auch erst dreieinhalb Monate alt«, erwiderte Lina und dachte an das letzte Halloween, als Flo und sie Schluss gemacht hatten. Er war ihr erster fester Freund gewesen. Vom ersten Kuss bis zum ersten Sex war dafür alles in einem rasanten Tempo vonstattengegangen, um dann genauso schnell wieder zu Ende zu sein. Sechs Monate, eine Woche und zwei Tage, um genau zu sein, wobei der letzte Monat nur aus Streit bestanden hatte. Lina hatte sich Flo gegenüber nie hundertprozentig geöffnet. Sie hatte ihm beispielsweise nie von ihrem Vater erzählt und hatte ihn nie mit nach Hause genommen. Immer wieder hatte Lina lügen müssen. Geheimnisse, die ihre Beziehung belastet hatten.

Aber was hätte sie tun sollen? Flo einzuweihen hatte sich falsch angefühlt. Vielleicht weil Lina insgeheim schon gespürt hatte, dass es nichts wirklich Ernstes war zwischen ihnen. Vielleicht hatte sie ihm deswegen nicht genug vertraut, um ihn in alles einzuweihen.

Rückblickend konnte Lina nicht sagen, ob die Beziehung nun gescheitert war, weil Lina sich nicht geöffnet hatte, oder ob sie sich nicht geöffnet hatte, weil die Beziehung ohnehin nicht funktioniert hatte. Fakt war jedoch, dass auch Flo sich nicht hundertprozentig eingebracht hatte, aus welchen Gründen auch immer. Sie waren immer bei Flo zu Hause gewesen, aber er hatte das nie hinterfragt, sondern einfach so hingenommen. Vermutlich aus Bequemlichkeit. Sie hatten auch nie ernste Gespräche geführt oder sich auf diese Weise kennengelernt. Alles war sehr oberflächlich geblieben. Zusammenfassend waren beide wohl mehr an der Erfahrung einer festen Beziehung als aneinander interessiert gewesen. Lina wusste nach sechs Monaten ziemlich wenig über Flo, und eine echte Bindung war nie entstanden. Kontakt hatten sie seit Weihnachten auch nicht mehr.

»Siehst du deinen Micky denn wieder?«, unterbrach Maya Linas Gedankengänge.

»Ich hoffe«, seufzte sie. »Er hat mir gestern auf jeden Fall noch geschrieben.«

»Mach dann unauffällig ein Foto von ihm, und schick es mir. Ich will ihn sehen.«

Typisch Maya. Als würde es nicht auffallen, wenn Lina ihre Handykamera auf Micky richten würde.

»Bleib kurz dran«, sagte Lina und lächelte, während ihr eine Idee kam. Sie öffnete Mickys Profilbild auf WhatsApp, das sie vor dem Schlafen noch angesehen hatte. Dann machte sie einen Screenshot und sendete ihn Maya zu. »Hast du's?«

»Wow«, hauchte Maya. »Hat er einen Bruder? Der zufällig zu mir ziehen will? In mein Zimmer? Er könnte in meinem Bett schlafen.«

»Ich weiß nicht. Ich kann ja mal fragen, ob er einen Bruder hat, der sich mit meiner besten Freundin ein Bett teilen will«, lachte Lina. »Aber sei nicht enttäuscht, wenn es nicht klappt.«

»Tja ... wieder kein Glück in der Liebe für mich.«

Lina machte Maya immer wieder Mut, aber tatsächlich herrschte in Mayas Liebesleben *wirklich* gähnende Leere. Seit ihrem ersten Kuss vor einigen Jahren war nicht mehr viel gekommen, außer einem heftigen Liebeskummer wegen eines Jungen aus einer höheren Stufe, der Mayas Interesse nicht erwidern konnte. Sie hatte ihn ständig angeschrieben, bis er irgendwann genervt gewesen war. Diese Reaktion hatte Maya mehrere Heultage mit Mädchenfilmen und einigen Schokoladen-Kilos auf der Hüfte beschert. Mehr hatte Maya in Liebesdingen nie zu berichten gehabt.

»Wie ist es denn so in Stuttgart? Vielleicht gibt's da ja auch heiße Typen.«

»Vielleicht. Das sehe ich Montag in der Schule.«

Maya erzählte von ihrer neuen Wohnung und den verschnarchten alten Nachbarn, die sie sofort über ihr Privatleben ausgefragt hatten und von denen Maya schon jetzt wahnsinnig genervt war. Insgesamt erweckte es bei Lina den Eindruck, als habe sich Maya bislang genauso wenig mit dem Umzug abgefunden wie Lina. Trotzdem drückte sie ihrer Freundin die Daumen, dass es besser werden würde. Sie wollte, dass Maya in Stuttgart glücklich wurde und dort schnell Anschluss fand. Maya hatte es verdient, glücklich zu sein.

Wie es mit ihrem eigenen Sozialleben weitergehen würde – nun, wo Maya weg war -, wusste Lina noch nicht so recht.

Als sie das Gespräch mit Maya beendet hatte und ihre Zähne putzte, dachte sie an den nächsten Schultag, an dem sie zum ersten Mal ohne Maya in der Schule sein würde. Lina ohne Maya war wie Batman ohne Robin. Nur gemeinsam waren sie ein wirkliches Team, und einer konnte ohne den anderen nicht bestehen. Lina hatte durchaus auch andere Leute in der Schule, die sie kannte, aber es waren eben nur flüchtige Bekannte. Lina und Maya waren immer wie ein Exklusivclub gewesen, zu dem die anderen keinen Zutritt hatten. Sie hatten sich gerne vor den anderen verschlossen und ihr Zweierding durchgezogen. Das würde sich jetzt vielleicht rächen. Was, wenn die anderen Lina nicht aufnahmen und nun ebenso ausschlossen? Lina fürchtete sich davor. Sie war in ihrem Alltag schon genug alleine.

Betrübt dachte sie an ihren Vater. Sie musste dringend nach ihm sehen, nachdem sie am Abend und in der Nacht weg gewesen war. Seufzend zog Lina ihren Zopf straff und verließ dann ihr Zimmer. Doch ihr Vater war nicht da, obwohl der Fernseher nach wie vor lief.

Aus Linas Erfahrung gab es dafür zwei mögliche Gründe: Entweder hatte ihr Vater endlich wieder einen klaren Tag – nach langer, langer Zeit mal wieder – und war dabei, seine Zeit sinnvoll zu nutzen, um zum Bäcker oder spazieren zu gehen. Oder er war dabei, neuen Alkohol zu kaufen.

Lina versuchte sich nicht allzu viel Hoffnung auf die erste Option zu machen. Zu oft war sie schon enttäuscht gewesen, wenn sie gehofft hatte, er würde frische Brötchen holen und endlich mal wieder nüchtern mit ihr frühstücken.

Sie betrachtete das Chaos im Wohnzimmer und in der Küche. Nichts deutete darauf hin, dass sie hier gestern aufgeräumt hatte. Es nervte! Letztendlich war jedes Aufräumen und Putzen die reinste Zeitverschwendung. Zeit, die Lina mit Lernen verbringen könnte, um ihren Realschulabschluss zu schaffen. Sie hinkte bereits ein Jahr hinterher, weil sie später eingeschult worden war als die anderen Kinder. Mit sechzehn noch in der neunten Klasse ... das war wirklich nichts Tolles. Mit siebzehn würde sie dann erst ihren Abschluss machen, und bis dahin musste sie dringend noch ihre Noten verbessern. Die Situation zu Hause lenkte sie zu oft vom Lernen ab. Die guten Noten flogen ihr nicht einfach zu. Auf dem letzten Zeugnis hatte sie in Mathe nur mit Müh und Not eine Vier bekommen. Und dann noch die verpatzte Deutscharbeit. Zu oft war sie mit ihren Gedanken bei ihrem Vater, auch während der Klassenarbeiten.

Aber jemand musste den Haushalt am Laufen halten und den Schein wahren. Lina musste es. Würde sie es nicht tun, würden sie im Dreck versinken und hätten kein Essen im Haus. Dann würde es ihrem Vater und ihr nicht nur schlecht gehen, sondern es könnte auch jemand mitbekommen, dass etwas nicht stimmte. Und das musste Lina tunlichst vermeiden. Lina musste funktionieren, damit die *Lüge* weiterhin funktionierte. Lina musste die Erwachsene sein, egal wie sehr es sie nervte.

Deswegen verbrachte Lina ihren Nachmittag nun mit dem Aufräumen der Küche und dem Kochen von einer Reispfanne. Hoffnungsvoll deckte sie den Tisch und wartete. Die Alkoholfahne ihres Vaters war jedoch schon zu riechen, als er die Tür aufschloss. In der Hand hatte er eine Tüte mit klirrenden Flaschen. Also kein guter Tag.

Er setzte sich zwar an den Tisch und aß mit Lina zusammen die Reispfanne, doch niemand redete, und ihr Vater sah sie kaum an. Stattdessen schielte er zum Fernseher, wo eine dieser Dailysoaps lief. Von einem gemütlichen Familienessen war nichts zu spüren. Die Reispfanne jedenfalls schmeckte Lina nicht mehr, als sie spürte, wie abwesend ihr Vater war, und so ließ sie die Hälfte stehen.

Kapitel 7

Lina zog ihr schwarz-grünes Kleid gerade und betrachtete sich im Spiegel. Sie fühlte sich nicht bereit. In die Schule zu gehen und sich erstmals nicht mit Maya am Eingang zu treffen, würde ihren Umzug und Linas Einsamkeit noch realer machen.

Noch an keinem Schultag war Lina nervös gewesen, aber diesmal waren ihre Hände verschwitzt, und sie fürchtete, auch an anderen Körperstellen bald in Schweiß auszubrechen, was sicherlich nicht dabei helfen würde, neue Freunde und Anschluss zu finden.

Sie schulterte ihre Tasche und verließ die Wohnung ohne Frühstück, da sie ohnehin keinen Appetit hatte. Nur der Gedanke an Micky konnte Lina ein wenig von ihrer Nervosität ablenken. Sie hatten das restliche Wochenende geschrieben und Fotos hin und her geschickt, mit der Aussicht, sich in den nächsten Tagen zu treffen. Und Lina konnte es kaum erwarten.

Es war ungewohnt und fremd, alleine das Schulgebäude zu betreten. Lina fühlte sich plötzlich kleiner, als wäre es ihr erster Schultag nach der Einschulung, an dem sie in ein Gebäude kam, das riesig und einschüchternd wirkte, mit Mitschülern, die einem Angst machten. Es war kindisch, aber Lina fürchtete plötzlich die anderen Schüler. Sie spürte ihre abschätzigen Blicke, ob real oder eingebildet. Sie fühlte sich wie ein Loser, der keine Freunde hatte, und war sich das erste Mal nicht mehr sicher, ob ihre extrovertierte Kleidung mutig oder dumm war. Gemeinsam mit Maya hatte sie diesen individuellen Stil feiern können, aber alleine beschlich sie dabei eher das Gefühl einer Freakshow.

Trotzdem suchte Lina die Blicke, um jemanden zu finden, der sie anlächelte und mit dem sie sich vielleicht anfreunden könnte. Auf dem Flur fand Lina niemanden, der ihr Interesse weckte. Daher ging sie noch vor dem Klingeln zur ersten Stunde in ihren Kursraum und begann in ihr Heft zu kritzeln, um beschäftigt auszusehen.

Dieser Tag fühlte sich noch viel schlimmer an als zuvor befürchtet. Lina vermisste Maya schon jetzt mit jeder Faser ihres Körpers.

Dem Unterricht folgte Lina unkonzentrierter, als sie es von sich selbst gewöhnt war. Normalerweise versuchte sie, immer gut aufzupassen, da sie wusste, dass sie zu Hause nur wenig Ruhe hatte, um Schulstoff aufzuholen. Es war viel einfacher, wenn sie die Themen direkt im Unterricht verstand und nichts nacharbeiten musste.

Heute gelang es ihr nicht, dem Thema in Geschichte zu folgen. Ihre Gedanken kreisten um Maya, um die bevorstehende Mittagspause und die Frage, wo sie dann hingehen sollte. Sonst hatten Maya und Lina immer ein Brötchen in der Cafeteria geholt und sich damit auf einen der Tische im Flur gesetzt. Dabei hatten sie über Jungs gequatscht, Musik gehört oder gemeinsam übers Handy YouTube-Videos angesehen.

Wenn Lina nun an die Mittagspause und den Tisch dachte, empfand sie den Gedanken, dort alleine zu sitzen und an ihrem Brötchen zu knabbern, ziemlich mitleiderregend. Neben ihren Sorgen mischte sich Micky in ihre Gedankenwelt mit ein und lenkte sie zusätzlich von dem kalten Krieg ab. Immer wieder vibrierte Linas Handy mit neuen Nachrichten von ihm, und jedes Mal pochte ihr Herz so laut, dass sie sicher war, die Lehrerin würde sie bald wegen Ruhestörung ermahnen.

Als es zur Pause klingelte, hatte Lina nicht mal mitbekommen, dass zwischendurch das Unterrichtsfach gewechselt worden war. Geschichte und Deutsch waren beide an ihr vorübergegangen, ohne dass Lina sagen könnte, was sie gelernt hatten. Mist.

Trotzdem lächelte Lina leicht. Wegen Micky und seiner Nachrichten, die witzig und charmant waren und Linas Geduld bis zum nächsten Treffen auf die Folter spannten. Sie wollte sich wieder so fühlen wie Freitagabend. Sie wollte wieder unbeschwert und leicht sein, als könne sie jeden Moment abheben und schweben. Gerade jetzt, wo ihr diese ätzende Mittagspause bevorstand, wäre etwas Leichtigkeit perfekt.

Doch anstatt zu schweben, fühlte sich Lina, als habe man sie mit Blei beschwert – schwer und viel zu fest auf dem Boden der Tatsachen. Nachdem sie ihr Brötchen in der Cafeteria gekauft hatte, sah sie keinen Ort, an dem sie es essen, und niemanden, mit dem sie herumhängen könnte.

Sie sah von Weitem Tina aus ihrem Biokurs, mit der sie sich manchmal nett unterhielt. Aber sie stand eng umschlungen mit ihrem neuesten Freund in der Cafeteria und knutschte wild mit ihm herum. Da wollte Lina nicht stören.

Sie sah auch Tobi, einen Jungen, der immer sehr nett zu Maya gewesen war und bei dem Lina immer das Gefühl hatte, dass er ihr ebenfalls freundlich gesonnen war. Aber er saß mit fünf anderen Jungs am Tisch und grölte lautstark, sodass Lina sich nicht traute, dorthin zu gehen. Vielleicht würden sie Lina auslachen, wenn sie dort alleine auftauchen würde. Oder sie würden sie aus Mitleid bitten, sich zu setzen, und Mitleid wollte Lina nicht auslösen. Sie fühlte sich schon bemitleidenswert genug, weil sie hier so alleine durch die Gänge streifte.

Linas Handy begann zu klingeln und riss sie aus ihren Überlegungen. Erleichtert atmete Lina aus und ging dann in eine ruhige Ecke des Schulflurs, um das Gespräch anzunehmen.

»Gott sei Dank, Maya«, begrüßte sie ihre Freundin und steckte das Brötchen in ihre Tasche, um es später zu essen. »Ich vermisse dich so. Die Mittagspause ohne dich ist scheiße.«

»Wem sagst du das«, erwiderte Maya seufzend. »Die anderen hier sind irgendwie ätzend.«

»Und ich komme mir vor wie die reinste Loserin. Wie kommt es, dass wir nie zu anderen Kontakt hatten? Nie wirklich zumindest ... jetzt fühle ich mich auf dieser Schule hier total fremd und allein.«

»Und ich *bin* fremd und alleine.«

»Gibt's bei dir denn wirklich niemanden, der dir sympathisch vorkommt? Stuttgart ist doch eine große Stadt. Da muss es doch Leute geben, die du magst.«

»Wenn, dann ist zumindest keiner von denen auf meiner Schule.« Maya seufzte. »Wobei es hier schon einen Typen gibt, der mir gefällt. Er ist einer dieser Skaterjungs. Ziemlich süß.«

»Klingt doch gut.« Lina war augenblicklich erleichtert. Egal wie sehr Lina es genoss, jemanden zu haben, der ihr Leid teilte und mit dem sie ihre Trauer offen kommunizieren konnte, wünschte sie Maya, dass sie in Stuttgart zurechtkommen und Freunde finden würde.

Maya würde es leichter fallen als Lina, neue Leute kennenzulernen. Sie war von Natur aus viel offener als Lina, und ihr fielen meist schlagfertige und witzige Kommentare ein, die ihr Pluspunkte bei anderen brachten. Sie hatte nicht so eine Last zu tragen wie Lina. Maya konnte sich so zeigen, wie sie war. Sie würde das hinkriegen.

Lina hingegen war sich, was sie selbst betraf, nicht so sicher. Es hatte Gründe, wieso sie stets nur bei Maya gewesen war und sonst keine engen Freunde hatte. Es hatte Gründe, wieso die Freundschaften und Beziehungen, die sie in der Vergangenheit angestrebt hatte, kurz darauf wieder zerbrochen waren. Weil Linas Leben so voller Geheimnisse, Lügen und Probleme war, dass es schwer war, eine ehrliche Freundschaft zu führen. Wie sollte sie sich jemandem öffnen, wenn sie ja doch niemandem vertrauen konnte? Was, wenn sie sich mit jemandem aus der Schule anfreundete und dieser jemand alles herausfinden würde. Dann wüsste es bald die ganze Schule, die Lehrer, alle. Dann wäre alles aus.

Aber Lina musste es dennoch irgendwie versuchen, offener zu werden. Es war keine Dauerlösung, jede Pause mit Maya zu telefonieren. Auch wenn es gutgetan hatte, ihre Stimme zu hören.

Kapitel 8

Der Schultag zog quälend langsam an Lina vorbei, und sie fühlte sich am Ende, als habe sie ein Lkw überrollt. Sie war müde und hatte Kopfschmerzen von dem ständigen Versuch, sich zu konzentrieren und gegen ihre Grübeleien anzukämpfen.

Es war einer dieser Tage, an denen Lina sich nach einem heißen Schaumbad, einer Mädchenzeitschrift und Musik von ihrer Lieblingsband sehnte. Genau in dieser Kombination könnte sie stundenlang in dem warmen Wasser bleiben. Früher hatte Lina das ständig gemacht, wenn ihr alles zu viel wurde und sie mal wieder *abtauchen* musste. Ihre Mutter hatte ihr dann immer geraten, sie solle nicht so weit rausschwimmen, wenn sie angekündigt hatte, das Bad sei nun für mehrere Stunden gesperrt. Und Lina hatte stets über diesen dümmlichen Witz gelacht. Gerne würde sie ihn noch mal hören. Aber ihre Mutter war nicht mehr da, um doofe Witze zu reißen, und eine Badewanne hatten sie auch nicht mehr. Eine heiße Dusche hatte nicht den Effekt, egal wie lange man darunterstand. Das hatte Lina bereits ausprobiert.

»Verrätst du mir, woran du denkst?«, sagte jemand in Linas Ohr und ließ sie erschrocken zusammenfahren.

Ihr Körper wusste, wer hinter ihr stand, noch bevor ihr Verstand die Puzzleteile ineinandergefügt hatte. Er stand so dicht, dass es unmöglich war, dass Lina nicht hatte bemerken können, wie er sich an sie herangeschlichen hatte. Sie musste wirklich tief in ihrer Gedankenwelt verloren gewesen sein.

»Micky?« Lina drehte sich um. Die Farbe seiner Augen wirkte im Sonnenlicht noch viel schokoladiger als in der Dunkelheit der Nacht.

»Ich dachte, du könntest nach deinem ersten Schultag ohne Maya sicher eine Ablenkung gebrauchen.« Micky strahlte sie an, sichtlich stolz auf seine gelungene Überraschung.

»Du hast so was von recht. Der Tag war furchtbar«, stöhnte Lina und schmiss sich in seine Arme. Sein Duft war eine berauschende Mischung aus Kaffee und etwas Zitronigem, das Lina wie eine Süchtige aufnahm.

Wie durch Zauberhand fühlten sich ihre Kopfschmerzen weniger schmerzvoll an, und der Tag erschien plötzlich in viel bunteren Farben, als habe alleine Mickys Anwesenheit den dunklen Nebel um sie herum vertrieben.

Mickys Hände streichelten ihren Rücken, und Lina fühlte sich geborgen. Den ganzen Tag hatte sie darüber nachgedacht, wie sie sich jemandem öffnen sollte. Aber hier stand der Junge vor ihr, bei dem sie sich angenommen fühlte.

»Was wollen wir machen?«, fragte Micky und nahm ganz selbstverständlich Linas Hand, als würden sie sich schon länger als drei Tage kennen und als wäre bereits geklärt, dass sie zusammengehörten. Vielleicht war es auch schon in Stein gemeißelt. Nach der Nacht im Park schien beiden klar zu sein, dass sie Zeit miteinander verbringen wollten.

»Wollen wir noch mal in den Park?«, fragte Lina und dachte an den Tunnel. Die Erinnerungen strömten mit kleinen elektrischen Stößen durch ihren gesamten Körper, und ein Kribbeln breitete sich in ihr aus.

Micky nickte zustimmend und schlenderte mit ihr zur Haltestelle. Diesmal war es anders, durch die Straßen zu ziehen. Sie begegneten viel mehr Menschen, alle abgehetzt und genervt von diesem Arbeitstag und der Tatsache, dass Montag war. Es hatte nichts von diesem intimen Moment am Freitag, als Lina das Gefühl gehabt hatte, die Stadt würde nur ihnen gehören. Auch der Park war nicht leer, sondern wurde von einigen Gassigängern und Joggern besucht. Trotzdem nahm Lina die Anwesenheit von Micky in sich auf, als seien sie alleine. Nur er zählte.

Sie nahm seine warme Hand wahr, fest verankert mit ihrer eigenen, und spürte, wie ein Lächeln sich auf ihre Lippen legte. Die Schwere, die sie den ganzen Tag gespürt hatte, war verschwunden. Verträumt sah sie zu Micky, der sie zu sich auf die Tischtennisplatte zog, bis sie sich so nah waren, dass nicht mal ein Blatt Papier dazwischengepasst hätte. Und dann küssten sie sich. Es war weniger drängend und leidenschaftlich als in der Nacht bei den Tunneln, sondern viel gefühlvoller. Aber es hatte die gleiche Wirkung auf Lina, in deren Körper ein kleines Feuerwerk explodierte.

Gewärmt von der Frühlingssonne lagen Micky und Lina auf der Tischtennisplatte und hörten zusammen Musik. Die Lautstärke des Handys war so eingestellt, dass beide etwas hören konnten, aber die Musik sonst niemanden im Park störte. Lina hatte ihre Playliste angemacht, um Micky ihre Lieblingslieder zu zeigen. *Ist da jemand* von den *Broilers* lief gerade. Im Kopf konnte Lina den Text mitsingen, den sie so oft hörte, wenn sie alleine in ihrem Zimmer saß. Der Text über die Suche nach Seelenverwandten und Gleichgesinnten ging Lina nah, weil es auch darum ging, sich alleine und verloren zu fühlen und seinen Platz in der Welt noch zu suchen.

»Echt gutes Lied. Aber ich mag die Broilers sowieso gerne«, sagte Micky und bestätige damit nur das, was Lina längst spürte:

dass sie ihren Gleichgesinnten möglicherweise gefunden hatte. Einfach so, durch Zufall. Oder Schicksal.

»Du hattest doch im Pink ein T-Shirt von denen an. Das ist mir sofort aufgefallen. Dadurch wusste ich gleich, dass du einen guten Musikgeschmack hast.«

»Du hattest auch ein Bandshirt an«, erinnerte sich Lina. »Aber ich weiß nicht mehr, von wem.«

Micky schmunzelte. »Weil du betrunken warst.«

»Angeheitert«, korrigierte Lina und entlockte Micky damit ein Grinsen.

»Richtig. Angeheitert«, sagte er. »Das Shirt war von *Schmutzki*. Kennst du die Band? Die kommen aus Stuttgart.«

»Aus Stuttgart? Das muss ich Maya sagen.« Sofort nahm Lina ihr Handy zur Hand, um Maya den Namen der Band zu schreiben.

»Sie sollte auf jeden Fall mal zu einem ihrer Konzerte gehen. Und du auch. Die waren letzten Monat erst in Düsseldorf. Beim nächsten Mal nehme ich dich mit.«

Lina lächelte ihn an. »Das wär cool. Ich war noch nie auf einem richtigen Konzert.«

»Echt nicht? Nicht mal auf einem Konzert von den Broilers? Die treten doch öfter hier auf.«

»Nein, bis jetzt noch nicht.« Lina wich dem Blick von Micky aus und beschäftigte sich mit ihrem Handy, um das nächste Lied auszuwählen. Zu gerne wäre sie auf die letzten Konzerte von den *Broilers* gegangen, aber es war einfach zu teuer gewesen. Geld, das sie nicht hatte. Wieder einmal hatte Lina auf etwas verzichten müssen, um nicht die Haushaltskasse zu plündern.

Das nächste Lied ertönte. *An Tagen wie diesen* von den *Toten Hosen*. Micky sprang auf.

»Die Toten Hosen. Ich liebe sie!«, rief er und stellte die Musik ein wenig lauter. »*Die* musst du mal live sehen. Ich habe noch nie eine Band gesehen, die auf der Bühne so viel Gas gibt, wie die Hosen. Campino springt und dreht sich im Kreis, manchmal rennt er mit dem Mikrofonständer von links nach rechts.« Micky begann die Bewegungen des Sängers nachzumachen. »Guck, so.« Er lief von links nach rechts und hielt dabei ein unsichtbares Mikrofon in der Hand. »Und jetzt gleich kommt das große Finale. Wenn die Hosen das Lied spielen, wird beim letzten Refrain immer Konfettiregen losgelassen, der aufs Publikum rieselt. Das ist so geil!«

Ohne Vorwarnung begann Micky aus vollem Halse mitzusingen. Dabei formte er dramatische Gesten, die zum Text passten. Lina wunderte es, dass Micky sich einfach in die Öffentlichkeit stellte, um sich seiner Lieblingsband hinzugeben. Sie wusste nicht, ob sie den Mut dafür aufbringen würde. Bereits nach wenigen Sekunden zog er damit die Aufmerksamkeit anderen Parkbesucher an, die auf ihn zeigten und belustigt ihre Handys herausnahmen, um ihn zu filmen.

»Jede Filmaufnahme kostet fünfzig Cent«, plapperte Micky zwischen den Text und zwinkerte den Umstehenden zu.

Lina wusste nicht, ob sie im Boden versinken oder mitmachen wollte. Es sah zugegebenermaßen nach Spaß aus, aber wollte sie wirklich in einem Filmchen im Internet zu sehen sein, während sie schrille Liedtexte von sich gab?

Der erste Filmer legte fünfzig Cent auf die Tischtennisplatte, und weitere Centstücke folgten. Lina konnte es nicht fassen.

»An Taaaaagen wie diesen!«, jaulte Micky und fasste sich herzzerreißend an die Brust.

Lina betrachtete Micky, der über beide Ohren grinste. Es sah nach Spaß aus, seine Freude war ansteckend. Nach einigen Sekunden Überdenkzeit stieg sie mit ein. Sie sprang von der

Tischtennisplatte, drehte die Musik noch lauter, was noch mehr Zuschauer anlockte. Dann stieg sie in den Refrain ein.

Zunächst war es befremdlich, in der Öffentlichkeit zu singen und dabei angestarrt zu werden. Immer mehr belustigte Zuschauer kamen hinzu. Aber die Cents, die auf der Tischtennisplatte landeten, spornten Lina an, lauter mitzusingen. Alleine hätte sie sich nie getraut, sich hierher zu stellen und zu singen. Micky zog sie einfach mit.

Jeder Ton war schief und schrill und hatte nichts mit richtiger Musik zu tun, aber es war befreiend, die Töne herauszulassen, ohne dabei nachzudenken. Micky begann, Linas Hand zu nehmen und sie zu drehen, bis Lina Pirouetten zog.

Nach fünf Liedern der Toten Hosen hatte Lina Lachtränen. Noch nie in ihrem Leben war sie derart über ihren Schatten gesprungen. Sie war in ihrem Alltag immer so sehr damit beschäftigt, alles unter Kontrolle zu haben, dass es absolut befreiend war, einmal alles loszulassen. Es fühlte sich an, als hätte sich ein Knoten in ihrem Innersten gelöst.

»Ich persönlich finde, wir waren besser als die Leute bei *DSDS*«, sagte Micky grinsend. Er bedankte sich übertrieben bei den Leuten, die uns immer noch beobachteten, und stellte das Handy wieder leiser. Auf der Tischtennisplatte hatten sich vier Euro angesammelt.

»Wollen wir uns davon etwas beim Kiosk kaufen?«, fragte Micky.

Lina nickte. Sie sammelte ihre Sachen ein und folgte ihm zum Laden um die Ecke. Micky kaufte zwei Dosen Bier, eine kleine Flasche Cola und eine Tüte Chips, die sie sich teilten, während sie sich wieder auf die Tischtennisplatte setzten und dabei weiter über Bands redeten. Es war so leicht, mit ihm ins Gespräch zu kommen. Lina musste gar nicht nachdenken, musste sich nicht anstrengen. Sie waren ganz klar auf einer Wellenlänge, und je mehr Zeit sie mit Micky verbrachte, umso deutlicher wurde Lina, wie sehr er zu ihr passte.

Lina hatte nie nach einem Jungen Ausschau gehalten. Seit der Sache mit Flo war ihr Bedarf an Jungs eigentlich gedeckt gewesen. Zumindest fürs Erste. Und dann war Micky einfach so auftaucht, ohne Vorwarnung, von heute auf morgen. Obwohl es erst ein paar Tage her war, fühlte es sich an, als würde sie ihn schon lange kennen.

Lina fiel kein Nachmittag in den letzten Monaten ein, an dem sie so viel gelacht hatte wie heute. Oder an dem sie etwas Neues gewagt hatte. Ihr tristes Leben war plötzlich voller kleiner Farbklekse. Und sie wollte, dass diese Farbklekse wuchsen und ihrem Leben etwas Buntes verliehen, damit die dunklen Dinge daneben etwas verblassen würden.

Kapitel 9

Sie standen vor Linas Haus. Lina hatte versucht, Micky davon abzubringen, sie bis vor die Tür zu begleiten, aber sie hatte es nicht geschafft. Er hatte gemurmelt, dass er ein »Gentleman« sei und er sich deswegen darauf freuen würde, Lina nach Hause zu bringen.

Lina wurde immer nervöser, je näher sie der Wohnung kamen. Sie rechnete fest damit, dass ihr Vater gleich laut polternd und lallend aus der Tür kam, um neues Bier zu kaufen.

In ihrem Kopf spukte die Frage herum, ob sie Micky in ihre Probleme einweihen sollte. Obwohl sie ihn erst so kurz kannte, spürte sie den Wunsch, ihm alles zu sagen. Bei Flo hatte sie erfahren, wie schlecht es für eine Beziehung war, nicht ehrlich zueinander zu sein und einen Teil des Lebens zu verstecken. Bei Micky wollte sie das nicht. Sie wollte offen zu ihm sein, ihm die *wahre* Lina zeigen, mit all ihren Facetten.

Aber konnte sie entscheiden, jemanden einzuweihen, wo es doch eigentlich nicht um ihr Geheimnis, sondern um das Geheimnis ihres Vaters ging? Es fühlte sich wie ein Verrat an, überhaupt darüber nachzudenken.

Sie sah verstohlen zum Haus. Im Erdgeschoss des Mehrfamilienhauses brannte Licht. Ihr Vater schien zu Hause zu sein, oder aber, er hatte vergessen, das Licht auszuschalten, ehe er gegangen war. Sie wusste es nicht. Aber für Linas Geschmack waren sie ihrem Haus schon viel zu nah. Sie würde Micky ohnehin nie zu sich einladen oder ihm ihren Vater vorstellen können. Selbst Maya kannte ihn nicht.

Es war das eine, jemandem von ihm zu erzählen, aber etwas ganz anderes, jemandem zu zeigen, wie demütigend und ekelhaft ein Vater war, der in seinem eigenen Erbrochenen lag oder der Stühle umschmiss beim Versuch, auf die Toilette zu gehen. Es wäre nicht nur für Lina demütigend. Sie wollte auch ihren Vater nicht in diese Lage bringen.

Er würde es vermutlich gar nicht mitbekommen und am nächsten Tag wieder vergessen, dass er in solch eine Situation gebracht worden wäre. Aber Lina würde es wissen, ebenso wie dieser jemand. Und dann würde ihr Vater noch sein letztes bisschen Würde verlieren.

»Sehen wir uns morgen wieder?«, fragte Micky und sah ihr tief in die Augen. Damit vertrieb er alle düsteren Gedanken.

Lina nickte. »Nach der Schule?«

»Ich werde da sein.«

Micky gab ihr einen langen Abschiedskuss und verschwand um die Ecke, um nach Hause zu gehen. Lina blickte ihm einige Minuten nach und ließ ihre Gefühle auf sich einwirken, ehe sie die Haustür aufschloss, den Flur durchquerte und dann die Wohnung betrat.

Sofort merkte Lina, dass der Mief der Wohnung weniger stark war als sonst. Überrascht schloss sie die Tür und ging ins Wohnzimmer. Der Fernseher lief in einer angenehmen Lautstärke, das Sofa war leer, und sie sah nur zwei Bierflaschen herumstehen. Gespannt hielt Lina den Atem an und ging in die Küche. Sie durfte sich nicht zu früh freuen.

Ihr Vater saß in der Küche, die angenehm nach frischem Kaffee roch. Lina trank keinen Kaffee, aber sie mochte den Geruch der gerösteten Bohnen.

Ihr Vater wirkte müde und erschöpft, aber seine Körperhaltung war gerade, und er sah aus, als habe er geduscht. Lina ließ ihren Blick durch die Küche schweifen. Dort auf der Arbeitsplatte stand eine angebrochene Bierflasche, aber sonst war alles in Ordnung: kein Alkohol, keine angebrannten Pfannen. Nur ihr Vater, sein Kaffee und eine Zeitung, die vor ihm lag.

Er las in den Stellenanzeigen und hatte eine mit Kugelschreiber umrundet, als wäre sie für ihn interessant. Linas Lächeln wurde breiter, beinahe schmerzhaft. Heute war ein guter Tag. Endlich, nach so langer Zeit, hatte ihr Vater wieder einen guten Tag.

»Hey, Paps«, sagte Lina leise und vorsichtig, als würde sie mit einem scheuen Reh sprechen, das in die Büsche verschwinden würde, wenn sie zu laut wäre.

»Lina. Du kommst spät. Warst du bei Maya?«, fragte ihr Vater mit rauer Stimme und sah sie an.

Er wirkte zerbrechlich und angefressen. Im besoffenen Zustand sah man die tiefen Ringe unter den Augen und die Furchen auf seiner Stirn weniger stark.

Vielleicht lag es aber auch daran, dass Lina ihn nie genau betrachtete, wenn er betrunken war, weil sie den Anblick nicht ertragen konnte.

»Maya ist am Wochenende weggezogen. Ich hab's dir erzählt. Weißt du noch?«

»Ja, stimmt.« Aber Lina sah an seinem Blick, dass er von dem Gespräch nichts mehr wusste.

Sie nahm sich eine Cola aus dem Kühlschrank und setzte sich ebenfalls an den Tisch, direkt gegenüber von ihrem Vater. Dieser Moment war so kostbar, dass sie ihn in sich aufnehmen musste.

Sie wollte so lange mit ihm am Tisch sitzen, wie es ging, und sich vorstellen, dies jeden Tag tun zu können.

»Suchst du nach einer Stelle?«, fragte Lina hoffnungsvoll, auch wenn sie wusste, dass ihr Vater mit seinem Alkoholproblem und ohne Führerschein kaum Arbeit finden würde.

Es würde ihm helfen, geregelter Arbeit nachzugehen und nicht den ganzen Tag herumzusitzen. Ihr Vater konnte mit diesen zeitlichen Freiräumen nichts anfangen. Nichts, außer zu trinken. Er brauchte feste Arbeitszeiten und ein geregeltes Leben. Lina brauchte es auch.

Sein letzter Job hatte ihn zwar auch nicht vom Trinken abhalten können, obwohl ihr Vater diesen Job wirklich geliebt hatte, aber damals war die Trennung von ihrer Mutter noch frisch gewesen. Heute, mit ein wenig Abstand, würde er damit vielleicht besser zurechtkommen und die Arbeit ernst nehmen.

»Ich schaue mich ein wenig um«, antwortete ihr Vater und zeigte auf die Stellenanzeige. »Da ist was Interessantes, aber ich weiß noch nicht …«

»Warum weißt du noch nicht?«

Ihr Vater strich sich die ergrauten Haare glatt, die in alle Richtungen standen, und fuhr sich durch seine Barthaare, die immer länger wurden und mittlerweile ungepflegt wirkten.

»Ist eine Speditionsfirma. Die suchen jemanden fürs Lager. Aber das ist etwas außerhalb. Eine Stunde Fahrt mindestens, und ich habe doch kein Auto.«

Und keinen Führerschein mehr, dachte Lina.

Damals war ihr Vater betrunken mit seinem Lkw gefahren und angehalten worden, als er in Schlangenlinien über die Autobahn gebrettert war. 2,4 Promille hatten die Polizisten festgestellt und ihm sofort den Führerschein entzogen. Es hatte ihren Vater seinen Job gekostet und eine heftige Geldstrafe, für die er einiges hatte verkaufen müssen.

Ihr Vater hatte sich danach furchtbar selbst bemitleidet, hatte gejammert und geschimpft. Obwohl es Lina um den Job leidgetan und sie mit Zukunftsängsten zu kämpfen hatte, wusste sie, dass es richtig gewesen war, ihren Vater aus dem Verkehr zu ziehen. Lkw-Fahren war schwierig genug. Konzentriert fahren, auch nach acht, neun Stunden auf überfüllten Autobahnen, war eine wirkliche Herausforderung für Geist und Körper. So hatte ihr Vater es Lina immer erklärt. Ein betrunkener Fahrer war einfach zu gefährlich, für sich und für andere. Lina wollte sich gar nicht ausmalen, was hätte passieren können. Im schlimmsten Fall hätte dieser Zustand ihres Vaters ein Menschenleben gekostet und damit ganz andere Sorgen verursacht als Arbeitslosigkeit.

Aber an diesem Tag hatten die Probleme erst richtig angefangen. Wenn ihr Vater vorher betrunken gewesen war, war er nun sturzbetrunken; wenn er vorher traurig gewesen war, neigte er nun zu Depressionen. Die Arbeitslosigkeit hatte alles noch schlimmer gemacht, und nun befand sich ihr Vater in einer Negativspirale, aus der kaum noch herauszukommen war. Der Teufelskreis hatte begonnen: ohne Führerschein kein Job, ohne Job kein geregeltes Leben, ohne geregeltes Leben ein alkoholkranker Vater.

Dass Alkoholismus eine Krankheit war, hatte Lina mittlerweile verstanden, nachdem sie wochenlang im Internet darüber gelesen hatte. Dass diese Krankheit nur aus eigener Kraft und eigenem Willen zu bekämpfen war, wenn man wollte, dass es dauerhaft behoben wurde, wusste sie dadurch auch. Aber dieser Wille war bei ihrem Vater bislang nie längerfristig aufgetreten.

»Alles ist besser als keinen Job zu haben«, erwiderte Lina und nahm einen Schluck ihrer Cola. »Hast du Hunger?«

Ihr Vater zuckte mit den Schultern. »Ein bisschen.«

»Ich mache uns Sandwiches.«

Lina stand auf, schob den Küchenstuhl zur Arbeitsplatte und stellte sich darauf, um an das hoch angebrachte Regal zu kommen, in dem der Sandwichmaker verstaut war. Manchmal hasste es Lina, klein zu sein und nirgendwo dranzukommen, ohne klettern zu müssen. Sie stöpselte den Sandwichmaker ein, schnappte sich Toastbrot, Sandwichkäse und Schinken und begann, den Toast zu belegen.

Fünf Minuten später roch die Küche herrlich nach geschmolzenem Käse. Ihr Vater sah sehnsüchtig auf das dampfende Sandwich, das Lina ihm reichte. Er schien hungriger zu sein als vorher von ihm geäußert.

Kurzerhand zauberte Lina noch mal zwei Sandwiches und ließ sich wieder auf den Stuhl fallen, um mit ihrem Vater gemeinsam zu essen.

Sie erzählte ihm nochmals von Mayas Umzug und wie sehr sie Maya vermisste. Und sie wollte ihm von Micky erzählen. Nicht von nächtlichen Knutschereien im Tunnel, von denen ein Vater sicher nichts hören wollte, aber jetzt, wo er präsent war, wollte sie ihr Glück mit ihm teilen.

»Ich habe am Wochenende jemanden kennengelernt. Einen Jungen«, begann sie.

Ihr Vater sah auf. »Ein Junge? Was für ein Junge?«

»Er heißt Michael, aber alle nennen ihn nur Micky. Er ist wirklich toll, ich glaube ... ich glaube, er tut mir gut.«

Ihr Vater biss von seinem Sandwich ab und musterte Lina. »Was ist dieser Micky denn für ein Typ?«

»Du würdest ihn bestimmt mögen. Stell dir vor, Paps: Er hört genau so eine Musik wie ich.«

Das schien ihm zu gefallen, denn er lächelte. »Dann hat er Geschmack.«

»Ja, genau. Und er hört die Toten Hosen. Die magst du doch auch so gerne.«

»Wo hast du ihn denn kennengelernt?«

Es war so schön, diese Frage aus seinem Mund zu hören. Diese Momente waren so selten – ein Vater, der ihr wirklich zuhörte, wenn sie etwas erzählte. Er nahm einen Schluck Kaffee, während Lina ihm erzählte, wo sie Micky getroffen hatte und wie er sie überrascht hatte, um sie wegen Maya aufzumuntern. Am liebsten hätte sie stundenlang mit ihrem Vater am Küchentisch gesessen, um ihm alles zu berichten. Sie wollte alles loswerden, was sich in den letzten Wochen angestaut hatte. Jedes Erlebnis, jede Erinnerung, die sie nicht mit ihm hatte teilen können. Lina sog die Stunden mit ihrem Vater auf, als wäre sie ein Schwamm. Sie wollte jede Sekunde genießen und in Erinnerung behalten, damit sie an schlechten Tagen daran zurückdenken konnte.

An diesen guten Tagen wie heute wusste Lina, wieso sie ihren Vater trotz all des Kummers, den er ihr bereitete, noch liebte. Dann wurde ihr klar, wie sehr sie ihn vermisste. Früher hatte sie viel Zeit mit ihm verbracht. Sie waren zusammen in den Tierpark gegangen oder hatten sich gemeinsam alte Schallplatten angehört. So oft hatten sie gemeinsam die Musik aufgedreht und waren dann zusammen durch das Wohnzimmer getanzt. Ihr Vater hatte Luftgitarre gespielt wie kein anderer. Nur durch ihn hatte sie den Punk kennen und lieben gelernt. Er hatte ihr alle Bands gezeigt. Die *Sex Pistols*, *The Clash*, *Bad Religion*. Ihr Vater war es gewesen, der ihr diese Musik nahegebracht und der sie stets dazu ermutigt hatte, so zu sein, wie sie wollte, und keine Angst davor zu haben, auch mal gegen den Strom zu schwimmen. Es waren

Erinnerungen aus vergangenen Zeiten, die Lina oft schmerzten. Weil es inzwischen so anders war. Er war so anders.

Doch an Tagen wie heute erkannte sie, dass er noch immer ein guter Vater war, einer, der Lina liebte, auch wenn er es nicht immer zeigen konnte. Die Liebe zum Alkohol war meistens stärker.

Lina wusste, dass ihr Vater nicht immer stark genug war, um für solche positiven Momente zu kämpfen, also war es an Lina, stark zu sein. Sie kämpfte für ihn. Sie wünschte so sehr, dass ab jetzt jeder Tag so sein würde und ihr Vater immer wie heute wäre.

Aber so war es nicht.

Kapitel 10

Linas Hoffnungen platzten am nächsten Morgen wie Seifenblasen und mit einem lauten Knall, der sie hochschrecken ließ. Durch ihr Zimmerfenster fiel die Sonne, sie schaute verwirrt in das Licht. Die Vögel sangen vor ihrem Fenster. Desorientiert sah sie auf die Uhr und erkannte, dass sie um mehrere Stunden verschlafen hatte. In der Schule war bereits Mittagspause, und Lina lag noch immer im Bett. Fluchend schlug sie ihre Decke weg und verhedderte sich prompt darin. Lina knallte ächzend auf den Boden und schlug sich das Knie auf, während sie versuchte, sich aus dem Laken zu befreien. Wieso nur hatte sie vergessen, ihren Wecker zu stellen? Oder hatte sie ihn überhört?

So schnell, wie sie konnte, putzte sie die Zähne, kämmte ihre Haare und zog sich ein Kleid über den Kopf. Dann schnappte sie ihre Tasche, stopfte ihr Mathebuch hinein, das noch auf dem Fußboden lag, und stürmte aus dem Zimmer. Geradewegs hinein in das Chaos.

Beinahe wäre sie wieder gestolpert, diesmal über einen umgefallenen Küchenstuhl, der einsam und verlassen auf dem Boden lag und an dem sich Lina den Zeh stieß.

»Was zum Teufel?«, murmelte sie und sah sich um. Der Sandwichmaker stand eingesaut auf der Arbeitsplatte, obwohl Lina ihn am Abend zuvor noch sauber gemacht hatte. Reste eines Sandwiches lagen auf einem der Teller, ebenso wie weitere Kaffeetassen. Die Zeitung mit der umkreisten Stellenanzeige lag zerknüllt im Blumentopf, direkt neben dem Mülleimer. Vermutlich hatte ihr Vater sie wegschmeißen wollen und hatte dabei die Mülltonne verfehlt.

Ihr Vater war nicht im Wohnzimmer. Dafür lag der Garderobenständer umgekippt auf dem Boden und verstreute Jacken und Mäntel. Lina erinnerte sich an den Knall, der sie geweckt hatte. Es schien, als sei der gute Tag ihres Vaters vorbei.

Wehmütig rückte Lina den Garderobenständer gerade und verließ die verdreckte Wohnung, um noch den Rest ihres Schultags mitzubekommen. Wieso nur konnte es nicht immer sein wie am Abend zuvor? Wieso musste ihr Vater wieder alles ruinieren und so außer Kontrolle geraten?

Lina platzte mitten in die fünfte Stunde. Die Blicke, die sie damit auf sich zog, ignorierte sie entschlossen und setzte sich mit hochrotem Kopf und einer jämmerlich klingenden Entschuldigung, sie habe Bauchschmerzen gehabt, an ihren Platz. Frau Mauber sah sie mit skeptischem Blick an, fuhr dann jedoch mit ihrem Französischunterricht fort.

Diesmal passte Lina gewissenhaft auf und notierte alles, was Frau Mauber sagte. Die Frage, wie sie an eine schriftliche Entschuldigung für die ersten Stunden kommen sollte, beschäftigte sie dennoch. Sie brauchte dafür ein Schreiben ihres Vaters, nur sah die Wohnung nicht danach aus, als wäre er in der Lage, auch nur einen Satz geradeaus zu schreiben. Dies waren die Momente, in denen Lina es kaum erwarten konnte, volljährig zu sein und solche Lappalien alleine klären zu können.

In der kleinen Pause schrieb sie selbst eine Entschuldigung, voller Hoffnung, ihr Vater würde zumindest in der Lage sein, diese zu unterschreiben. Es klang banal und lachhaft, dass Lina sich um so etwas Gedanken machen musste, aber an richtig schlechten Tagen war ihr Vater selbst zu solch einfachen Dingen nicht imstande. Dann war er wie ein Kleinkind, das nur essen, trinken und schlafen konnte und mit allen anderen Anforderungen überfordert war und emotional reagierte.

Vor einem Jahr war es richtig schlimm geworden, als ihr Vater ihr die Erlaubnis für die Klassenfahrt unterschreiben und ihr Geld dafür mitgeben sollte. Lina hatte extra einen guten Tag abwarten wollen, aber dieser Tag war nicht gekommen. Die Frist für das Geld war näher gerückt, und Maya hatte gedrängt, endlich zu handeln. Sie hatte befürchtet, Lina dürfe sonst nicht mitfahren. Fast wäre es auch so weit gekommen. Also war Lina deswegen an einem denkbar schlechten Tag bei ihrem Vater gewesen. Er reagierte wütend, weil »alle nur Geld von ihm haben wollen« würden, das er nicht hätte, und »die ganze Welt voller Schmarotzer« sei. Dann fegte er den Couchtisch leer und brachte dabei einige Flaschen zum Zerschellen. Lina klaute ihm am Ende das Geld aus dem Portemonnaie und fragte ihn wegen der Unterschrift am nächsten Tag noch mal. Es war ein Tag nach Fristende gewesen, aber Lina hatte mitfahren dürfen, nachdem sie der Lehrerin erklärt hatte, dass ihr Vater hohes Fieber gehabt hätte und sich somit nicht hatte kümmern können. Da die Lehrer wussten, dass er alleinerziehend war, wurde ein Auge zugedrückt, und Lina war mit in die Eifel gefahren.

Zugegeben war die Eifel kein cooler Ort für Jugendliche, denn dort gab es irgendwie ... nichts. Aber immerhin hatte sie einige Tage vor ihren Problemen fliehen und die Zeit mit Maya verbringen können. Dass sie sich das Geld für die Fahrt genommen hatte, war von ihm nie bemerkt worden. Dafür gab er zu viel Geld für Alkohol aus. Er hatte keinen Überblick über die Finanzen.

Dass Lina regelmäßig Geld abzweigte, um einkaufen zu gehen, oder sich Taschengeld gab, merkte er auch nicht.

Mit der Entschuldigung in der Tasche verließ Lina das Schulgebäude. Egal, wie ärgerlich es war, dass sie verschlafen hatte: Der Schultag war dadurch erfreulich schnell vorbeigegangen.

Micky wartete am Eingangstor auf sie und wurde von den herausströmenden Schülern neugierig gemustert. Es kam nicht oft vor, dass fremde Schüler hier auftauchten. Als er Lina mit einem innigen Kuss begrüßte und sie vor allen anderen eng an sich presste, bis ihr die Luft wegblieb, wusste Lina, dass ihnen die Aufmerksamkeit der anderen nun vollständig gehörte.

Sicherlich redeten die anderen gerade über diesen fremden Jungen, der Lina abknutschte. Aber ihr gefiel es, Teil dieses Tratsches zu sein, weil Micky darin enthalten war. Es konnte ruhig jeder sehen, dass er auf sie stand, und jeder sollte wissen, wie zufrieden Lina damit war.

Kapitel 11

Micky sagte Lina nicht, wo er mit ihr hinwollte. Diesmal waren sie nicht auf dem Weg zum Park, sondern schlugen die entgegengesetzte Richtung ein.

»Wohin gehen wir denn?« Lina war noch nie in dieser Ecke der Stadt gewesen. Die Häuser hier sahen schick aus, viel schicker als die Gegend, in der Lina wohnte.

»Du wirst schon sehen.«

Gemeinsam gingen sie die Treppen der U-Bahn hinunter, durchquerten jedoch nur die Unterführung und gingen auf der anderen Seite wieder hinauf. Dann bog Micky ab und blieb stehen. Lina blickte auf ein großes Schulgebäude mit weißer Fassade und bunt gestrichenen Säulen.

»Eine Schule?«, fragte Lina verwundert. Sie konnte sich beim besten Willen nicht vorstellen, was Micky hier wollte. Das Gebäude schien verlassen. Schüler und Lehrer waren längst nach Hause gegangen.

Trotzdem betrat Micky das Schulgelände und durchquerte den Schulhof. »Wir müssen in den Keller.«

»Aber wir dürfen doch nicht …? Wir werden sicher erwischt.« Lina sah sich verstohlen um.

»Keine Sorge«, sagte Micky und kramte einen Schlüsselbund aus seinem Rucksack. »Wir dürfen hier sein.«

Lina sah verblüfft zu, wie Micky mit einem seiner Schlüssel die graue Kellertür am Rande der Fassade aufschloss. »Bist du hier Hausmeister? Oder vergräbst du da unten irgendwelche Leichen?«

Micky schmunzelte. »Weder noch.«

Sie gingen eine graue Wendeltreppe hinunter, und Lina verstand gar nichts mehr. Die Treppe führte zu einem großen Flur, von dem einige Türen abgingen. Vereinzelte Türen waren mit Aufklebern und Zetteln versehen. So auch die, vor der Micky stehen blieb.

»Billiard Balls«, las Lina die Aufschrift der Sticker und runzelte die Stirn. Davon hatte sie noch nie gehört.

»The one and only.« Micky klopfte stolz auf die Tür und deutete auf den Sticker. »Das ist meine Band.«

»Im Ernst?«, fragte Lina aufgeregt. Sie hatte nicht gewusst, dass Micky in einer Band war.

Micky schloss die Tür auf und knipste das Licht an. Der Raum war klein und ziemlich vollgestellt. In der hintersten Ecke standen ein Schlagzeug mit Bandlogo, einige Verstärker und ein Mikrofonständer. Gitarre und Bass sah Lina nicht.

Direkt neben der Tür stand ein altes Sofa aus hellbraunem Leder. Auf dem Boden verstreut lagen leere Bier- und Colaflaschen und volle Aschenbecher.

»Es ist ein bisschen chaotisch. Ich hoffe, das stört dich nicht.«

Lina zuckte mit den Schultern. »Kein Problem. Ich bin Chaos gewöhnt.«

Micky zog fragend eine Augenbraue in die Höhe. Erst da fiel Lina auf, was sie gesagt hatte. Dies war der Moment, in dem sie ihm erklären sollte, wieso es bei ihr zu Hause oft chaotisch war, aber sie brachte es nicht über sich. Ihr Magen rumorte alleine bei dem Gedanken. Sie sah, dass Micky auf eine Antwort wartete.

»Maya ist eine richtige Chaos-Queen, weißt du«, sagte sie

schnell. Innerlich seufzte Lina beruhigt. Sie hatte gut geschaltet. Das mit Maya und dem Chaos war nicht mal gelogen, aber dennoch hatte sie es geschafft, unangenehmen Fragen zu entgehen. »Du solltest ihr Zimmer sehen. Wobei ... besser nicht. Sonst bekommst du einen netten Einblick in ihre Unterwäsche.«

Micky lachte auf. »In ihre Unterwäsche?«

»Maya hat diese Angewohnheit, sie überall herumliegen zu lassen, anstatt sie einzuräumen. Manchmal findet man sie an den seltsamsten Orten.« Lina dachte an den BH an der Lampe und spürte einen kleinen Stich im Magen, als ihr bewusst wurde, dass sie solche Anblicke nicht mehr geboten bekommen würde.

Gleichzeitig meldete sich Linas schlechtes Gewissen, weil sie Micky nicht die volle Wahrheit gesagt hatte. Dies war der Grund, wieso sie seit Flo keinen Jungen mehr an sich herangelassen hatte. Dies war der Grund, wieso Lina außer Maya keine Freunde hatte. Sie konnte ja doch nicht hundertprozentig ehrlich sein. Stets musste sie eine Seite von sich verstecken, musste aufpassen, was sie sagte. Es war anstrengend.

Lina ging zur Tür, an der an die Innenseite eine Handvoll Fotos geklebt waren. Sie erkannte gleich mehrere, auf denen Micky zu sehen war. Sie rückte noch ein Stück näher. Eins der Fotos zog sie in ihren Bann. Es zeigte Micky Arm in Arm mit einem schwarzhaarigen Mädchen. Es wirkte vertraut, zu vertraut für Linas Geschmack. Und sie war hübsch, sie hatte dieses volle, glänzende Haar, das Lina nicht hatte. Ihre eigenen Haare hingen immer wie Spaghetti an ihr herunter. Linas Magen zog sich unwillkürlich zusammen.

»Wer sind diese Leute auf den Fotos?«, fragte Lina und deutete direkt auf mehrere Bilder. Sie hoffte, er würde den eigentlichen Grund ihrer Frage nicht bemerken, ihr aber dennoch Informationen zu der Schwarzhaarigen geben.

»Die drei Jungs sind Malte, Bela und David. Meine Bandmitglieder.« Er zeigte auf ein Foto, das hier im Proberaum aufgenommen worden war. Scheinbar war dieses Mädchen also nicht in der Band. Insgeheim hatte Lina gehofft, sie wäre es. Dann hätte sie diese vertraute Pose nachvollziehen können.

»Und wer ist das?«, fragte Lina offen heraus und zeigte auf das Mädchen.

Micky ging sich durch die Haare. War er etwa nervös? Lina biss sich auf die Wangeninnenseite, während sie darauf wartete, dass er ihr eine Antwort gab. Vielleicht war sie noch nicht in der Position, ihn wegen anderer Mädchen zu fragen, wo sie sich erst seit Kurzem kannten. Aber sie wollte wissen, woran sie war.

»Das ist Sandy.« Micky merkte wohl, dass Lina auf mehr Informationen wartete. »Sie ist in Belas Klasse und ist oft bei den Proben dabei«, ergänzte er.

»Ach so«, sagte Lina, als sei es nicht eine wichtige Information für sie gewesen. Sie war also nur eine Freundin, damit konnte sie leben.

»Du fragst doch nicht etwa, weil du eifersüchtig bist, oder?« Micky grinste schief und zog eine Augenbraue hoch.

»Quatsch. Ich war nur neugierig«, antwortete Lina, aber sie wusste, dass Micky sie durchschaut hatte.

»Keine Sorge. Ich will nichts von Sandy. Aber von dir schon.« Er schlang von hinten seine Arme um Lina, die ihren Kopf gegen seine Brust legte. Kurz schloss sie die Augen, um seine Nähe zu genießen.

»Welches Instrument spielst du?«, fragte sie nach einiger Zeit.

»Schlagzeug«, sagte Micky. Sein Atmen kitzelte Lina am Ohr.

»Das ist *so* cool«, antwortete Lina. »Ich wollte auch immer Schlagzeugunterricht nehmen, aber das war leider zu teuer. Na ja, und genug Platz für ein Schlagzeug haben wir auch nicht in unserer kleinen Wohnung. Aber ich kann Blockflöte spielen.«

Lina schnitt eine Grimasse. Der Blockflötenunterricht in der Grundschule war für Lina und Maya eine Qual gewesen. Das Lesen von Noten hatten beide nie richtig verstanden, egal wie oft sie geübt hatten.

»Blockflöte. Sehr sexy«, feixte Micky und fing sich damit einen Knuff in den Oberarm ein.

Micky nahm plötzlich Linas Hand und zog sie zu den Instrumenten. »Dann komm. Wir haben noch eine halbe Stunde, bis die anderen Jungs kommen und die Bandprobe beginnt. Zeig mal, was du kannst.«

»Meinst du das ernst?« Lina betrachtete skeptisch das Schlagzeug. »Aber ich kann doch nichts. Das ist es ja.«

»Es ist noch kein Meister vom Himmel gefallen. Hau einfach drauf, tob dich aus.«

Ein breites Grinsen zog sich über Linas Gesicht. Plötzlich fühlte sie sich wie ein Kind am Weihnachtsmorgen. Jahrelang hatte sie davon geträumt, vor einem Schlagzeug zu sitzen.

Als sie sich nun auf den kleinen Hocker setzte und Micky die Becken auf ihre Höhe anpasste, fühlte es sich merkwürdig an. Das Schlagzeug war viel größer, als Lina gedacht hätte. Oft hatte sie sich YouTube-Videos angesehen, auf denen das Erlernen vom Schlagzeug erklärt wurde. Aber aus ihrer eigenen Perspektive wirkten die ganzen Becken und Trommeln fast schon überfordernd.

Micky gab ihr die Drumsticks. Sie waren leicht, Lina spürte ihr Gewicht kaum. Dann trat Micky ein wenig zurück.

»Leg los«, sagte er und grinste.

Lina grinste ebenfalls. Sie trommelte wie wild auf dem Schlagzeug herum, zunächst wahllos und ohne Rhythmus. Sie genoss einfach die lauten Geräusche, die sie verursachte, und den Spaß, den es brachte, mit voller Energie auf die Trommeln zu hämmern.

Erst nach einer Weile begann sie einen Rhythmus zu finden, genau wie sie es auf YouTube gesehen hatte. Es war nicht leicht, aber irgendwann klang es – zumindest in Linas Ohren – gar nicht so schlecht.

»Das klingt richtig gut, Lina.« Micky trat genau hinter sie. »Und jetzt versuch mal, das Becken miteinzubauen. Immer beim dritten Schlag.«

Micky führte Lina einmal vor, was er meinte, ehe sie versuchte, es nachzumachen. Zunächst gelang es ihr nicht, doch dann schaffte es Lina, ihre Beine und Hände besser zu koordinieren. Am liebsten hätte Lina die Sticks umhergewirbelt und Vollgas gegeben, aber so weit war sie noch nicht.

Erst als die Tür des Proberaums sich öffnete, verstummte das Schlagzeug. Drei Jungs, zwei davon mit Instrumentenkoffern beladen, betraten den Raum.

»Hey, Jungs«, sagte Micky. »Das ist Lina. Lina, das sind Bela, David und Malte.«

Lina stand auf und begrüßte die Jungs. Sie hatten zerrissene Jeans und bunt gefärbte Haare, ganz nach Linas Geschmack. Malte hatte ein T-Shirt mit einem durchgestrichenen Hakenkreuz an.

»Das ist also die berühmte Lina«, grinste David und zwinkerte Micky zu.

»Ich bin berühmt?«

»Allerdings. Seit Tagen hören wir nichts anderes mehr als deinen Namen.«

»Ist gut, Jungs.« Errötete Micky etwa?

»Von mir aus können sie gerne mehr erzählen. Ich finde das *sehr* interessant«, antwortete Lina.

Bela und Malte feixten.

»Die gefällt mir«, sagte David und klopfte Micky anerkennend auf die Schulter.

Micky gab Lina einen flüchtigen Kuss, ehe sie sich auf das Sofa setzte, etwas Wasser trank und den Jungs bei der Bandprobe zuhörte. Sie hatten provokante, aber auch humorvolle Texte, die Lina sehr an die Anfänge der *Ärzte* erinnerten. Sie waren gut. Malte hatte eine raue Stimme, und Micky war am Schlagzeug einfach grandios. Lina sah wie hypnotisiert zu, wie er die Sticks umherwirbelte. Jetzt, wo Lina es selbst ausprobiert hatte, wusste sie, wie anstrengend es war, Schlagzeug zu spielen. Micky musste eine gute Kondition haben. Bei ihm sah alles spielend leicht aus, aber Lina hörte, dass er richtig Power gab.

Kapitel 12

Für Lina war es erstaunlich, wie nah sie einem Menschen in wenigen Wochen kommen konnte. Nicht diese Art von Nähe des ersten Abends, bei der sie aufeinandergestürzt waren wie ausgehungerte Tiere, sondern echte, emotionale Nähe, bei der sich Lina geborgen und sicher fühlte und die ihr Herz zum Rasen brachte.

Vier Wochen lang hatte Lina Micky jeden Tag gesehen. Wenn sie sich nicht sahen, schrieben sie oder schickten sich Sprachnachrichten. Micky schaffte es, Seiten von Lina zu offenbaren, die Lina selbst noch nicht gekannt hatte. In seinem Beisein war sie lebensfroher, offener und mutiger. Ihre ständigen Selbstzweifel waren verflogen, und stattdessen hatte sie wieder Spaß am Leben.

Mit Maya und ihrer Mutter Spieleabende zu veranstalten und über Jungs zu quatschen, hatte auch immer großen Spaß gemacht, aber dabei hatte Lina nie über ihren Schatten springen müssen. Bei Micky hingegen erfand sie sich neu, erlebte eine andere Seite von sich und eine völlig andere Seite des Lebens. Ihre sonst ernste, manchmal verbissene Art, die sie sich seit der Trennung ihrer Eltern angeeignet hatte, war verflogen, genau wie ihr Leidensdruck. Micky war wie ein Magier, der all ihre Probleme mit einem Fingerschnipsen aus ihrem Kopf verbannen konnte.

Es waren nicht mal besondere Unternehmungen, die sie gemeinsam machten. Meistens verbrachten sie die Nachmittage und Abende im Park, hörten Musik oder redeten miteinander. Manchmal, vor allem bei schlechtem Wetter, saßen sie im Proberaum. Dort hörte sie der Band bei der Probe zu, hörte mit den Jungs Musik oder bekam Schlagzeugunterricht von Micky, bei dem sich Lina inzwischen ziemlich geschickt anstellte und richtige Freude an dem Instrument entwickelte. Allein diese Aktivitäten reichten aus, damit die Magie von Micky wirkte. Hauptsache, er war bei ihr und Lina bei ihm.

Es interessierte sie brennend, wie Mickys Familie war und ob es dort dieses klassische Familienleben gab, von dem Lina träumte. Sie wusste zumindest, dass Micky noch bei beiden Elternteilen aufwuchs. Schon allein dieser Umstand klang für Lina perfekt. Doch Micky war nicht gut auf sie zu sprechen und schien dieses Familienleben nicht besonders zu brauchen. Das war dasE, was sie noch nicht an ihm verstand. Lina blickte bei der Beziehung zu seinen Eltern nicht ganz durch, doch es schien insgesamt eine sehr belastete zu sein, in der man sich gegenseitig provozierte, strafte und ignorierte. Es gab häufig Streit, aber Micky berichtete nie Genaueres darüber. Manchmal jedenfalls blieb Micky extra lange im Park, nur um seinen Eltern damit eins auswischen zu können.

Vielleicht, dachte Lina, würde er es anders sehen, wenn er wüsste, wie es um ihr Familienleben stand. Dann könnte er erkennen, welches Glück er hatte, zumindest eine intakte Familie zu haben, bei der die Rollen der Erwachsenen und die Rolle des Teenagers klar verteilt waren. Dass Lina sich inzwischen angewöhnt hatte, erst spät abends und manchmal erst mitten in der Nacht nach Hause zu kommen, bekam ihr Vater nicht mal richtig mit. Manchmal, wenn Lina zu später Stunde nach Hause kam, war er selbst gar nicht da, und so kümmerte sich Lina nicht darum.

Es war zwar eine Freiheit, die Lina zugutekam, aber sie hatte einen bitteren Beigeschmack. Es war schön, die Zeit mit Micky zu verbringen und alleine zu entscheiden, wann sie was tun wollte. Aber die Sehnsucht nach einem Vater, der sich für ihren Tag interessierte und erkannte, wann Lina kam und ging, schwang dennoch immer mit.

Die einzige Konsequenz, die das nächtliche Herumtreiben für Lina hatte, war die Müdigkeit, die sie am Tag etwas träge werden ließ. Doch da sie im Unterricht ohnehin ständig von den Gedanken an Micky abgelenkt war, war es egal, wie ausgeschlafen oder konzentriert Lina in der Schule saß.

Sie befand sich auf Wolke sieben, vielleicht sogar noch ein paar Wolken darüber, und hatte das Gefühl, dass sie niemand so schnell dort herunterholen könnte.

Lina und Micky saßen eng umschlungen im Proberaum. In den letzten Tagen waren ihre Küsse intensiver und drängender geworden. Lina war längst außer Atem, ihr Herz raste, während Micky an ihren Lippen knabberte. Seine Hand lag auf ihrem Nacken, was ihr eine Gänsehaut verschaffte. Lina ließ ihre rechte Hand unter sein T-Shirt gleiten. Sie spürte, wie sich seine Muskeln unter ihren Berührungen anspannten. Ein leises Seufzen von Micky löste in Lina eine Gefühlslawine aus. Ihr Kopf schaltete sich aus. Sie setzte sich rittlings auf ihn, um ihm noch näher zu sein. Jeder Fetzen Stoff zwischen ihnen schien auf einmal zu dick zu sein. Lina wollte Micky nah sein, richtig nah. Sie wollte seine Haut berühren, wollte jeden Zentimeter davon erforschen. Und Micky schien es genauso zu gehen, denn er zog Linas Top ein wenig nach unten und küsste ihr Dekolleté. Genüsslich schloss sie die Augen. Mickys Atem kitzelte auf der überhitzten Haut.

Bis ein lautes Poltern beide aufschrecken ließ. Die Tür sprang auf, Malte und Bela standen in der Tür und musterten sie mit einem breiten Grinsen. Lina zog panisch ihr Top wieder nach oben und glitt von Mickys Schoß.

»Oha«, lachte Malte. »Lasst euch nicht stören. Wir können die Werbeaktion gerne ohne euch machen. Dann habt ihr noch etwas mehr Zeit.«

»Was ist denn los?«, fragte David und streckte seinen Kopf durch die Tür. Und neben ihm tauchte das schwarzhaarige Mädchen von den Fotos auf. Sandy.

Micky räusperte sich. »Alles klar, Jungs. Hört auf zu grinsen. Zeigt lieber mal die Flyer.« Ansonsten sagte er nichts und schien so tun zu wollen, als sei das gerade nicht unangenehm gewesen. Lina hingegen hatte einen hochroten Kopf.

Die Jungs kamen in den Raum und begannen sich die Flyer und Sticker anzusehen, mit denen sie für den nächsten Auftritt im Pink werben wollten. Es war seit Wochen geplant gewesen. Wie hatte Lina das vergessen können? Sie hatte doch gewusst, dass die Jungs auftauchen würden, und trotzdem hatte sie sich so gehen lassen. Es war wirklich peinlich. Und das Ganze auch noch in Gegenwart von Sandy.

Ihr Blick wanderte zu Sandy, die neben ihr auf der Couch saß. Dass sie auch dabei wäre, hatte ihr niemand gesagt. Und es stieß Lina säuerlich auf. Dieses Mädchen war ihr ein Dorn im Auge, alleine wegen ihrer Haare, die in echt noch viel schöner waren als auf dem Foto. Die schwarze Farbe war intensiv, definitiv gefärbt, aber unterstrich ihre blasse Haut. Sandy wirkte fraulich und aufregend. Lina fragte sich, wie alt sie wohl war. Sicherlich älter als sie, vielleicht sogar ein Jahr älter als Micky. Neben Sandy kam sich Lina vor wie ein kleines Mädchen, nicht wie die Frau, die sie in den innigen Momenten mit Micky war. Es störte Lina. Vielleicht lag es aber auch daran, dass Sandy sie komisch ansah, als würde sie Lina abfällig abschätzen. Mädchen waren gut darin, Abneigung in Blicke zu legen. Und Lina hatte das Gefühl, dass Sandy genau das bei ihr tat.

Micky hatte gesagt, dass sie nur Freunde waren, und das wollte sie ihm glauben. Obgleich sich ein irrationales Gefühl der Eifersucht längst in ihrem Innern breitgemacht hatte. Sie wusste nur nicht, wieso. Micky gab ihr keinen Grund zu zweifeln. Sein Verhalten sprach klar dafür, dass er sie ebenso mochte wie sie ihn. Sie spürte es mit jedem Kuss, jeder Berührung.

Es war bereits dunkel, als die Billiard Balls, Sandy und Lina den Proberaum verließen und mit der U-Bahn in die Altstadt fuhren. Die Düsseldorfer Altstadt war brechend voll von feierwütigen Leuten, die ihren Freitagabend genießen wollten.

David, Malte, Bela und Sandy hatten ausgedruckte Flyer in den Händen, die sie den Leuten in die Hand drückten, um für ihren nächsten Auftritt im Pink zu werben.

Micky und Lina waren stattdessen mit Stickern bewaffnet, die den Bandnamen aufgedruckt hatten. Micky hatte es sich nicht nehmen lassen, seine Lederjacke mit den Stickern vollzukleben, sodass er nun aussah wie eine wandelnde Litfaßsäule.

Er sah sich verstohlen um und klebte dann einen Billiard-Balls-Sticker auf einen Briefkasten, der vor ihm lag. Dann betrachtete er sein Werk. Der knallrote Aufkleber biss sich fürchterlich mit der gelben Farbe des Kastens und fiel dadurch ziemlich auf.

»Sieh mich nicht so an, als wäre ich ein Schwerverbrecher.«

Lina hatte gar nicht gemerkt, wie sie auf Micky gestarrt hatte, aber tatsächlich kämpfte ihre vernünftige Seite mit dem Teil in ihr, der einfach Spaß haben wollte. Genau diese unbekümmerte Art von Micky war die, die Lina immer wieder dazu brachte, neue Wege zu gehen und sich auszuprobieren … und sich dabei gut zu fühlen.

»Mach ich gar nicht«, kommentierte Lina schließlich. Dann schlenderte sie breit grinsend zu einem der geschlossenen Läden, in denen das Schaufenster leuchtete, und klebte einen der Sticker direkt in Augenhöhe auf das Glas. Sofort durchfuhr sie ein kleines Kribbeln.

»Was machen Sie denn da?«, fragte eine Frau mittleren Alters anklagend und sah Lina forsch an.

Der Teil in ihr, der wieder Spaß haben wollte, brachte sie jedoch dazu, sich von der Frau wegzudrehen. »Lauf!«, rief sie Micky lachend zu und begann um die Ecke zu sprinten.

Micky holte sie ein, die anderen schienen vergessen. Stattdessen liefen die beiden durch die Stadt und hefteten dabei einen Sticker nach dem anderen an wahllose Gegenstände: mal Straßenlaternen, Mülleimer und Schaufenster; ein paar Mal parkende Autos und einmal sogar auf einen Fußgänger, der gerade an einer roten Ampel stand und ihnen perplex nachstarrte, noch immer den roten Sticker auf der Stirn.

Erst als sie keine Sticker mehr hatten, blieben sie stehen und verfielen in schallendes Gelächter.

»Hast du das Gesicht von dem Typen gesehen?«, grölte Lina und wischte sich Lachtränen aus den Augenwinkeln. »Hätte ich doch nur ein Foto gemacht. Das war echt genial.«

»Ich hätte echt nicht gedacht, dass du so Gas gibst. Am Anfang hast du noch geguckt wie ein scheues Reh, und dann auf einmal das. Du hast ernsthaft einem Typen einen Aufkleber auf die Stirn geklatscht.« Micky lachte erneut. »Ich bekomm mich echt nicht mehr ein.«

Lina grinste ihn an. »Du hast einen merkwürdigen Einfluss auf mich. Früher hätte ich so etwas auch nie gemacht.«

»Was? Ich bin also schuld, dass du deine böse Seite entdeckst?«

»Na, solange meine *böse* Seite mich nur dazu verleitet, Sticker auf Menschen zu kleben, geht das ja noch. Da gibt es Schlimmeres.«

»Trotzdem mag ich diese Seite.« Micky schmunzelte.

»Ich finde sie auch gar nicht so schlecht.« Lina drückte ihm einen Kuss auf den Mund. »Komm, jetzt sollten wir zu den anderen zurück. Wir haben, denke ich, genug Werbung für euch gemacht, oder meinst du nicht?«

»Auf jeden Fall«, bestätigte Micky und schmunzelte noch immer. »Jetzt müssen wir nur noch die anderen wiederfinden.«

Linas Atmung beruhigte sich langsam wieder. Sie konnte sich nicht daran erinnern, wann sie das letzte Mal so ausgelassen gelacht hatte oder wann sie das letzte Mal so schnell gelaufen war. Es war beinahe eine koordinative Glanzleistung gewesen, dass sie gleichzeitig laufen, Aufkleber lösen und anbringen konnte, ohne in jemanden hinein- oder gegen eine Häuserwand zu rennen. Sie gingen auf dem gleichen Weg zurück, auf dem sie gekommen waren, und begutachteten breit lächelnd ihr Werk. Sie hatten wirklich ganze Arbeit geleistet. Überall strahlte ihnen das Logo der *Billiard Balls* entgegen.

Kapitel 13

Das Pink war wieder einmal gut besucht, und der Bandwettbewerb war im vollen Gange. Micky stand neben Lina und begutachtete seine Konkurrenz. Seine Miene wirkte versteinert, aber an seinen Händen, die er hibbelig ineinanderknetete, erkannte Lina, dass er nervös war. Der Gewinner dieses Bandwettbewerbs würde hundert Euro gewinnen und sich für einen Auftritt bei einem kleinen Festival im Düsseldorfer Umkreis qualifizieren. Eine Riesenchance, die die Jungs unbedingt wahrnehmen wollten.

Lina nahm Mickys Hand in ihre und drückte sie. Sie wollte ihm die Nervosität nehmen und ihm beistehen, aber eigentlich war Lina genauso aufgeregt wie er. Der Wunsch, dass Micky und die Jungs diesen Wettbewerb gewannen, wuchs inzwischen immer mehr. Die Band hatte in den vergangenen Wochen hart gearbeitet und geprobt, war Tag und Nacht im Proberaum gewesen, und Lina hatte gesehen, wie wichtig den Jungs dieser Auftritt war.

Lina hatte für diesen Auftritt extra ihr letztes Geld zusammengekratzt und sich weiße Stofffarbe gekauft, um auf ein altes, schwarzes T-Shirt den Schriftzug der Billiard Balls aufzumalen. Es war zugegeben ein wenig krumm und schief geraten, denn Lina hatte nicht gerade künstlerisches Talent, aber es reichte, um Mickys Augen strahlen zu lassen und ihm ein Grinsen zu entlocken. Er schoss sofort Selfies mit Lina, auf denen er mit seinen Fingern auf den Schriftzug zeigte, um es dann als neues WhatsApp-Profilbild hochzuladen.

Sich gemeinsam mit ihm auf diesem Foto zu wissen, sichtbar für alle, ließ die Beziehung zu Micky noch realer werden. Es war bereits ein großer Schritt gewesen, die Jungs kennenzulernen und in ihren Freundeskreis aufgenommen zu werden, doch es war etwas richtig Besonderes, dass alle Bekannten und Freunde von Micky nun offiziell sehen konnten, dass sie ein Team waren. Lina stellte sich in Gedanken vor, wie alte Flirts oder Ex-Freundinnen dieses Bild sahen. Ein großer Teil in ihr hoffte auch darauf, dass Sandy dieses Foto sah. Sandy, die nur wenige Meter weiter mit ein paar Freundinnen stand und wieder diesen ätzenden Blick draufhatte. Es war inzwischen so was von offensichtlich, dass sie Lina nicht mochte. Die Art, wie sie Linas Aussehen musterte und dabei die Nase rümpfte, sagte alles. Zumindest für Lina. Micky bekam davon nichts mit.

Aber Lina hatte sich vorgenommen, Sandy und ihre Freundinnen zu ignorieren. Sie würde heute für Micky da sein. Nicht nur mit ihrem Shirt, sondern sie würde auch in der ersten Reihe so laut jubeln und klatschen, wie sie konnte, und versuchen, die Umstehenden durch ihre Begeisterung mitzureißen.

Die Band auf der Bühne stimmte ihr letztes Lied an, und Micky verabschiedete sich mit einem gequälten Gesicht von Lina, um sich backstage auf seinen Auftritt vorzubereiten. Sie zog ihn an sich, gab ihm einen langen Kuss und sah ihm tief in die Augen.

»Rock die Bühne. Du schaffst das.«

Micky nickte, schluckte schwer und ging dann hinter die Bühne. Lina nutzte die Zwischenzeit, um auf die Toilette zu gehen und sich ein neues Getränk zu holen, und fand sich dann in der ersten Reihe ein. Von ihrem Platz aus hatte sie den perfekten Blick auf das Schlagzeug.

Kurze Zeit später sammelten sich um sie herum die Leute, die Tanzfläche füllte sich, und das Licht wurde gedimmt. Lina umklammerte ihre Flasche und versuchte das Kribbeln in ihrem Bauch zu mindern. Doch als die Jungs die Bühne betraten und ihren Platz einnahmen, ganz am Schluss Micky, der sich hinter sein Schlagzeug stellte, überkamen Lina Aufregung, Freude und vor allem Stolz.

»Schön, das ihr alle gekommen seid«, sagte Malte ins Mikrofon. »Wir sind die Billiard Balls aus Düsseldorf.«

Um sie herum ertönte Applaus, und Lina grölte und jubelte so laut, wie sie konnte.

Der Auftritt dauerte dreißig Minuten, und Lina, die in den letzten Wochen bei jeder einzelnen Probe gewesen war, erkannte zufrieden, dass die Jungs sich selbst übertrafen. Jedes Lied saß, die Menge tobte, und Lina beobachtete wie hypnotisiert, wie Micky die Drumsticks umherwirbelte und seinen Kopf im Takt bewegte. Es war cool, wild und sexy, und wenn Lina ihn nicht schon gekannt hätte, wäre dies der Moment gewesen, in dem sie ihm restlos verfallen wäre.

Die Jungs gewannen den Wettbewerb nicht, sondern belegten den zweiten Platz. Es war etwas enttäuschend, so knapp dem ersten Platz zu entgehen, aber trotzdem war es eine wahnsinnige Leistung. Eine Leistung, die gleich noch gefeiert werden musste.

Lina betrachtete sich im Spiegel und richtete ihre Haare. Ein letzter Check, bevor sie in den Proberaum weiterziehen würden. Sie zog ihren Kajalstift nach und wollte gerade wieder zu den anderen gehen, als die Tür des Toilettenraums aufschwang und Sandy hereinkam. Ihre Freundinnen folgten ihr. Und sie steuerten direkt auf Lina zu.

»Gibt's was?«, fragte Lina betont ruhig und drehte sich um.

»Wir müssen über Micky reden.«

Lina atmete tief ein. Das hatte sie befürchtet. Sie hatte Sandys Blick wohl doch richtig gedeutet. Egal was Micky auch über ihre Freundschaft gesagt hatte, in diesem Moment wusste Lina, dass Sandy das anders sah.

»Ich denke nicht, dass es da etwas zu reden gibt«, sagte Lina und war erstaunt darüber, wie ruhig sie blieb. Ihr Herz pochte so wild in ihrer Brust, dass sie kaum Luft bekam. Auseinandersetzungen waren nicht ihr Ding, sie konnte bei so was ohnehin nur verlieren.

»Das denke ich aber schon.« Sandy kam einen Schritt auf sie zu. »Du denkst, dass das mit Micky und dir etwas Besonderes ist. Aber du sollst wissen, dass ich Micky schon *verdammt* lange kenne. Wirklich lange. Und du bist nur ein kleiner Zeitvertreib.«

Lina schluckte schwer. »Wenn ihr euch schon so lange kennt, hattest du doch genug Zeit, um Micky für dich zu gewinnen. Da du es nicht geschafft hast, schätze ich, dass du es einfach aufgeben solltest. Micky will dich offenbar nicht.«

Lina blinzelte, als Sandy plötzlich einen Satz nach vorne machte und nun direkt vor ihr stand. Sie sah jetzt unfassbar wütend aus, und Lina war sich plötzlich nicht mehr sicher, ob ihr Spruch klug gewesen war. Sandy wirkte nicht wie eine Person, die sich gerne provozieren ließ. Und Lina war normalerweise niemand, der gerne provozierte. Sie wusste selbst nicht, woher sie den Mut genommen hatte.

»Ich denke, dann wird es Zeit, Micky vom Gegenteil zu überzeugen«, sagte Sandy. »Wie gut, dass ich immer bekomme, was ich will.« Mit diesen Worten verließ Sandy die Toilette.

Ihre Freundin grinste Lina noch an. »Bis gleich im Proberaum«, sagte sie süßlich und folgte dann Sandy.

Die Musik dröhnte durch die Anlage des Proberaums, die Jungs sangen schief und laut. Die Stimmung war ausgelassen, und Micky war in Hochform, als er um zwei Uhr nachts noch ein Schlagzeugsolo hinlegte.

Aber Lina war nicht ganz bei der Sache. Immer wieder schweifte ihr Blick zu Sandy. Sie war voll auf Flirtmodus, aber Micky schien das gar nicht zu merken. Immer wieder lag ihre Hand auf seiner Schulter, oder sie flüsterte ihm etwas zu und warf mit einem koketten Lachen ihre Haare nach hinten. Wieso merkte er denn nicht, was sie da tat? Das war doch Flirten, wie es im Bilderbuch stand. Jungs waren manchmal so was von begriffsstutzig!

Als Sandy sich an Mickys Schlagzeug setzte und sich von ihm zeigen ließ, wie man spielte, reichte es Lina. Das war ihr Ding – Mickys und ihrs. Es war wie ein Verrat, dass Micky das Gleiche nun auch mit Sandy tat. Und sie hatte es satt, Sandys selbstgefälliges Grinsen zu sehen. Innerlich war in Lina längst eine Sicherung geplatzt. Sie musste hier weg.

Ohne jemandem Bescheid zu sagen, verließ sie den Proberaum und setzte sich in einen der Gänge. Der Boden war kühl und dreckig, aber das war ihr egal. Sie musste sich wieder einen klaren Kopf verschaffen und ruhig werden, nur ging das in Anwesenheit von Sandy nicht. Sandy machte sie rasend. Ihr Verhalten war unter aller Sau, und Lina war genervt, dass Micky es nicht checkte. Aber sie wusste gleichzeitig auch, dass diese Eifersucht, die sich in ihr Innerstes brannte, eigentlich nicht gerechtfertigt war. Micky hatte ihr gezeigt und gesagt, dass er in sie verliebt war. Wieso reichte ihr das nicht? Wieso musste sie an ihm zweifeln? Sie sabotierte damit doch nur ihre Beziehung.

Lina nahm ihr Handy aus der Hosentasche. Sie war versucht, Maya anzurufen. Sie würde es schaffen, Lina zu beruhigen. Aber nach einem Blick auf die Uhr entschied sie sich dagegen. Es war mitten in der Nacht, sicherlich schlief Maya längst. Seufzend ließ sie das Handy wieder sinken, unsicher, was sie nun tun sollte.

In diesem Moment ging die Tür vom Proberaum auf. Micky sah sich suchend um und entdeckte Lina. Seine Stirn lag in Falten.

»Was machst du denn hier draußen?« Er setzte sich zu ihr und musterte sie.

Lina zuckte zur Antwort nur mit den Schultern.

»Komm schon, was ist los? Irgendetwas ist doch.«

»Es ist bescheuert«, sagte Lina leise und spielte mit einer Rüsche ihres Tops.

»Aha, also ist wirklich etwas.«

»Vielleicht schon«, gab Lina zu. Dann seufzte sie kapitulierend. »Es ist wegen Sandy.«

Micky lachte leise auf. »Aber ich habe dir doch schon gesagt, dass du keinen Grund hast, eifersüchtig zu sein. Sie ist nur eine Freundin.«

»Ja, nur leider sieht sie das nicht so.«

»Wie meinst du das? Hat sie irgendwas Blödes gesagt?«

»Ja ... nein ... vergiss es. Ich weiß ja, dass es bescheuert ist.«

Micky legte seine Hand unter ihr Kinn und hob es ein wenig an, damit sie ihm in die Augen sah. »Was hat Sandy gesagt?«

»Irgendwas von wegen, dass ich nur ein Zeitvertreib wäre und sie dich schon noch rumkriegen würde. Das waren nicht ihre genauen Worte, aber genau das hat sie gemeint.«

Micky schien ernsthaft überrascht. »Aber du weißt doch, dass das nicht stimmt, oder? Du bist so viel mehr als ein Zeitvertreib.«

»Ich weiß«, sagte Lina ehrlich. »Aber ich bin trotzdem sauer. Sandy sitzt mit dir am Schlagzeug und flirtet wie ein Weltmeister, und du steigst auch noch voll drauf ein. Versteh mich nicht falsch, ich weiß genau, dass du nicht absichtlich geflirtet hast und dass du nichts von ihr willst. Das hast du mir ja gesagt, also glaube ich dir das. Aber es macht mich echt wütend, dass du sie in ihrem Verhalten auch noch bestärkst und auf ihr kleines Spielchen eingehst. Ob bewusst oder unbewusst.«

»Es tut mir leid«, sagte Micky. »Ich habe wirklich nichts davon mitbekommen.«

»Dabei war es so offensichtlich«, erwiderte Lina frustriert.

»Mag sein. Aber da ich ohnehin nur Augen für dich habe, achte ich gar nicht darauf, was andere Mädchen tun oder sagen.«

Micky drückte ihre Hand.

»Ab jetzt ist Sandy für mich Luft, ich verspreche es.«

Lina schmunzelte. »Das wird sie aber sicher nicht akzeptieren.«

»Das muss sie«, sagte Micky. »Du gehörst zu mir, ob sie will oder nicht. Und das werde ich ihr auch sagen.«

»Kann ich dabei sein?«, fragte Lina frech. Es wäre ihr ein Vergnügen, in Sandys Gesicht zu sehen, wenn Micky ihr die Meinung geigte.

Micky nickte lächelnd. »Dann lass uns mal gehen«, sagte er und half Lina hoch. Gemeinsam gingen sie zurück in den Proberaum. Zurück zu Sandy und ihren Freundinnen. Aber diesmal freute sich Lina auf die Begegnung.

Kapitel 14

Seit Micky Sandy klipp und klar gesagt hatte, dass er kein Interesse an ihr habe, war Lina wieder auf ihrer Liebeswolke, und die Wochenenden mit Micky vergingen wie im Flug. Es war dieses Phänomen, dass Zeiten, in denen man wirklich glücklich ist, viel zu schnell an einem vorbeizogen, während Verpflichtungen, wie Schultage zum Beispiel, sich zogen wie Kaugummi.

Lina wollte den Montagmorgen einfach hinter sich bringen. Immerhin die ersten vier Stunden hatte sie bereits geschafft. Aber die bevorstehende Mathe-Doppelstunde zerrte schon jetzt an ihren Nerven. Allein die Mittagspause war ein kleiner Lichtblick, weil sie dann ungestört mit Micky schreiben konnte.

Die meisten ihrer Mitschüler hatten schon den Klassenraum verlassen. Lina hatte bereits die Tür erreicht, als die Stimme ihrer Englischlehrerin sie zurückrief.

»Lina? Kann ich dich noch kurz sprechen?«

Lina nickte stumm und erntete neugierige Blicke der letzten Schüler, die vermutlich glaubten, sie hätte etwas ausgefressen. Sie selbst überlegte fieberhaft, wieso ihre Lehrerin mit ihr sprechen wollte, doch ihr fielen keine Gründe ein.

Wie jedes Mal in solch einer Situation dachte sie an ihren Vater und bekam sofort Herzrasen, wenn sie sich vorstellte, jemand wäre dem Geheimnis auf die Schliche gekommen. Schon seit Jahren rechnete sie damit – bei Elterngesprächen oder Schulveranstaltungen. Doch bislang war immer alles gut gegangen.

»Was gibt es denn, Frau Sentis?«, fragte Lina nervös und spielte mit dem Riemen ihrer Umhängetasche.

Frau Sentis war schon seit Langem Linas Lieblingslehrerin. Sie hatte diese ruhige, natürliche Ausstrahlung. Außerdem mochte Lina ihre mandelförmigen Augen und das pechschwarze Haar. Sie war mit Abstand die hübscheste und netteste Lehrerin an der Schule, aber leider auch die mit der größten Beobachtungsgabe.

»Ich mache mir ein wenig Sorgen um dich«, gestand sie.

»Wieso?«, fragte Lina. Ihr Herz schlug so laut, dass sie ihre eigene Frage kaum verstehen konnte.

»Du wirkst unkonzentriert. Schon seit einigen Wochen. Du beteiligst dich kaum noch am Unterricht, und wenn ich dich drannehme, merkst du es gar nicht. Du bist mit deinen Gedanken scheinbar immer woanders.«

Lina schluckte. Sie war in den letzten Wochen tatsächlich gedanklich öfter abgeschweift. Meistens zu Micky und ihrer gemeinsamen Zeit. Ihre Schulhefte bestanden fast nur noch aus gemalten Herzchen und kleinen Ms.

»Ich ... das tut mir sehr leid.« Lina sah Frau Sentis direkt in die Augen, um ihr zu signalisieren, dass alles in Ordnung war. Sie durfte nicht merken, dass zu Hause etwas nicht stimmte. »Ich werde das wieder ändern. Versprochen.«

Frau Sentis musterte Lina nachdenklich. »Ich kann mir vorstellen, dass du es zurzeit nicht leicht hast. Aber du musst trotzdem im Unterricht aufpassen, Lina. Versau dir damit nicht deine Zukunft.«

Lina runzelte die Stirn. Sie traute sich kaum zu fragen, aus

Angst vor der Antwort. »Wieso glauben Sie, dass ich es momentan nicht leicht habe?«

Lina biss sich auf die Lippe. Fest rechnete sie damit, dass Frau Sentis ihr nun gestehen würde, dass sie alles vom Alkoholkonsum ihres Vaters wusste.

»Ich weiß, dass Maya deine beste Freundin ist. Ihr Umzug muss dich schwer getroffen haben.«

Lina wusste nicht, ob sie weinen oder lachen sollte. Einerseits war es erleichternd zu wissen, dass Frau Sentis nicht ihren Vater gemeint hatte und sein Geheimnis weiterhin ein Geheimnis blieb. Doch gleichzeitig hatte Frau Sentis auch ins Schwarze getroffen. Egal wie glücklich sich Lina wegen Micky fühlte, umso unglücklicher war Lina, keine beste Freundin mehr in der Nähe zu haben, mit der sie ihr Glück hätte teilen können.

»Sie haben recht«, sagte Lina und spürte, wie ihr ein Kloß im Hals hängen blieb. »Ich vermisse sie sehr. Irgendwie habe ich, seit sie weg ist, das Gefühl, keinen richtigen Ansprechpartner mehr zu haben.«

»Du meinst, keine richtigen Freunde?«

Lina nickte zustimmend. »Maya und ich waren immer ein Doppelpack. Wir kannten schon viele Leute, aber getroffen haben wir uns immer nur zu zweit. Seit sie weg ist, bin ich allein.«

Frau Sentis sah sie nachdenklich an. »Lass dir ein wenig Zeit, und sieh dich um. Es gibt einige Schüler, denen es ähnlich geht wie dir.«

Lina wusste nicht, ob sie auf einen konkreten Schüler hinwies, aber sie versprach ihrer Lehrerin, sich umzusehen und im Unterricht wieder mehr mitzuarbeiten.

Als Lina in die Mittagspause ging, fühlte sie sich nervös und aufgewühlt. Die stete Sorge über die Situation zu Hause vermischte sich mit einer Schwere, die das Gespräch über Maya ausgelöst hatte. Darüber zu sprechen, wie sehr sie Maya vermisste, hatte ihren Verlust wieder präsent werden lassen. Augenblicklich sehnte sich Lina nach Micky, damit er diese düsteren Gedanken würde verscheuchen können. Lina mochte es nicht, so traurig zu sein. Sie wusste nicht, wie sie mit dieser melancholischen Stimmung umgehen sollte.

Sie ging in die Cafeteria, kaufte sich einen Schokoriegel und sah sich in der Menge um. Niemand hier sah so aus, wie Lina sich fühlte. Niemand schien allein zu sein und nicht dazuzugehören. Niemand außer ihr. Alle anderen waren in Gruppen unterwegs, lachten und aßen zusammen und schienen auf einer Wellenlänge zu sein. Lina war sich nicht sicher, ob es das war, was sie brauchte. Sie wollte zwar nicht mehr allein durch die Flure ziehen, aber es war absurd zu denken, irgendjemand könnte Maya ersetzen. Niemals wieder würde Lina so eine Freundin finden, und niemals wieder würde sie sich jemandem so öffnen können.

Bei Micky hatte sie es nur geschafft, weil er anders war als andere. Sie hatte gleich gespürt, dass er etwas Besonderes war. Aber gleichzeitig hatte sie sich noch nicht vollständig geöffnet. Es stand noch etwas zwischen ihnen ... das Geheimnis um ihren Vater. Micky wusste noch immer nichts von der Situation zu Hause, er hatte nicht mal den Hauch einer Ahnung, wie Lina lebte und welche Probleme sie mit sich herumschleppte. Die Stimme, ihm alles zu sagen, wurde von Woche zu Woche lauter, aber noch schaffte es Lina gekonnt, diese Stimme zu ignorieren. Die Furcht vor Ablehnung hatte sie noch fest im Griff, genau wie die Loyalität zu ihrem Vater.

Den restlichen Schultag wurde Lina ihre merkwürdige Stimmung nicht los. Permanent schweifte sie gedanklich ab – zu Micky, Maya und dem Thema Freundschaft – nur um sich immer wieder selbst zu ermahnen, dem Unterricht zu folgen. Sie musste es schaffen, sich während der Schulzeit zu konzentrieren. Nicht nur wegen ihrer Noten, sondern auch damit niemand merkte, dass es Lina schlecht ging. Noch würden sie vielleicht gelten lassen, dass Lina wegen Maya traurig war, doch irgendwann würden sie tiefer bohren. Lina konnte nachforschende Lehrer nicht gebrauchen. Sie sollten sich nicht für Linas Seelenleben interessieren und auch nicht für ihre Probleme. Das Risiko, dass sie dabei zu tief gruben und auf das eigentliche Leck in der Leitung trafen, war einfach zu groß. Sie musste wieder funktionieren.

Kapitel 15

Micky holte Lina nach dem Unterricht ab. Ihre schlechte Laune, die sie noch den ganzen restlichen Tag gespürt hatte, verflog augenblicklich. Sie gingen Hand in Hand durch die Innenstadt, machten an Schaufenstern und Cafés halt und ließen den Trubel der Stadt auf sich wirken. Lina war lange nicht mehr richtig shoppen gewesen. Meist kaufte sie ihre Kleidung auf Flohmärkten, wo sie nicht so viel Geld für die Sachen ausgeben musste. Düsseldorf hatte zum Glück eine Reihe solcher Flohmärkte zur Auswahl, bei denen Lina richtige Schnäppchen machen konnte. Manchmal fand sie es schade, sich nie wirklich neue Sachen zu kaufen, aber als Lina die Schaufenster betrachtete, stellte sie fest, dass die meisten Läden ohnehin nicht ihren Geschmack trafen. Nur ein Pünktchen-Rock in einem der Schaufenster zog ihren Blick an. Lina hörte ihn beinahe nach ihr rufen. Er würde ihr bestimmt wahnsinnig gut stehen, doch der Preis war außerhalb ihrer Möglichkeiten. Leider.

Trotzdem genoss es Lina, durch die Innenstadt zu schlendern und dabei Mickys Hand zu halten. Es fühlte sich richtig an, sich öffentlich als Paar zu zeigen. Sie wollte es der ganzen Welt mitteilen und allen Leuten vorführen, dass sie endlich mal glücklich war.

»Hast du Lust auf ein Eis?«, fragte Micky und zeigte auf die

Eisdiele auf der Ecke, vor der sich eine kleine Schlange gebildet hatte. Im Kopf ging Lina den Inhalt ihres Portemonnaies durch, dann nickte sie. »Eine Kugel Vanilleeis kann nicht schaden.«

»Ich lade dich ein«, sagte Micky und nahm seine Geldbörse aus der Gesäßtasche.

»Du musst nicht …«, versuchte es Lina. Auch wenn Micky nicht wusste, wie knapp bei ihnen das Geld war, wollte sie ihm finanziell nicht zur Last fallen. Sie wusste doch, dass sie es ihm nie zurückzahlen könnte.

»Ich will aber. Lass mich mein Mädchen auf ein Eis einladen. So machen das echte Kerle eben.«

»Dein Mädchen?«, wiederholte Lina. Seine Worte hatten einen Schwarm Schmetterlinge losgetreten. Micky antwortete nicht, sondern gab ihr stattdessen einen sanften Kuss auf die Lippen. Die Schmetterlinge wurden stärker.

Erst das Poltern eines umgefallenen Mülleimers und der Ruf von Linas Namen brachten Lina aus ihrer verliebten Trance. Hektisch sah sie sich um. Ihr Magen, der sich zuvor noch so leicht angefühlt hatte, verkrampfte sich augenblicklich. Das konnte nicht sein … das *durfte* einfach nicht sein.

Sie entdeckte ihn nach wenigen Sekunden. Ihr Vater stand an einer der Straßenecken direkt vor dem Rathaus. Er hatte den Mülleimer von einem benachbarten Kiosk umgestoßen und versuchte ihn schwankend wieder aufzuheben. In seiner Hand hielt er eine Wodkaflasche, die zur Hälfte leer getrunken war. Im Hintergrund sah Lina seine Saufkumpanen, die grölten und lachten, während sie zusahen, wie ihr Vater mit der Mülltonne kämpfte.

»Lina!«, rief er lallend herüber. »Hier bin ich!«

Mickys Blick wanderte zu dem betrunkenen Mann, der ihren Namen rief. Sein Blick wurde enger, wanderte von dem Mann zu Lina und wieder zurück.

»Wer ist das?«, fragte er verwirrt und ließ das Portemonnaie, mit dem er gerade das Eis bezahlen wollte, wieder sinken.

Lina versteifte sich.

»Ich kann dir das jetzt nicht erklären. Ich ... ich muss weg. Es tut mir leid.«

Sie sah weder Micky noch ihrem Vater hinterher, auch wenn ein Teil von ihr sich um ihren Vater kümmern wollte. Sie wollte ihn packen und nach Hause ins Bett schaffen, damit er seinen Rausch ausschlafen konnte. Doch in diesem Zustand war er wie ein kleines Kind, das sich bockig dagegen wehren würde. Mit Wodka wurde er anders ... manchmal regelrecht gemein. In diesem Zustand konnte und wollte sie ihm nicht zu nahe kommen, sondern einfach nur noch weg.

Lina rannte aus der Innenstadt, nahm die U-Bahn bis zu ihrer Wohnung und verschanzte sich in ihrem Zimmer, wo sie in Tränen ausbrach. Warum musste ihr Vater unbedingt dort auftauchen und trinken, wo Lina war? Wieso in Mickys Anwesenheit? Sie fühlte sich so gedemütigt. Und es war beschämend. Wie würde sie Micky wieder vor die Augen treten können? Wie sollte sie ihm das erklären? Sie hatte falsch gehandelt. Wieso war sie einfach weggelaufen? Wieso hatte sie nicht einfach so getan, als würde sie ihren Vater nicht kennen, als wäre es irgendein Fremder? Sie hatte Panik bekommen, hatte nicht nachgedacht. Jetzt musste sie die Suppe auslöffeln. Irgendeine Lösung musste ihr einfallen.

Lina hörte ihr Handy unaufhörlich brummen. Bereits drei verpasste Anrufe und mehrere Nachrichten von Micky, in denen er wissen wollte, was los war, und Lina hatte keine Antwort darauf. Sie hätte ihn von Anfang an einweihen sollen. Wenn Micky sie dann von sich gestoßen hätte, wäre es immerhin noch nicht so schmerzhaft gewesen. Doch nun, nach den gemeinsamen

Wochen, würde es die Hölle werden. Vielleicht wäre er abgeschreckt von ihrer Lebenssituation ... oder er wäre sauer, weil Lina nicht von Anfang an ehrlich zu ihm gewesen war. Wie man es auch durchging: Es endete mit einem Streit, den Lina nicht würde verkraften können. Egal, wie sehr es sie sträubte, sie wusste, dass sie ihm die Wahrheit sagen musste.

Nach dem Auftritt ihres Vaters hatte sie ohnehin keine Wahl mehr. Nicht, nachdem sie weggelaufen war.

Sie hoffte inständig, dass sie ihm vertrauen konnte. So viele Stunden hatten sie schon gemeinsam verbracht, sie hatten sich in den vergangenen Wochen gut kennengelernt. Er hatte es verdient, dass sie aufrichtig zu ihm war. Sie glaubte an seine Loyalität. Er würde ihr Geheimnis nicht verraten. Es blieb eher die Frage, ob er dieses Geheimnis auch akzeptieren könnte.

Der Alkoholkonsum ihres Vaters war das Dunkelste in ihrem Leben. Wenn sie Micky erst mal diese Seite offenbart hatte, gab es kein Zurück.

Lina öffnete Mickys Profilbild, um sich Mut zu machen. Sie blickte in seine warmen Augen, begutachtete seine markanten Wangenknochen und wusste, was sie zu tun hatte.

Sie wollte Micky. Sie brauchte Micky. Also rief sie ihn an.

Sie trafen sich an der Tischtennisplatte. Micky wartete bereits auf Lina, die einige Male vor dem Parkeingang auf und ab gegangen war, bevor sie den Mut gefunden hatte, wirklich zum vereinbarten Treffpunkt zu kommen. Noch nie in ihrem Leben war Lina so nervös gewesen wie in diesem Moment. Als sie Maya in alles eingeweiht hatte, war es auch emotional und nervenaufreibend gewesen, aber damals hatte sie Maya schon besser gekannt als jetzt Micky. Sie hatte genau gewusst, wie Maya reagieren würde, und damit nicht falschgelegen.

»Da bist du ja«, sagte Micky und zog Lina sofort an sich. Er sah ihr tief in die Augen, als wolle er ergründen, was dahinter verborgen lag.

»Es tut mir leid, dass ich einfach abgehauen bin«, sagte Lina leise. Ihre Stimme war einige Oktaven höher als sonst.

»Was war denn los? Wer war der Typ?«

Lina atmete tief ein und aus. Ihr Herz galoppierte in ihrer Brust und hinderte sie am Sprechen. Sie brauchte drei Anläufe, ehe sie einige Wörter zustande brachte.

»Das war mein Vater«, krächzte sie und betrachtete eingehend ihre Schuhe. Sie wollte die Reaktion von Micky nicht mitbekommen, wollte das Mitleid in seinen Augen nicht aufblitzen sehen. Sie spürte jedoch, wie er ihre Hände drückte, fest und doch behutsam, als wolle er ihr signalisieren, dass es okay sei.

Diese Geste brachte Lina dazu aufzusehen. Sie sah kein Mitleid in Mickys Augen. Es überraschte sie. Stattdessen sah sie nur Wärme und Zuneigung darin. Unwillkürlich fiel sie Micky um den Hals und begann zu schluchzen. Tränen der Erleichterung liefen ihr über das Gesicht und tropften Micky auf den Rücken, der sich davon nicht beirren ließ. Er stand einfach nur da, ließ seine Finger über Linas Rücken gleiten und wartete, bis ihre Gefühlswellen verebbten.

»Ich wollte es dir schon am ersten Abend sagen ... oder irgendwann danach«, sagte sie und löste sich aus seiner Umarmung. Er hielt sie dennoch mit einem Arm fest. Diese Berührung gab ihr Halt und Kraft, um dieses Gespräch führen zu können. »Ich wollte es wirklich. Aber ich konnte nicht. Es ist ... nicht leicht, darüber zu sprechen. Bislang kennt nur Maya die Wahrheit, und ich habe nicht den Mut gefunden, dich auch einzuweihen.«

»Ist okay. Ich bin nicht böse, dass du mir nichts gesagt hast.

Aber du kannst mit mir über alles reden. Ich meine ... wenn du das willst.«

Nach seiner ersten Reaktion hatte sich Linas Angst gelegt. Micky war anders. Sie konnte ihm vertrauen, er verurteilte sie nicht.

»Was genau ist mit deinem Vater?«, fragte Micky leise und strich Lina sanft über die Wange, um dort ein paar Tränen zu entfernen.

Lina schluckte hart, dann begann sie zu erzählen. Von der Trennung ihrer Eltern, dem Beginn des Alkoholkonsums bis hin zu seiner Arbeitslosigkeit und der Stimmung zu Hause. Sie versuchte sich kurz zu halten, aber sie merkte beim Sprechen schnell, wie befreiend es war, Micky alles zu erzählen. Sie wollte, dass kein Geheimnis mehr zwischen ihnen stand.

Und sie wurde für ihre Ehrlichkeit belohnt. Micky schreckte nicht vor ihr zurück. Stattdessen hielt er sie, hörte ihr zu und war der perfekte Freund.

»Ich finde, dass du unfassbar stark bist«, sagte er schließlich. »Andere wären längst daran zerbrochen, aber du nicht. Du machst einfach weiter, lernst für die Schule und suchst dir keine falschen Freunde. Das finde ich bewundernswert. Wirklich, Lina. Aber du musst da nicht alleine durch. Wenn dir mal alles zu viel wird, möchte ich für dich da sein.«

»Okay«, hauchte Lina und meinte es auch so. Sie hatte den Schutzraum von Maya verloren, doch sie hatte Micky gewonnen. Er würde ihr Halt geben, wann immer sie an Grenzen stoßen würde.

»Hat dein Vater schon mal daran gedacht, sich Hilfe zu holen? Es gibt doch Selbsthilfegruppen für Alkoholiker. Oder Entzugskliniken.«

Lina lachte leise auf, obwohl sie seinen Kommentar eigentlich nicht witzig fand. »*Ich* habe schon oft an so etwas gedacht. Ich habe Flyer besorgt, Broschüren, habe Internetseiten aufgerufen. Gebracht hat es nur einen riesigen Streit darüber, wer der Vater und wer die Tochter sei, und dass er sich kein Problem einreden lasse, dass er nicht habe.« Sie seufzte leise. »Er sieht es nicht, Micky. Er sieht es nicht als sein Problem, egal wie deutlich ich ihm das aufzeige. Im Internet habe ich gelesen, dass jede Therapie oder Hilfe nichts bringt, solange er keine Einsicht zeigt. Also warte ich darauf, dass die Erleuchtung irgendwann von selbst kommt.«

Es war das erste Mal seit Linas Beichte, dass Micky traurig aussah. Aber es war für Lina okay. Sie selbst hatte lange gebraucht, um zu akzeptieren, dass sie nichts tun konnte, und selbst jetzt noch, nach all den Jahren, hatte sie Momente, in denen sie vor Verzweiflung schreien konnte.

Nichts zu tun, bloß zuzusehen, wie ein geliebter Mensch sich selbst zerstörte, war hart.

»Es ist okay«, sagte Lina. »Ich lebe damit, jeden Tag. Ich bin nicht glücklich darüber, aber so ist mein Leben halt. Ich kann es nicht ändern.«

»Ich bin auf jeden Fall immer für dich da«, antwortete Micky, und etwas Besseres als das hätte er nicht sagen können. Linas Herz war leichter, nachdem auch der letzte Ballast abgeworfen war. Micky in ihr Vertrauen zu ziehen, war die richtige Entscheidung gewesen.

Kapitel 16

Die Betonfläche der Tischtennisplatte war angenehm warm. Die Sonne schien auf ihren Stammplatz, und es war das perfekte Wetter fürs Wochenende. Micky hatte Getränke und eine gemischte Tüte am Kiosk geholt. Er öffnete mit seinem Ring eine der Bierflaschen.

»Willst du auch?«

Lina nickte, einen der Weingummi-Schlümpfe im Mund.

Micky reichte ihr das Bier und machte sich eine eigene Flasche auf. »Ich finde, wir sollten heute Nacht richtig einen draufmachen«, sagte er und grinste schief.

Lina seufzte leise und angelte diesmal einen sauren Ring aus der Tüte. Wieder stieg dieser bittere Beigeschmack hoch, wann immer sie dabei war, ihre Freiheit auszukosten. Es war schön, tun und lassen zu können, was sie wollte, aber manchmal spürte sie dabei auch Wehmut, weil es sie daran erinnerte, dass ihre Situation zu Hause nicht normal war. Wenn sich niemand dafür interessierte, dass man Regeln brach, machten Freiheiten viel weniger Spaß. Manchmal wünschte sich Lina einen richtig strengen Vater, der ihr Regeln und Grenzen setzte, gegen die sie dann rebellieren könnte.

Micky würde ihr sicher nicht beipflichten, wo er doch eben solche Eltern hatte, aber immerhin zeigten Regeln und Grenzen echte elterliche Sorge. Etwas, das bei ihrem Vater schon lange nicht mehr vorkam. Micky schien den Stimmungswechsel bei Lina zu bemerken und musterte sie besorgt. »Hast du keine Lust, mit mir einen draufzumachen?«

Lina lächelte müde und strich ihm einmal kurz über die Wange. »Das ist es nicht. Klingt für mich nach einem guten Plan.«

»Was ist es dann?«, fragte Micky und rückte hinter Lina, um sie von hinten in den Arm zu nehmen. Lina lehnte sich an ihn, ihren Hinterkopf von seiner Brust gestützt. Seine Füße und Hände umschlangen und wärmten sie.

»Ich habe nur daran gedacht, dass mein Vater gar nie merkt, wenn ich weg bin.« Lina seufzte und nahm einen Schluck Bier. »Ist ja nicht so, als wäre es nicht cool, mit dir um die Häuser zu ziehen und dafür keinen Ärger zu bekommen. Nur, na ja ... ich wünschte mir halt einfach manchmal, er würde sich mehr für mich und mein Leben interessieren.«

»Ich persönlich wäre ja froh, wenn meine Eltern sich weniger interessieren würden. Ständig nerven sie mich, ich solle dies machen und jenes machen und nicht immer so *komisch* herumlaufen.«

»Aber immerhin wissen sie, was du machst und wie du rumläufst. Mein Vater kann keine Kommentare dazu abgeben. Eigentlich weiß er nichts über mich.« Lina spürte, wie sich ein Kloß in ihrem Hals sammelte. Gleichzeitig kribbelte es in ihrer Nase. Tränen bahnten sich ihren Weg nach draußen. Lina blinzelte schnell ein paar Mal, bis dieses Gefühl wieder verebbte. Stattdessen nahm sie noch einen Schluck. Der Schaum prickelte angenehm auf ihrer Zunge.

»Immer wieder mache ich mir Hoffnungen, dass er sich verändert. Ist das bescheuert?« Lina reckte ihren Kopf und sah Micky an. Sein Blick war mitfühlend, und seine Arme schlossen sich etwas enger um sie.

»Du darfst dir das alles nicht so zu Herzen nehmen.«

Lina schnaubte. »Leichter gesagt als getan. Er ist mein Vater, ich habe doch nur ihn.«

Micky löste sich aus der Umarmung, ließ seine Hände auf Linas Kinn wandern und hob damit ihr Gesicht, damit sie sich in die Augen sehen konnten. »Du hast nicht nur ihn. Du hast auch mich.« Lina schluckte, vollkommen überwältigt von all den Gefühlen, die auf sie einströmten, wenn Micky sie so ansah. Seine Worte waren sanft.

»Wenn wir zusammen sind, kann uns der Rest scheißegal sein. Nur du und ich zählen. Für mich zumindest.«

Micky spielte mit Linas Haarsträhne, ohne eine Ahnung davon zu haben, wie verrückt es sie machte, wenn er das tat.

»Für mich auch«, antwortete Lina wispernd. Sie musste sich zusammenreißen, nicht zu heulen wie ein Baby, weil sie sich bei Micky so geborgen fühlte und er zu ihr stand. Micky gab ihr den Halt und die Kraft, mit ihrem Vater und dessen Problemen klarzukommen. Nur mit ihm konnte sie kurz ihren Alltag vergessen.

»Du und ich«, flüsterte Lina lächelnd und gab ihm einen sanften Kuss.

»Ich habe eine Idee.« Micky grinste und kramte dann in Linas Tasche nach einem grünen Edding. Kurzerhand malte er ein A auf die Tischtennisplatte und zog einen Kreis darum.

»Ein Anarchiezeichen?«, erkannte Lina fragend.

»*Unser* Zeichen«, strahlte Micky. »Weil wir frei sind. Und weil uns die Welt am Arsch lecken kann. Du und ich gegen den Rest der Welt.«

Linas Herz machte einen kurzen, heftigen Satz. »Das klingt ziemlich gut.«

Mickys Augen leuchteten, als sich Lina zu ihm beugte und ihm einen langen, intensiven Kuss gab. Es war der intensivste bisher, ein Kuss von der Sorte, bei dem man alles um sich herum vollständig ausblendet und sich nur noch auf das Schlagen von zwei Herzen konzentriert. Es war egal, wie viele Leute vorbeikamen und zusehen konnten, wie sie eng umschlungen auf der Tischtennisplatte lagen und sich nah waren, und es war auch egal, welche Laune Lina vorher gehabt hatte. All ihre dunklen Gedanken waren auf einmal verschwunden.

Lina fuhr mit den Fingern das Anarchiezeichen nach, während Micky sich die restlichen Weingummis in den Mund stopfte.

Manchmal kam es Lina so vor, als habe sich die Welt gegen sie verschworen. Als würde die Welt Lina regelmäßig den Mittelfinger zeigen. Doch mit Micky zusammen wendete sich die ganze Sache. Wärme durchfuhr Lina und löste ein wohliges Gefühl in ihr aus. So musste es sich anfühlen, wenn man sich geborgen und heimisch fühlte.

Sie erinnerte sich daran, diese Wärme früher gespürt zu haben, als ihre Mutter noch bei ihnen gelebt hatte. Sie war so eine herzliche Person gewesen. So oft hatte sie bei Lina auf dem Bett gesessen und ihr dabei Bücher vorgelesen. Lina erinnerte sich noch an den Duft ihrer Haare nach Apfel ... ihr Haarshampoo musste ihn verursacht haben. Eine Zeit lang hatte Lina in den Drogeriemärkten nach dem Shampoo gesucht, aber nie hat sie genau den Geruch gefunden.

Lina wusste noch, dass ihre Mutter beim Lachen immer eine Oktave höher gerutscht war, sodass sie klang wie eine Elfe. Das alles war schon so lange her, wie die Erinnerungen aus einem anderen Leben. Und dennoch hingen sie Lina nach. Ihr fehlten der beruhigende Duft und dieses Gefühl von Familie und Heimat, das sie mit ihm in Verbindung brachte. Das Gefühl von Wärme.

In den letzten Jahren war es immer weiter verschwunden ... bis zuerst Maya und dann Micky gekommen war. Maya und ihre Mutter hatte ihr ein Stück Geborgenheit geschenkt. Und nun auch Micky. Bei ihm fühlte sich Lina, als sei sie endlich angekommen.

Mickys Spruch kam ihr wieder in den Sinn. »Du und ich gegen den Rest der Welt« – das klang romantisch und stürmisch und passte perfekt. Lina fühlte sich wie Bonnie von Bonnie und Clyde, nur dass sie keine Bank überfielen. Es war mehr diese Solange-wir-zusammen-sind-kann-uns-nichts-passieren-Mentalität. Es fühlte sich so gut an, Teil dieses Zweiergespanns zu sein, und sie glaubte fest daran, alle Hindernisse gemeinsam überwinden zu können.

»Wir sollten heute wirklich einen draufmachen«, sagte Lina zu Micky. Es dämmerte bereits, doch sie saßen nach wie vor auf ihrer Tischtennisplatte.

»Ich habe da auch schon ein paar Ideen«, grinste Micky und kippte sich das letzte Bier in den Mund. Dann sprang er auf, nahm Linas Hand und zog sie weg.

Lina sah den grünen Anarchiezeichen hinterher, bis sie um die Ecke gingen und den Park verließen. Heute würden sie feiern, dass sie zusammen waren. Diese Nacht würde besonders werden. Lina spürte es.

Kapitel 17

Gemeinsam gingen sie ins Pink und stürmten Hand in Hand auf die Tanzfläche. Es war wie eine Hommage an ihren ersten Abend. Sie drehten sich, sprangen umher und knutschten wild, mitten auf der Tanzfläche. Lina war albern und frei, ihr Kopf bestand nur noch aus weißer Watte, die diesmal nichts mit Alkohol, sondern viel mehr mit ihren Gefühlen für Micky zu tun hatten. Micky machte sie richtig high. Konnte man nach einem Menschen süchtig werden? Und vom gemeinsamen Lachen?

Die anderen im Pink belächelten ihren gemeinsamen Auftritt, und Lina wollte nicht wissen, was sie über sie dachten. Sicherlich fanden sie ihr Verhalten abgedreht oder kindisch, aber Lina fühlte sich einfach nur gut.

Der Bass dröhnte in Linas Magen, aber es war angenehm, weil sie dadurch den Takt besser finden und sich diesem hingeben konnte. Sie tanzte und drehte sich, bis ihr der Schweiß über den Rücken rann und ihre Zunge am Gaumen klebte.

»Der beste Abend meines Lebens«, lachte Lina und zog Micky zu der Bar, um sich etwas zu trinken zu bestellen.

»Und der Abend ist noch lange nicht vorbei.« Micky grinste und reichte Lina ihr Cola-Bier, das sie gierig trank. Sie warteten, bis beide Flaschen leer getrunken waren, ehe sie sich wieder auf die Tanzfläche begaben und dort weitermachten, wo sie aufgehört hatten.

Schrei nach Liebe von den Ärzten drang aus den Boxen, und Micky und Lina waren nicht mehr zu halten. Sie sprangen mit den anderen Gästen um die Wette und stimmten nach dem Lied in den Sprechgesang mit ein, der laut »Nazis raus« verkündete. Während Lina ihre Faust in die Luft rammte und die Worte brüllte, kroch ihr eine Gänsehaut die Arme hoch. Ein Teil dieser Menge zu sein und gemeinsam für etwas zu stehen, war unbeschreiblich. Das war es, was sie am Punk so liebte. Diese Solidarität, diese Leidenschaft und die gemeinsame Haltung gegen rechts.

Als sie um Mitternacht das Pink verlassen musste, brannten Linas Füße. Gleichzeitig hatte das Tanzen so viele Glückshormone in ihr freigesetzt, dass sie wie ein kleines Mädchen kicherte und sich auch auf der Straße noch weiterdrehte, obwohl die Musik aus dem Pink längst nicht mehr zu hören war.

»Was machen wir jetzt?«, fragte Lina und balancierte auf einer Steinmauer.

»Ich brauch erst mal was zu essen.« Micky zeigte auf den Dönerladen an der Ecke, dessen Schild hell beleuchtet war.

Sofort knurrte Linas Magen zustimmend, und Lina machte sich zum Absprung bereit. Die Mauer war nicht sehr hoch, sicherlich hätte Lina den Absprung ohne Hilfe geschafft, und dennoch hielt ihr Micky helfend die Hand hin. Linas Finger umschlossen seine, doch anstatt sich von ihm von der Mauer herunter geleiten zu lassen, zog sie Micky an sich.

Durch die Erhöhung der Mauer war Lina nun ein Stück größer als Micky und blickte hinunter in seine strahlenden Augen, die sie ansahen, als wäre sie das kostbarste Mädchen der Welt. Lina mochte diesen Blick, bei dem sie immerzu weiche Knie bekam.

Kurzerhand schwang Lina ihre Arme um Mickys Nacken und

schmiegte sich an ihn. Dann ließ sie sanft ihre Lippen über seine gleiten, bis sie eine Gänsehaut bekam. Lina kostete diesen Moment und die entstandene Nähe aus. Ihre Nase berührte seine, sie schmiegte sich an ihn. Seine Lippen öffneten sich erwartungsvoll, die Lippen berührten sich fast. Es fehlte nur ein Millimeter. Es war einer dieser kribbelnden Beinahe-Momente, aber sie küsste ihn nicht. Stattdessen genoss sie einfach das Gefühl, bei ihm zu sein und das warme Gefühl in ihrem Magen zu spüren.

Wenige Sekunden später hüpfte sie von der Mauer, als sei nie etwas gewesen. Micky sah sie verdutzt an, noch ganz benommen von ihrem Beinahe-Kuss, und Lina lächelte in sich hinein.

»Wer als Erster beim Dönerladen ist«, lachte sie und lief los. Micky fluchte hinter ihr leise und begann dann ebenfalls zu rennen. Obwohl Lina einen großen Vorsprung hatte, holte Micky sie wenige Meter vor dem Laden ein und grinste sie triumphierend an.

Lina hielt an und stellte sich vor Micky. »Glückwunsch«, sagte sie und zog ihn an sich. Und diesmal küsste sie ihn. Auf seiner Zunge schmeckte Lina noch das Bier, das er im Pink getrunken hatte.

»Beim nächsten Mal mache ich dich platt«, sagte Lina, als sie sich von ihm löste.

»Das will ich sehen.«

Während Lina zwei Döner bestellte, spürte sie, wie Micky sie beobachtete. Es war etwas unheimlich, dass er seine Augen nicht von ihr lösen konnte, aber eigentlich genoss Lina das.

Sie nahmen ihr Essen mit, um die angenehme Frühlingstemperatur auszukosten. Der Döner war für Lina jedoch viel zu vollgefüllt, um ihn ohne Unfälle essen zu können. Bereits nach kurzer Zeit war ihr Kinn voller Cocktailsoße.

»Das Essen müssen wir aber noch mal üben«, lachte Micky

und zeigte auf Linas herausgefallenes Hähnchenfleisch, das auf ihrem Rock gelandet war.

»Verdammt. Ich kann im Gehen echt nicht essen.« Lina rollte genervt mit den Augen.

Micky hingegen grinste sie spitzbübisch an.

»Ich glaube, da weiß ich was.«

Micky schob sich den restlichen Döner in den Mund, obwohl Lina in derselben Geschwindigkeit gerade mal die Hälfte geschafft hatte. Dann beobachtete sie stirnrunzelnd, wie er zum Supermarkt an der Ecke ging. Kurzerhand nahm Micky einen Euro, schnappte sich einen der Einkaufswagen und winkte Lina zu sich heran.

»Ähm ... was hast du vor?«, fragte sie, als sie neben dem gelb-weißen Einkaufswagen stand.

»Steig ein.«

Lina lachte schnaubend. »Was?«

»Steig ein. Zeit für eine Spritztour.«

»Ist das dein Ernst?«

Micky nickte und nahm Lina ihren Döner ab. Es war komisch, in den Wagen zu steigen und sich auf das unbequeme Gitter zu setzen. Trotzdem lachte Lina, als sie sich darin ausbreitete und den Döner wieder an sich nahm.

»Döner im Sitzen, kommt sofort«, sagte Micky. »Du solltest dich trotzdem festhalten. Wir müssen hier verschwinden, bevor uns noch jemand aufhalten will.«

Linas Magen rumorte auf eine freudige Art und Weise, während sie sich mit der linken Hand am Gitter des Wagens festhielt. Mit der rechten Hand umklammerte sie ihren Döner. Dann schob Micky den Wagen an, zunächst langsam und ächzend und dann immer schneller. Die Räder ratterten unter dem Asphalt. Sie wichen Menschen aus, die ihnen nachsahen, als hätten sie einen Dachschaden.

Micky lachte hinter Lina, während er enge Kurven nahm und dabei dem Bürgersteig folgte. Dann stellte sich Micky hinten auf den Wagen und ließ ihn den kleinen Hügel hinunterrollen. Lina war so mit Jubelschreien und dem belebenden Fahrtwind beschäftigt, dass sie ihren Döner in der Hand vollkommen ignorierte. Sie sah jedoch, wie ein Salatblatt vom Wind mitgerissen wurde, und lachte schallend.

Micky fuhr in eine kleine Seitenstraße und steuerte dann vom Bürgersteig auf die Straße zu. Es war vielleicht dumm und leichtsinnig, aber Lina feuerte ihn durch ihr Lachen und Jubeln an. Sie wollte noch schneller fahren und den Fahrtwind in ihren offenen Haaren spüren. Sie wollte, dass ihr Jubeln durch die ganze Straße schallte und an jeder Häuserwand ein Echo zu hören war.

»Bereit für das große Finale?«, fragte Micky und begann den Einkaufswagen in kreisende Bewegungen zu bringen. Lina lachte und krallte sich an die Gitter, während die Welt um sie herum sich drehte und sie die Straße in Sekundenschnelle an sich vorbeiziehen sah.

Dann hielt der Wagen an, und Lina kicherte leise, nicht sicher, ob ihr Magen diese Umdrehungen gut oder schlecht fand.

»Du hast deinen Döner ja gar nicht gegessen«, tadelte sie Micky. »Dabei hast du doch gesagt, dass du dabei sitzen willst.«

Lina stieg aus dem Wagen aus und betrachtete ihren halb aufgegessenen Döner. Ihr Magen grollte, als Zeichen, dass er die Fahrt gut überstanden hatte. Dann streckte sie Micky demonstrativ die Zunge heraus, setzte sich auf den Rand des Bürgersteigs und aß die mittlerweile kalten Reste.

Sie drehten noch ein paar Runden mit dem Einkaufswagen, bis sie aus der Ferne einen Polizeiwagen sahen. Sicherlich war es nicht gerade ein Schwerverbrechen, einen Einkaufswagen zu klauen, aber Lina konnte sich einen schöneren Abschluss des Abends vorstellen, als von den Polizisten nach ihren Personalien gefragt zu werden. Das würde noch fehlen, dass sie ihren Vater kontaktierten und dieser lallend ans Telefon ging, weil seine minderjährige Tochter nachts mit einem Einkaufswagen auf den Straßen herumfuhr.

Lina und Micky waren sich nicht sicher, ob die Polizisten sie gesehen hatten. Letztendlich ließen sie den Einkaufswagen mitten auf der Straße stehen und liefen Hand in Hand durch die Straßen, bogen willkürlich links oder rechts ab, um sich vor den Bullen zu verstecken. Vielleicht, so dachte Lina, war der Vergleich mit Bonnie und Clyde ja doch nicht so abwegig. In diesem Moment kam sie sich auf jeden Fall mächtig rebellisch vor.

Erst nach einer gefühlten Ewigkeit blieben sie stehen. Lina hatte Seitenstechen, und ihre Lungen brannten, ein Zeichen dafür, dass sie dringend mehr Sport machen musste. Aber trotzdem genoss sie das Brennen, weil es für alle Abenteuer stand, die sie heute schon erlebt hatten. Es war mittlerweile mitten in der Nacht, und alleine dafür hätten die Polizisten Ärger machen können.

»Das war verrückt«, lachte Lina und kämpfte damit, ihre Atmung zu beruhigen. »Wir sind verrückt.«

Obwohl sie nach wie vor Schnappatmung hatte, zog sie Micky an sich und presste ihre Lippen auf seine. Er reagierte prompt, indem er seine Lippen leicht öffnete und seine Zunge ins Spiel brachte. Ein Umstand, der Lina ein Kribbeln in sämtlichen Körperregionen verschaffte. Es schmeckte nach mehr.

Als die ersten Regentropfen auf ihre Gesichter fielen, wusste Lina, dass dieser Kuss tatsächlich mehr werden würde. Sie sah es in Mickys Augen, als er ihren Kuss löste und sagte, er wüsste, wo sie hinkönnten.

Hand in Hand liefen sie durch die Straßen, die mittlerweile vom Regen durchnässt waren, ebenso wie Mickys und Linas Kleidung, die nass an ihnen klebte und ihnen das Laufen erschwerte. Linas Haare saugten das Wasser auf wie ein Schwamm. Hin und wieder drückte sie ihre Haarspitzen aus oder fuhr sich über die Kopfhaut, damit das Wasser nicht in Strömen über das Gesicht lief, aber ansonsten genoss sie den Regen sogar. Ihr Körper war erhitzt vom Kuss und von dem Gedanken daran, was nun passieren würde. Obwohl ihre Erfahrungen bislang eher gering waren, machte sie sich keine Sorgen. Ihre Gedanken bestanden mehr aus einer angespannten Vorfreude und einem Ziehen bestimmter Körperteile, die dieser Vorfreude Ausdruck verliehen.

Sie hielten ab und zu an, um sich wieder in einen kurzen, innigen Kuss zu verlieren, bis Micky sie wieder auf diese besondere Weise ansah und dann weiterlief.

Schließlich hielt Micky vor einer weißen Häuserfassade an.

»Ist das euer Haus?«, fragte Lina an Micky gewandt und musterte die schicken Gardinen, die nicht zu Micky passten.

Trotzdem nickte er. »Spießer-Hütte. Ich weiß.« Er grinste gequält. Dann musterte er die leere Auffahrt. »Meine Eltern sind noch unterwegs. Pärchenabend bei ... irgendwem. Die bleiben sicher noch eine Weile weg. Wenn sie einmal ausgehen, dann richtig.« Micky verdrehte demonstrativ die Augen.

Lina hingegen wurde warm, und sie spürte, wie diese Wärme ihr in die Wangen schoss. Sie hatten also tatsächlich sturmfrei, und sie hatte Mickys Blicke richtig gedeutet. Heute würde es passieren.

In diesem Moment zog Micky Lina an sich. Seine Hände fuhren durch ihr nasses Haar und strichen behutsam Strähnen hinter ihr Ohr. Dann küsste er sie mit einer Leidenschaft, die alles Bisherige übertraf. Lina schmeckte die Wassertropfen auf Mickys Lippen, eine angenehme Erfrischung auf der erhitzten Haut. Sie schlang ihre Hände um Mickys Hals und begann dann, mit der rechten Hand seinen Nacken zu kraulen, bis er einen kleinen Seufzer ausstieß, der Linas Beine weich werden ließ. Der Regen prasselte auf sie und durchtränkte weiter ihre Kleidung, aber der Regen war egal. Es zählten nur sie beide, wie Micky es gesagt hatte.

Micky löste sich keuchend aus dem Kuss, schloss mit zitternden Fingern die Haustür auf und zog Lina an der Hand ins Haus. Lina hatte kaum Zeit, sich die schicke, weiß-beige Einrichtung anzusehen. Micky zog sie bereits weiter in sein Zimmer und schloss hinter sich die Tür. Lina nahm noch die Poster und Skateboards wahr, die an der Wand hingen, ehe Micky und sie wieder übereinander herfielen.

Dies war ihre Nacht. Lina spürte es. Alles in ihrem Körper schrie danach, dass sie und Micky in jeglicher Hinsicht zusammengehörten.

Linas Kopf war ausgeschaltet, während die Küsse intensiver wurden und Lina ihre Hände an sein T-Shirt legte. Es war so nass, dass es an der Haut klebte. Trotzdem schaffte sie es, ihre Finger daruntergleiten zu lassen und es nach oben zu schieben.

Micky löste sich aus dem Kuss und zog hastig sein Shirt aus. Es landete ungeachtet auf dem Fußboden, Linas Top direkt daneben. Sie trug nur noch ihren Rock und einen schwarzen BH.

Lina überkam eine Gänsehaut, die sowohl mit Mickys Berührungen als auch mit den nassen, kalten Haaren zusammenhing, die nun auf ihrer nackten Haut lagen.

Sie steuerten auf das Bett zu. Micky beugte sich über sie und benetzte ihre Haut mit Küssen, die ein leichtes Prickeln hinterließen. Lina spürte Mickys Wärme, die sich bewegenden Muskeln unter ihren Händen und seine Haarspitzen, die sie kitzelten, während seine Küsse zum Bauch wanderten. Lina schloss genüsslich die Augen und ließ zu, dass Micky und sie aufs Ganze gingen. Sie wollte es. Sie wollte ihn.

Micky war einfühlsam und zärtlich, aber trotzdem war der Sex voller Leidenschaft. Lina fühlte sich ihm so nah wie niemandem je zuvor. Wenn Lina bei ihrem ersten Mal gedacht hatte, sie wüsste nun, was Sex sei, dann hatte sie sich geirrt. Sie hatte es nicht gewusst. Mit Micky fühlte es sich anders an als mit Flo. Viel besser ... irgendwie richtiger. Als würden ihre Körper zusammengehören.

Bei Flo hatte sie währenddessen nie abschalten können, nie vollständig. Sie hatte nicht dieses Prickeln gefühlt und auch nicht dieses Gefühl, sich komplett zu vergessen und kurz in einer Art Trance zu sein. Sie hatte es nie so genießen können wie mit Micky.

Diesmal war es so, wie Lina es sich immer vorgestellt hatte, und noch besser. Als Micky sich verkrampfte und leise seufzte, fühlte sie, wie ihr Herz kurz aussetzte.

Kapitel 18

Lina lag in Mickys Armen, ihr Kopf war dabei auf seine nackte Brust gelegt, sodass sie seinen Herzschlag hören konnte, der sich allmählich wieder beruhigte. Lina fühlte noch immer die Hitze in ihrem Kopf, und sie war sich sicher, knallrote Wangen zu haben. Ihre Haare mussten noch immer feucht sein, aber Micky schien sich daran nicht zu stören.

»Das war echt ein schöner Abend.« Lina lächelte zufrieden. Schön war auf jeden Fall eine Untertreibung. Absolut perfekt traf es wohl eher.

»Fand ich auch. Aber eigentlich sind bisher alle Abende mit dir schön.«

Linas Herz schmolz dahin. Sie schloss genüsslich die Augen, um sich auf Mickys Herzschlag zu konzentrieren und seine Körperwärme zu genießen.

»Micky?«, fragte sie nach einer Weile. »Wo ist denn die Toilette?« Sie raffte sich auf und schnappte sich ein auf dem Boden liegendes Shirt von Micky, das sie sich überzog. Dann sammelte sie ihren Slip vom Boden.

»Dritte Tür rechts«, sagte Micky und verschränkte die Arme hinter seinem Kopf.

Lina nickte als Zeichen, dass sie verstanden hatte, und schlich dann zur Toilette. Selbst das Badezimmer schien nobler zu sein als in anderen Häusern. Die riesige Eckbadewanne hatte zumindest eine Whirlpool-Funktion, wie Lina direkt auffiel. Außerdem war das Badezimmer mit modernen, grauen Fliesen ausgelegt, nicht mit diesen vergilbten Fliesen, die Lina und ihr Vater in ihrer Wohnung hatten. Micky hatte Lina zwar immer gesagt, dass seine Eltern Spießer waren, aber dass sie reich waren, hatte sie dabei irgendwie nie gedacht.

Beim Händewaschen begutachtete Lina noch ein paar teuer aussehende Parfums und Bodylotions und ging dann mit einem Stück Toilettenpapier in Mickys Zimmer zurück.

Während Micky das Kondom entsorgte, sah sich Lina zum ersten Mal richtig im Zimmer um. Die Poster und die Skateboards, die ihr zuvor schon aufgefallen waren, hingen bunt durcheinander. Dadurch wirkte das Zimmer leicht chaotisch. Lina mochte es.

Lina ging näher an die Skateboards heran, deren Aufdrucke schon ganz verkratzt waren. »Fährst du immer noch?«, fragte sie und erschrak, als Micky hinter sie trat und seine Arme um sie schlang. Er hatte seine Boxershorts wieder angezogen, doch sein Oberkörper war noch nackt.

»Manchmal«, murmelte er in ihr Haar. »Aber nicht mehr so oft.«

»Würde ich gerne mal ausprobieren«, sagte Lina ehrlich, auch wenn sie nicht wusste, ob ihr Gleichgewichtssinn genügend ausgebildet war, um auf einem dieser Bretter fahren zu können.

»Können wir gerne machen.« Sie drehte sich zu ihm um und grinste ihn an. »Aber brich dir kein Bein.«

Lina verzog das Gesicht. »Meinst du, das würde mir passieren?« Mit einem Gipsbein ans Bett gefesselt zu sein, gehörte nicht gerade zu den Dingen, die sie erleben wollte.

»Keine Sorge.« Micky hob ihr Kinn hoch und sah ihr in die Augen. »Ich passe auf, dass du nicht runterfällst.«

Ehe Lina sich versah, waren sie wieder eng umschlungen und küssten sich. Ihre Lippen hätten längst wund sein müssen, doch sie schienen die Liebkosungen noch immer zu genießen. Lina entfuhr gerade ein wohliger Seufzer bei dem Gedanken, vielleicht noch mal mit Micky die Kontrolle zu verlieren – gleich hier und jetzt –, als die Zimmertür aufsprang und sie eine Frau erschrocken aufatmen hörte.

Lina und Micky lösten sich voneinander und starrten auf die zwei Menschen an der Zimmertür, die ebenso erschrocken auf sie zurückstarrten. Lina erkannte gleich Mickys Augenfarbe im Gesicht des Mannes und seine Nase bei der Frau. Eindeutig standen Mickys Eltern vor ihnen, und Lina wurde sich peinlich bewusst, dass sie nichts anhatte als einen schwarzen Slip mit Sternen drauf und ein T-Shirt, das Micky gehörte und ihr geradeso über den Po ging. Und Micky stand neben ihr, nur in Boxershorts. Die nun offene Kondompackung lag noch auf dem Bett. Ging es noch schlimmer?

Linas Kopf glühte vor Verlegenheit, als Micky sich schützend vor sie stellte und sie verdeckte.

»Ihr seid früh zurück«, sagte Micky zu seinen Eltern, die ihn erschrocken ansahen. Seine Mutter trug einen beigen Blazer, der perfekt zur Inneneinrichtung passte, die Lina zuvor flüchtig begutachtet hatte.

Sie schnalzte missbilligend mit der Zunge. »Michael, was ist hier los?« Ihre Stimme war unsympathisch und schneidend, und Lina konnte plötzlich ganz gut verstehen, wieso Micky ihr gegenüber so negativ eingestellt war.

»Ich dachte, ihr bleibt länger weg.«

Seine Eltern tauschten vielsagende Blicke aus. »Ach, und da

dachtest du, wenn du schon sturmfrei hast, kannst du hier gleich eine Orgie feiern?«

Linas Ohren waren mittlerweile so heiß, dass sie sicher war, sie würden rot leuchten wie ein Signalschild.

Micky schnaubte abfällig. »Von einer Orgie kann man jawohl kaum sprechen. Ich habe nur meine Freundin zu Besuch. Ist das ein Problem?« Seine Stimme strotzte vor Selbstsicherheit, und Lina konnte kaum verstehen, wie er in dieser peinlichen Situation so ruhig bleiben konnte.

»Ja, das ist ein Problem«, antwortete sein Vater. Seine Halbglatze schimmerte im Licht der Lampe. »Wir haben dir nicht erlaubt, jemanden zu Besuch zu haben.«

»Zieht euch an.« Mickys Mutter sah aus, als habe sie in eine Zitrone gebissen. »Und dann sollte deine *Freundin* gehen.« Die Art, wie sie das Wort Freundin aussprach, gefiel Lina nicht und ließ ihr das Herz in die Hose rutschen. Es klang abfällig und gemein, obwohl es doch so ein schönes Wort war und es Lina so glücklich machte, dass Micky sie offiziell seine Freundin genannt hatte.

Micky nickte kapitulierend, und dann schloss sich die Zimmertür. Lina stand wie angewurzelt da und versuchte die abfälligen Blicke seiner Eltern zu verdauen. Aber sie lagen ihr schwer im Magen, und sie fürchtete, dieses Gefühl würde noch länger anhalten.

»Sie hassen mich«, wisperte Lina.

Micky drehte sich zu ihr um und packte sie sanft an den Schultern. »Sie hassen jeden, der nicht in ihre perfekte Welt passt. Ich glaube, sie hassen sogar mich.«

Lina lachte leise. »Es sind deine Eltern. Sie hassen dich nicht.«

»Aber sie verstehen mich nicht. Und dich, dein Piercing und deine grünen Strähnen werden sie auch nicht verstehen.« Micky seufzte laut. »Aber das ist nichts, was dir Sorgen bereiten müsste. Wir scheißen drauf, schon vergessen?«

Ein kehliges Lachen entwich Lina, doch das drückende Gefühl im Magen verschwand damit nicht. Sie sammelte ihre noch feuchte Kleidung vom Boden auf und begann sich anzuziehen, um so schnell wie möglich zu verschwinden.

»Schade, dass du gehen musst.« Micky lehnte seinen Kopf gegen Linas und schloss die Augen, während er noch mal ihren Duft einatmete.

»Finde ich auch.« Lina lächelte und dachte an diese perfekte Nacht zurück.

Dann atmete sie tief ein und verließ die Schutzatmosphäre von Mickys Zimmer. Am liebsten wäre sie durch das Fenster abgehauen, um nicht noch mal mit diesen unfreundlichen Blicken konfrontiert zu werden, aber Lina hatte sich vorgenommen, der Unhöflichkeit von Mickys Eltern nicht mit eigener Unhöflichkeit zu begegnen. Sie würde eine vorbildliche Freundin sein, egal, was sie von ihr hielten. Deswegen ging sie mit straffen Schultern ins Wohnzimmer, sagte seinen Eltern, dass es sie gefreut hatte, sie kennenzulernen, und ging zur Tür. Micky blickte ihr zähneknirschend hinterher.

Die Tür war nicht mal richtig geschlossen, als Lina schon die diskutierenden Stimmen im Haus hören konnte. Sie verstand nur Wortfetzen. »Irgendein dahergelaufenes Mädchen«, »unter deinem Niveau«, das Wort »Vernunft« wurde mehrfach gesagt. Lina biss sich auf die Lippen und schloss die Haustür. Das Letzte, was sie wollte, war, beim Lauschen erwischt zu werden und die Demütigung perfekt zu machen.

Natürlich wusste Lina, dass es Micky egal war, ob seine Eltern sie mochten oder nicht. Vermutlich fand er es sogar gut, dass sie mit ihr nicht einverstanden waren, wo er seine Eltern doch so gerne provozierte und immer das Gegenteil von dem tat, was sie von ihm verlangten. Aber Lina störte es. Sie *wollte* gemocht werden. Lina hatte vielleicht eine etwas ungewöhnliche Art, sich zu kleiden, aber letztendlich war sie ein guter Mensch, und sie wollte als solcher wahrgenommen werden. Sie wollte, dass Mickys Mutter sie willkommen hieß und als eine Art Tochter in die Familie aufnahm, wie bescheuert das auch klingen mochte. Sie hätte sich gewünscht, zu seiner Mutter ebenso eine gute Beziehung wie zu Frau Kingsmann aufzubauen.

Lina schluckte den dicken Kloß herunter, der in ihrem Hals feststeckte, und entschied sich dann dafür, zu Fuß nach Hause zu gehen, um einen klaren Kopf zu bekommen.

Sie versuchte, die Meinung seiner Eltern nicht zu nah an sich heranzulassen und nur an Micky zu denken. *Seine* Meinung zählte, und er wollte mit ihr zusammen sein. Er hatte ihr in dieser Nacht gezeigt, wie viel sie ihm bedeutete. Wieso reichte das Lina nicht? Lag es daran, dass ihr Wunsch nach einer richtigen Familie in ihr schlummerte? Bei Maya und ihrer Mutter hatte sie auch immer diesen kleinen Stich im Herzen gespürt, wenn sie die Mutter-Tochter-Dynamik beobachtet hatte. Und egal, wie offen die beiden sie aufnahmen, es fehlte ein kleiner Teil. Es fehlte ihr, eine liebevolle Mutter um sich zu haben.

Aber Mickys Mutter war kein mütterlicher Typ. Sie war, wenn Lina ehrlich war, eine ziemlich unsympathische Frau, mit der sie niemals zusammen shoppen gehen könnte. Sie würde keinen Kuchen backen und über Mädchensachen sprechen. So eine Mutter war sie nicht. Sie schien wie ein Kontrollfreak, der in Schubladen dachte.

Lina schüttelte den Kopf über ihre dummen, kindlichen Gedanken. Micky und sie. Das war es, worauf es ankam. Lina dachte an das Anarchiezeichen auf der Tischtennisplatte und nickte innerlich. Nur sie beide zählten.

Kapitel 19

Seit dem Vorfall mit seinen Eltern hatte sie Micky nicht mehr gesehen. Ein ganzer Sonntag war vergangen, an dem sie lediglich Kontakt über WhatsApp gehalten hatten. Entsprechend schwer fiel es Lina, sich auf ihre Hausaufgaben zu konzentrieren. Sie hatte sie bereits das ganze Wochenende aufgeschoben, und morgen früh war die Abgabe. Doch die Matheaufgaben wollten einfach nicht in ihren Kopf gehen. Eigentlich verstand sie nur Bahnhof und dachte permanent an Micky und welche Probleme sie ihm wohl bereitet hatte. Sie überlegte, zu ihm zu fahren. Sie wollte ihm helfen, aber sie war sich sicher, nur der Auslöser für weitere Probleme mit seinen Eltern zu sein, daher ließ sie es bleiben. Sie wollte ihn nicht in noch größere Schwierigkeiten bringen. Und wenn sie ganz ehrlich war, hatte sie auch keine große Lust, erneut den abwertenden Blicken seiner Eltern ausgesetzt zu sein. Einmal reichte ihr.

Erst ein Klopfen an ihrem Fenster ließ Lina von ihren Aufgaben aufsehen. Erschrocken ließ sie ihren Kugelschreiber fallen. Noch nie hatte jemand an ihr Fenster geklopft. Da ihre Wohnung im Erdgeschoss war und sie nicht wollte, dass ihr vorbeilaufende Menschen ins Zimmer glotzen konnten, hatte sie meist die Rollläden unten. Sie ließ nur kleine Schlitze offen, um die Tageszeiten mitzubekommen.

Lina sah auf die Uhr. Es war schon spät, eigentlich Zeit, um bald schlafen zu gehen. Sie spähte durch die Schlitze der Rollläden, aber draußen war es zu dunkel, um etwas zu erkennen. Trotz eines mulmigen Gefühls zog sie die Rollläden hoch.

»Micky«, sagte sie, als sie das Fenster öffnete und ihn davorstehen sah. »Was machst du hier?«

Lina ging einen Schritt zur Seite und sah zu, wie Micky durchs Fenster kletterte. Er hatte einen großen Wanderrucksack dabei, den Lina neugierig musterte.

Er küsste sie zur Begrüßung sanft auf den Mund, doch sein Kuss hatte weniger Intensität als sonst, als sei Micky gedanklich abwesend. Als er seinen Rucksack abzog und sich auf Linas Bett fallen ließ, bestätigte sich dieser Eindruck. Micky fuhr sich durch seine Haare und wirkte dabei verletzlich und schwach.

»Ich habe meine Eltern so satt«, wisperte er mit gebrochener Stimme, und Lina zog hörbar die Luft ein. Sie mochte es gar nicht, Mickys Stimme so zerbrechlich zu hören. Es versetzte ihr einen Stich im Herzen.

»Was ist passiert?«, fragte sie vorsichtig und legte ihre Hand auf seinen Oberschenkel.

»Ich hab mich mit meinen Eltern gestritten. War ziemlich heftig.« Micky fuhr sich über seinen Mund und sah Lina gequält an.

»Wieso habt ihr euch gestritten? Wegen mir?«

»Nein ... ja. Dass sie uns erwischt haben, war nicht gerade von Vorteil. Aber der Streit ging um etwas anderes. Ist auch egal.«

Lina war es nicht egal. Alleine der Gedanke, Schuld an einem erneuten Streit zu haben, schürte ihr schlechtes Gewissen und ihr Unwohlsein. Sie wollte Micky nicht noch mehr Ärger bereiten.

Sie musterte nochmals seinen prall gefüllten Rucksack. »Was genau hast du denn jetzt vor? Wieso der Rucksack?«

»In den Proberaum kann ich nicht. Nicht in der Woche, sonst

gibt nur wieder Ärger mit dem Hausmeister. Aber ich brauche Abstand. Deswegen habe ich mir mein Zelt geschnappt und werde mich ein paar Tage verkriechen. Es gibt hier in der Nähe ein paar gute Stellen, an denen man ungestört campen kann. Das habe ich schon öfter gemacht, also kein Grund, besorgt auszusehen.«

Lina hatte gar nicht gemerkt, dass sie ihre Stirn in Falten warf, aber es stimmte, dass sie sich sorgte. Sie wollte nicht, dass Micky in diesem verletzlichen Zustand alleine irgendwo übernachtete und sie ihn in dieser Zeit nicht sehen konnte. Erst recht nicht, wenn sie mit schuld war an dieser Situation.

»Wie stellst du dir das denn vor? Wie lange willst du wegbleiben?«

»Zwei, drei Tage höchstens. Um runterzukommen und meinen Eltern ein Zeichen zu setzen.«

»Was für ein Zeichen?«

»Das sie mit mir nicht machen können, was sie wollen, und ich meinen eigenen Kopf habe.« Micky sah sie ernst an. »Und ich hatte gehofft, du würdest mitkommen.«

Linas Herz machte bei diesen Worten einen Satz, aber sie haderte mit sich. In ihrem Innern schrie alles nach einem lauten »Ja«. Die Vorstellung, mit ihm zu zelten, neben ihm einzuschlafen und wieder aufzuwachen, war himmlisch, und ihr Körper reagierte mit einem euphorischen Kribbeln auf diese Vorstellung.

»Du lächelst«, stellte Micky fest. »Heißt das, du kommst mit?«

»Ich ... ja, nein – ich weiß nicht«, stammelte sie unbeholfen. »Ich will, wahnsinnig gerne sogar. Aber was ist mit der Schule? Und mit meinem Vater?« Sie dachte an das Versprechen Frau Sentis gegenüber, sich im Unterricht wieder mehr zu beteiligen. Würde sie nun die Schule schwänzen, würde sie genau das Gegenteil machen. Und ihr Vater brauchte sie.

»Melde dich einfach krank. Es sind doch nur ein paar Tage.«

Micky stand auf und ging hibbelig auf und ab.

»Es stehen bei dir doch gerade keine Arbeiten an, also verpasst du nichts Wichtiges. Ich verspreche dir auch, dass ich dir dabei helfe, den verpassten Stoff aufzuholen. Aber bitte, komm mit mir. Ich will dich wirklich dabeihaben. Und dein Vater merkt doch eh nicht, ob du da bist oder nicht. Das hast du selbst gesagt. Schreib ihm einen Zettel, dass du per Handy erreichbar bist. Bitte, Lina. Ich *brauche* diese Auszeit, und mit dir zusammen wäre es so viel tröstlicher.«

Lina sah in Mickys braune Augen, die sie so flehend ansahen, und nickte schließlich zustimmend. Das Lächeln, das Micky daraufhin zeigte, entschädigte sie und verdrängte ihr aufkommendes schlechtes Gewissen.

Sie hatte noch nie in ihrem Leben einen Tag gefehlt, wenn sie nicht wirklich krank gewesen war, und sie war auch noch nie zelten gewesen. Gleich zwei Premieren an einem Abend waren aufregend. Sie würde also wirklich mit Micky alleine sein. So richtig alleine, ohne dabei gestört zu werden.

Eilig packte Lina ein paar Sachen ein. Ihr Vater war nicht da, aber sie schrieb ihm einen Zettel und legte ihn auf den Küchentisch. Dort würde er am ehesten vorbeikommen. Sie schrieb ihm, sie sei per Telefon erreichbar, denn sie wollte nicht, dass er sich Sorgen machte, falls er einen guten Tag haben würde. Doch wie wahrscheinlich war das?

Micky kletterte wieder aus dem Fenster und wartete an einer Straßenecke auf Lina. Es war bescheuert, dass sie ihn nicht durch die Wohnung hatte gehen lassen, aber die Wahrheit war, dass sie sich schämte. Nicht nur wegen des Zustands der Wohnung, der nicht vorzeigbar war, sondern auch weil Micky so viel Luxus gewohnt war. Und auch wenn Lina wusste, dass er darauf keinen

Wert legte, wollte sie ihm nicht auf die Nase binden, wie wenig sie und ihr Vater besaßen.

Micky und Lina saßen stumm in der S-Bahn, die immer leerer wurde, je mehr sie das Stadtinnere verließen. Micky hatte Lina nicht verraten, wo er hinwollte, und sie konnte sich beim besten Willen nicht vorstellen, wo er mitten in Düsseldorf mit ihr zelten gehen wollte, aber ohnehin schwieg Micky auffallend viel, seit sie das Haus verlassen hatten.

Daher folgte Lina ihm stumm aus der Bahn, als er an der Endstation seinen Rucksack schulterte und aufstand. Lina hatte ebenfalls einen großen Rucksack dabei, in dem hauptsächlich Raviolidosen verstaut waren. Zwei Wolldecken hielt sie in der Hand. Sie waren zu sperrig gewesen, um sie in den Rucksack zu quetschen. Sie gingen die Treppe hinauf, die voller Graffiti war und dadurch schmuddelig wirkte. Die Straßen waren dunkel und verlassen. Lina sah sich um. An dieser Station war sie noch nie gewesen. Waren sie überhaupt noch in Düsseldorf?

»Wo sind wir?«, fragte Lina leise. In dieser verlassenen Straße wagte sie es nicht, laut zu sprechen.

»Wir sind am Rand der Stadt.« Er zeigte auf Bäume in der Ferne. »Da müssen wir hin. In dem Wald finden wir sicher einen Platz, an dem wir unser Zelt aufschlagen können.«

Fröstelnd zog Lina die Schultern nach oben und nickte Micky zu. Sie war noch nie am Rande der Stadt gewesen, immer nur in der Innenstadt, wo alles so viel hektischer und belebter wirkte. Linas Gehirn konnte diese verlassenen, dunklen Straßen überhaupt nicht mit der Stadt in Verbindung bringen, in der sie seit sechzehn Jahren lebte.

»Irgendwie unheimlich hier«, kommentierte Lina und fröstelte erneut. Alleine würde sie diese gruselige Straße nicht betreten wollen.

»Unheimlich romantisch«, erwiderte Micky, und Lina sah ihn im Schein einer Straßenlaterne über seinen Witz grinsen. »Dir wird es hier gefallen, wenn wir erst mal unser Zelt aufgeschlagen haben und alleine sind.«

Alleine. Das klang in Linas Ohren tatsächlich gut, wo sie sich doch so sehr danach sehnte, die Zweisamkeit, die sie für einen kurzen Moment in Mickys Zimmer hatten, noch mal zu erleben und richtig genießen zu können.

Sie fanden einen kleinen moosbedeckten Platz, inmitten von Tannen und Fichten, der ein ideales Versteck für ihr Zelt bot. Der Wald war klein, aber dicht bewachsen und mit uralten, knotigen Bäumen versehen, die aussahen, als würden Elfen darin wohnen.

Das Zelt war schnell aufgebaut. Es hatte gerade genug Platz, um zu zweit darin liegen zu können. Lina durchfuhr ein euphorischer Schauer, als sie sich vorstellte, mit Micky auf diesem engen Raum zu sein. Die eine Wolldecke aus Linas Zimmer nutzten sie als Unterlage, die andere sollte sie in der Nacht wärmen. Micky verstaute einige Dosen Ravioli in der Ecke des Zeltes und legte sich dann neben Lina, die sich bereits auf der Decke ausgebreitet hatte.

»Endlich sind wir zwei alleine«, sagte Micky lächelnd und vergrub sein Gesicht in Linas Haaren, um ihren Duft in sich aufzunehmen.

Lina schmiegte sich an ihn wie eine Katze und genoss es, seine Körperwärme und seinen Herzschlag zu spüren. Schon seit Wochen hatte Lina den Wunsch nach Zweisamkeit, nur mit Micky fern von fremden Menschen, um sich nur aufeinander konzentrieren zu können. Die Stunden in Mickys Zimmer hatten ihr einen Vorgeschmack davon gegeben. Jede Sekunde schien kostbar, und die Zeit stand still, als er sie innig küsste und sie wusste, dass niemand sie stören würde.

»So etwas wie mit dir habe ich zuvor noch nie erlebt, weißt du das?«, fragte Micky nach einer Weile und strich Lina, die sich daraufhin noch mehr an ihn schmiegte, über die Wange.

»Ich auch nicht«, hauchte Lina. »Bislang hatte ich immer Probleme, mich vor Leuten zu öffnen. Ein Familiengeheimnis mit sich herumzutragen, ist nicht einfach. Man muss wirklich aufpassen, wem man vertraut.«

»Mir hast du dich schnell anvertraut«, stellte Micky fest.

»Irgendwie hatte ich bei dir so eine Ahnung, dass du mich und meinen Vater nicht verurteilen würdest und dass du uns nicht verrätst.«

Micky drückte seine Lippen auf Linas Haaransatz und sog ihren Duft ein. »Wir beide hatten von Anfang an eine Verbindung. Vielleicht war unser Treffen ja Schicksal.«

»Ja ... vielleicht.«

Draußen prasselte der Regen gegen das Zeltdach. Sie hatten eine kleine Taschenlampe angemacht und an die Decke gehängt, sodass Lina Mickys Silhouette erkennen konnte.

Lina lag in Mickys Armbeuge, während sie einander Geschichten aus der Kindheit und lustige Anekdoten aus der Schule erzählten. Es tat gut, diese Geschichten zu erzählen. Meistens verlor sich Lina in den schlechten Erinnerungen, besonders im Zusammenhang mit ihrer Mutter, aber in Momenten wie diesen merkte sie, wie viele schöne Erinnerungen es auch gab. Sie waren nur meist verborgen hinter all dem Mist.

»Am liebsten würde ich für immer hierbleiben – mit dir«, sagte Lina irgendwann. Dieses Zelt war wie eine Seifenblase, in der es nur Micky und sie gab. Die restliche Welt war ausgeblendet.

»Ich auch.« Mickys Lippen berührten Linas Stirn. Seine Stimme klang nachdenklich und gequält.

Trotz der lustigen Gesprächsthemen wich Mickys Stimmung

immer wieder einer gewissen Melancholie. Lina wusste, dass es mit seinen Eltern zusammenhing. Sie hatte das Bedürfnis, ihm zu helfen. Sie wollte für ihn da sein und ihm Halt geben. Sie wollte gemeinsam mit ihm eine Lösung für sein Problem finden. Aber Lina wollte ihn auch nicht drängen, darüber zu sprechen. Sie musste behutsam vorgehen.

»Was meinst du, wie deine Eltern reagieren werden, wenn du nach Hause kommst?«, fragte Lina ihn schließlich, um das Thema sanft anzuschneiden.

»Ich weiß nicht. Sie werden wütend sein, aber was sollen sie schon machen? Welche Strafe könnten sie mir geben, die ich nicht brechen würde?«

Lina dachte nach. Sie selbst war noch nie richtig bestraft worden. Einmal hatte ihre Mutter ihr verboten, ihre Lieblingsfernsehserie zu sehen, weil sie ihr den Stinkefinger gezeigt hatte. Es war schon Jahre her, und damals war Lina diese Strafe als die größte Ungerechtigkeit vorgekommen. Stundenlang hatte sie geweint und geschrien und ihre Mutter beschimpft, eine schlechte Mutter zu sein.

Heute taten ihr diese Worte leid, auch wenn die Tatsache, dass sie abgehauen und Lina und ihren Vater alleine gelassen hatte, tatsächlich bewies, dass sie eine schlechte Mutter war. Wieso sonst interessierte sie sich nicht für Lina und ihr Leben?

»Magst du mir endlich erzählen, wieso ihr euch gestritten habt?«, fragte Lina so sanft wie möglich und hob ihr Gesicht, um Micky in die Augen sehen zu können.

Micky seufzte schwer, antwortete jedoch nicht.

»Du sprichst nie wirklich über deine Eltern«, sagte Lina leise. »Ich verstehe das, wirklich. Du weißt, dass ich auch lange gebraucht habe, um dir von den Dingen bei mir zu Hause zu erzählen. Es ist okay, wenn du noch nicht so weit bist. Aber du *kannst* mit mir darüber sprechen. Wenn du das willst.«

»Das weiß ich, und ich will ja auch. Es ist nur ... also ich denke einfach nicht gerne an meine Eltern. Sie machen mich so wütend. Ich könnte regelrecht kotzen, wenn ich an sie denke.«

»Was machen sie denn?«

»Sie haben einfach einen konkreten Fahrplan für mein Leben. Sie wissen genau, was für einen Sohn sie gerne hätten, und sind dann enttäuscht, wenn ich ihre Erwartungen nicht erfülle. Dabei checken sie nicht, dass ich sie gar nicht erfüllen *will*. Es ist *mein* Leben, es sind *meine* Entscheidungen. Ich habe meinen eigenen Fahrplan, ich brauche ihren nicht.«

»Was für Pläne haben deine Eltern denn für dich?«

»Es fängt schon bei der Kleidung an. Es gefällt ihnen nicht, wie ich herumlaufe. Am liebsten würden sie mich von oben bis unten mit teuren Markenklamotten zudecken, als wäre ich eine Puppe, kein Mensch mit eigener Persönlichkeit. Immerhin den Schlagzeugunterricht damals haben sie mir erlaubt, einfach weil sie immer wollten, dass ich ein Instrument lerne. Aber dass ich dann eine Punkband gegründet habe, war ihnen auch wieder nicht recht. Die Musik ist für sie Krach. Malte, David und Bela sind für sie drogennehmende Penner. Und mir halten sie immer vor, ich würde mein eigentliches Potenzial nicht ausschöpfen. Bla, bla.«

»Dein eigentliches Potenzial? Was wäre das?«, hakte Lina nach. Jetzt, wo Micky sich einmal in Rage geredet hatte, schien er nicht mehr gewillt zu sein, seine Probleme für sich zu behalten. Lina genoss seine Offenheit. Langsam verstand sie ihn besser – besonders nun, wo sie seine Eltern kennengelernt hatte und die Erzählungen mit Gesichtern verbinden konnte.

»Sie finden, ich setze mich zu wenig für die Schule ein und

mache zu wenig außerschulische Aktivitäten. Nichts, was mich voranbringt. Dabei sollten sie eigentlich zufrieden sein, immerhin mache ich doch gerade mein Abi. So wie´s zurzeit aussieht, werde ich ein gutes Abitur schaffen, trotz Band und allem. Aber das reicht ihnen natürlich nicht. Sie wollen mehr und mehr und verlangen dies und jenes. Die sind so ätzend. Wieso können sie mich nicht einfach mal in Ruhe lassen?«

Micky seufzte frustriert und begann mit Linas Haaren zu spielen, um sich abzulenken.

»Sie wollen unbedingt, dass ich Medizin studiere, wie mein Vater. Die Noten hätte ich vermutlich sogar dafür, keine Ahnung. Sie haben mir schon Unis herausgesucht und den ganzen Schwachsinn. Aber ich habe da keinen Bock drauf. Medizin interessiert mich nicht.«

»Was interessiert dich dann? Was willst du machen?«

»Mhm«, überlegte Micky laut. »Hab mich noch nicht entschieden. Am liebsten würde ich irgendwas Handwerkliches machen, bei dem man richtig körperlich arbeiten muss. Studieren steht auf jeden Fall derzeit nicht auf meinem Plan. Eher eine Ausbildung. Als Schreiner vielleicht. Ich mag den Geruch von Holz, und ich glaube, es wäre cool, aus eigener Kraft etwas zu schaffen und das Holz zu verarbeiten. Weißt du, was ich meine? Oder vielleicht auch irgendwas auf dem Bau. Häuserwände hochziehen, Mauern verarbeiten. So was fände ich auch ganz interessant.«

Lina richtete sich auf und sah ihn an. Das Gespräch hatte kleine Sorgenfalten auf Mickys Stirn hinterlassen. »Ich finde, das klingt doch eigentlich ganz gut. Wer sagt, dass man unbedingt studieren muss? Versteh mich nicht falsch: Ich habe auch darüber nachgedacht, mein Abitur zu machen und zu studieren. Aber eine gute Ausbildung ist auch total viel wert.«

»Meine Eltern sehen das anders.« Micky guckte finster. »Sie

finden, eine Ausbildung ist nicht gut genug, oder so einen Quatsch. Ich kann echt nicht erwarten, endlich achtzehn zu sein. Dann können die mich mal kreuzweise!«

Lina konnte sich kaum vorstellen, wie es war, mit seinen Eltern über die Berufswünsche zu sprechen. Eltern, die ihre Kinder in eine gewisse Ecke drängen wollten, waren Lina suspekt und fremd. Ihr Vater war so vollkommen anders. Früher, als ihre Mutter noch da gewesen war, hatte er sie stets dazu ermutigt, ihr Ding durchzuziehen und das zu tun, was sie glücklich machte. Und jetzt? Jetzt bekam er ohnehin nichts mehr mit. Mit ihm über ihre Zukunft zu sprechen, sich vielleicht sogar einen Rat zu holen, lag in weiter Ferne. Lina wusste nur nicht, was besser oder schlechter war. Sie hatte sich stets gewünscht, ihr Vater würde mehr Interesse zeigen. Aber so? Würde sie wollen, dass er ihr eine Ausbildung oder ein Studium vorgab?

Nein. Lina wusste, dass sie damit auch nicht glücklich wäre. Wenn sie eins von ihrem Vater gelernt hatte, dann dass es wichtig war, einen Beruf auszuüben, den man liebte. Das Lkw-Fahren war die Leidenschaft ihres Vaters gewesen. Sie hatte an ihm gesehen, wie es war, täglich mit einem Lächeln zur Arbeit zu gehen. Es waren nur noch verschwommene Erinnerungen, sie verblassten von Jahr zu Jahr mehr, aber schon als kleines Kind hatte sie gewusst, wie sehr er seinen Beruf geliebt hatte.

»Letztendlich ist das Wichtigste am späteren Beruf, dass man ihn gerne macht«, fasste Lina ihre Gedanken zusammen. »Lass dich von deinen Eltern zu nichts zwingen. Du würdest nur unglücklich werden.«

Micky nickte bestätigend. »Was willst du denn nach dem Abschluss machen?«

Lina dachte an all die Berufswünsche, die sie im Laufe ihres Lebens gehabt hatte. Früher als Kind hatte sie immer Köchin werden wollen, aber diesen Wunsch hatte sie schon vor Jahren wieder verworfen, genau wie die Idee zu studieren. Weil sie seit ihrem Praktikum vor einem Jahr genau wusste, was sie machen wollte. Ihre Zukunftspläne standen fest.

»Kennst du diesen kleinen Laden, direkt an der Johanneskirche – der, bei dem man Torten und Cupcakes und so was kaufen kann?«

Micky nickte. »Da bin ich schon öfter dran vorbeigelaufen.«

»Das ist eine ganz tolle Konditorei, in der ich letztes Jahr mein Schulpraktikum gemacht habe. Weißt du, meine Mutter und ich haben immer jeden Sonntag zusammen Kuchen oder Plätzchen gebacken und uns einen Spaß daraus gemacht, sie professionell zu verzieren. Genau wie in diesen Backshows. Seit sie weg ist, habe ich das Backen vernachlässigt ... obwohl es mir eigentlich immer Spaß gemacht hat. Als wir uns dann einen Praktikumsplatz suchen sollten, war es eigentlich nur so eine Idee, bei dem Konditor zu fragen. Ich hatte mir keine großen Chancen ausgerechnet. Aber er hat mich tatsächlich genommen, und ich durfte nicht nur zusehen oder aufräumen wie andere in ihrem Praktikum, sondern durfte richtig mit anpacken. Einmal haben wir für eine Hochzeitstorte ganz viele Rosenblätter aus Marzipan modelliert. Das war ganz schön schwer, aber mit ein bisschen Übung hat es richtig gut geklappt.«

»Dann willst du also eine Ausbildung zur Konditorin machen?«

»Ja. Ich möchte es zumindest versuchen. Ich habe ein echt gutes Praktikumszeugnis, was mir hoffentlich helfen wird, eine Ausbildungsstelle zu finden. Ab Oktober muss ich mich bewerben. Dann wird es ernst.«

»Ich finde es echt cool, dass du genau weißt, was du machen

willst«, sagte Micky. »Und ich bin mir sicher, dass du es auch schaffen wirst.«

Lina lächelte ihn an. »Das hoffe ich.«

Micky zwirbelte Linas Haare um seinen Finger und starrte an die Zeltdecke. Lina sah förmlich, dass das Gespräch ihn angeregt hatte, noch mal über seine Berufswünsche nachzudenken, und Lina war sich sicher, dass er einen handwerklichen Beruf finden konnte, der seinen Wünschen entsprechen würde. Vielleicht würden seine Eltern auch milder gestimmt sein, wenn er konkrete Berufsvorstellungen und Vorschläge hätte, auch wenn seine Eltern auf Lina nicht wie Leute gewirkt hatten, die gerne Kompromisse eingingen.

Doch egal wie sehr Mickys Eltern ihn unter Druck setzen würden, Lina würde ihn in seiner Berufswahl unterstützen, egal wie sie ausfallen würde. Sie wollte für ihn da sein und ihm den Rücken freihalten.

»Wieso guckst du mich so an?«, fragte Micky leise, und Lina bemerkte erst jetzt, dass sie ihn angestarrt hatte.

»Micky«, sagte Lina und biss sich auf die Lippen. »Ich liebe dich.«

Micky riss die Augen auf und schnappte überrascht nach Luft. Sein Mund stand offen, während Lina darum betete, diese drei magischen Worte im richtigen Moment gesagt zu haben. Für sie hatte es sich richtig angefühlt. Sie hatte diese Liebe seit Wochen gespürt, und sie war von Sekunde zu Sekunde gewachsen.

Micky blinzelte zweimal. »Ich liebe dich auch, Lina. Und das … habe ich noch nie zu jemandem gesagt.«

Er grinste schief, und in Lina tobte ein Feuerwerk.

Kapitel 20

Als Lina nach Hause kam, war ihre gute Laune in dem Moment dahin, als sie das Chaos in der Wohnung betrachtete. Der Zustand der Küche war der Beweis dafür, dass ohne Lina nichts funktionierte. Die drei Tage, in denen sie mit Micky gezeltet hatte, waren zu lang gewesen, um ihren Vater alleine zu lassen.

Immerhin hatte er ihren Zeltausflug nicht kommentiert, vielleicht nicht mal mitbekommen. Ihr Zettel lag unberührt auf dem Küchentisch.

»Paps? Was ist das für ein Scheiß-Chaos?«, rief Lina ins Wohnzimmer, wo ihr Vater auf der Couch herumlag. Er antwortete nicht und schien viel zu viel getrunken zu haben, um sich auf Gespräche über Ordnung einlassen zu können.

Lina fluchte leise, schnappte sich ein Stück Käse aus dem sonst spärlich bestückten Kühlschrank und ging in ihr Zimmer. Sie wollte nur ihre Sachen auspacken und sich dann wieder mit Micky an der Tischtennisplatte treffen. Draußen schien die Sonne, und sie wollte nach all dem Regen das gute Wetter auskosten. Sie würde sich später um all das kümmern ... und sich überlegen, wie sie ihre Fehltage entschuldigen lassen könnte. Fürs Erste musste Lina hier raus – einfach das Chaos ignorieren und sich nicht weiter drum kümmern. Sie wollte sich von diesem ganzen Scheiß nicht runterziehen lassen.

Lina war gerade dabei, ihren Infozettel vom Küchentisch in den Mülleimer zu werfen, als es an der Tür klingelte. Verwirrt hielt Lina inne. Sie bekamen grundsätzlich keinen Besuch, es sei denn, es waren irgendwelche dämlichen Sauffreunde von ihrem Vater, die laut grölten und sich immer nur danebenbenahmen. Sie hasste diese Leute.

Lina ging zurück in die Küche und schielte ins Wohnzimmer. Ihr Vater rührte sich nicht, scheinbar hatte er die Klingel nicht mal gehört. Lina schaute verstohlen zur Tür und entschied gerade, sie nicht zu öffnen, als sie über einen leeren Pizzakarton stolperte und dadurch einen Küchenstuhl mit einem lauten Krachen zu Boden riss. Kurz darauf klingelte es ein zweites Mal.

Seufzend rappelte Lina sich auf und ging zur Tür. Sie öffnete sie nur einen Spalt breit, damit das Chaos dahinter nicht zu sehen war. Vor ihr standen zwei Frauen, eine mit dunkelblondem Dutt und eine mit schwarzer Nerdbrille und dunkelbraunen Locken.

Verwirrt musterte sie die Frauen. »Kann ich Ihnen helfen?«

»Bist du Lina Johnsen?«, fragte die Frau mit der Brille freundlich. Lina wusste nicht, wieso, aber irgendetwas verriet ihr, dass sie in Schwierigkeiten steckte. Ihr Körper reagierte prompt mit einem spontanen Schweißausbruch und klopfendem Herzen. Trotzdem versuchte sie, Ruhe zu bewahren.

»Ja, ich bin Lina. Worum geht es?«

Die blonde Frau räusperte sich. »Ich bin Frau Heintge, und das ist Frau Leisshaus.« Sie zeigte auf die Brillenträgerin. »Wir sind vom Jugendamt und würden uns gerne kurz mit dir und deinem Vater unterhalten.« Linas Herz setzte aus. »Können wir reinkommen?«

Nervös sah sich Lina um. Durfte man dem Jugendamt den Zutritt verwehren? Was würde passieren, wenn sie Nein sagte?

»Ich ähm … heute ist es schlecht. Wir haben nicht aufgeräumt.« Lina wusste, dass es die Untertreibung des Jahrhunderts war. Die Wohnung war nicht unaufgeräumt, sondern glich einer Müllhalde.

»Das ist kein Problem. Wir wollen uns nur einen Eindruck verschaffen.«

»Aber mein Vater ist gar nicht da.«

Ein Versuch, das Jugendamt mit einer Lüge abzuspeisen, der aber in dem Moment scheiterte, als Linas Vater sich im Schlaf laut räusperte. Lina spürte die bohrenden Blicke der Frauen, die das Räuspern auch mitbekommen hatten. Natürlich hatten sie das. Dies hier war wie ein wahr gewordener Albtraum. Es passierte das, vor dem sich Lina schon seit Jahren fürchtete. Sie wusste nicht, was sie tun sollte, aber ihr Vater lag stockbesoffen auf der Couch und war nicht in der Lage, ihr diese Entscheidung abzunehmen.

Lina hatte Angst vor den Konsequenzen, die es hätte, wenn diese Frauen die Wohnung sahen. Aber sie fürchtete sich gleichzeitig auch davor, was passieren würde, wenn sie sie abwies. Sie wollte nicht, dass sie ihren Vater auf dem Kieker hatten. In den Nachrichten hörte man immer furchtbare Geschichten über das Jugendamt.

»Okay. Kommen Sie rein«, entschied Lina schließlich und bekam schlagartig Magenkrämpfe. Innerlich verfluchte Lina die Eingangstür zum Haus, die seit einem Einbruchversuch vor drei Monaten noch immer demoliert war und so nicht mehr ins Schloss fiel. Jeder konnte seitdem im Haus ein und aus spazieren, und diese Frauen hatten das einfach für sich genutzt.

Sie öffnete die Tür, und die beiden Frauen betraten die Wohnung. Lina musste ihnen lassen, dass ihre Gesichter professionell und unbeeindruckt blieben, obwohl sie sicherlich sofort die ranzigen Mülltüten, die leeren Bierflaschen und den dreckigen

Boden sahen. Lina entdeckte in der Ecke einen Fleck, der verdächtig nach einer heruntergefallenen Pizza aussah. Es war beschämend.

»Ist das dein Vater auf der Couch?«, fragte Frau Leisshaus und zeigte auf ihn. Lina nickte und betrachtete ihre Schuhe. Das hier war eine Katastrophe. Wieso hatten sie nicht an einem guten Tag kommen können?

»Herr Johnsen?«, fragte die blonde Frau laut und fasste ihm an die Schulter, um ihn zu wecken. Doch Linas Vater rührte sich nicht.

»Ich ... ich denke nicht, dass er aufwacht. Nicht so schnell«, flüsterte Lina. Sie fühlte sich wie ein kleines Mädchen, das bei einem schlimmen Vergehen erwischt worden war. Beim Klauen vielleicht oder beim Schlagen eines anderen, kleineren Kindes.

»Können wir uns setzen?«, fragte Frau Leisshaus. Lina mochte sie viel lieber als die blonde Frau, die mittlerweile ihr professionelles Gesicht ein wenig verloren hatte und sie mitleidig ansah. Frau Leisshaus hingegen sah Lina einfach freundlich an.

Lina nickte und zeigte auf den Küchentisch. Verlegen räumte sie einige der Flaschen beiseite, damit sie nicht mehr im Blickfeld standen.

»Wie schon gesagt, sind wir vom Jugendamt. Wir haben in den letzten Wochen vermehrt Meldungen wegen dir bekommen.«

»Meldungen? Was meinen Sie damit?«

»Es wurden immer häufiger beobachtet, dass dein Vater ein offensichtliches Alkoholproblem hat. Und Nachbarn haben bemerkt, dass du viel zu viel im Haushalt hilfst und dass du erst mitten in der Nacht nach Hause kommst oder gleich ganze Tage wegbleibst. Stimmt das?«

Lina wollte schlucken, aber es schien, als sei ihre gesamte Spucke weg. Wie hatte sie nur so dumm sein können! Sie hatte sich vorgenommen, ihr Leben zu leben und der Welt den Mittelfinger zu zeigen, ohne dabei an die Konsequenzen zu denken. Sie war es so gewohnt gewesen, dass ihr Vater gar nicht mitbekam, wann sie zu Hause war, dass sie gar nicht an die Möglichkeit gedacht hatte, besorgte Nachbarn könnten ihre nächtlichen Aktivitäten mitbekommen.

Lina biss sich auf die Lippen, bis es wehtat, und sah dann Frau Leisshaus an, die geduldig auf Linas Antwort wartete. »Kann sein, dass ich in letzter Zeit öfter aus war. Länger, als ich sollte«, gab sie zu. »Aber das ist nicht Paps' Schuld. Er hat es mir verboten, aber ich habe es trotzdem gemacht. Heimlich.« Im Grunde log Lina, aber das war ihr egal. Sie musste ihren Vater schützen. Er war ihre Familie.

Frau Heintge sah flüchtig zu Linas Vater. »Es ist lieb von dir, dass du deinen Vater in Schutz nimmst. Aber es ist nun mal seine Aufgabe, dafür zu sorgen, dass du dich nicht die ganze Nacht herumtreibst. In diesem Zustand«, sie zeigte auf ihn, »kann er unmöglich mitbekommen, wann du gehst und wiederkommst. Aber genau das müssen Eltern wissen, vor allem nachts. Dein Vater hat die Aufsichtspflicht für dich. Und er missachtet sie eindeutig.«

Lina spürte ihre Nase kribbeln, ein Zeichen, dass sie bald anfangen müsste zu weinen. »Ich bin sechzehn. Da ist es doch normal, dass ich meine Grenzen austeste und über die Stränge schlage. Deswegen verletzt mein Vater nicht gleich seine Aufsichtspflicht.«

»Du kannst Grenzen nur brechen, wenn du welche bekommst.«

Lina schluckte. Leider war da etwas Wahres dran.

»Hör zu, Lina. Wir sind nicht hier, um dich und deinen Vater auseinanderzureißen. Wir sind nur hier, weil wir dir und deinem Vater helfen wollen. Wir machen uns Sorgen.«

Am liebsten hätte Lina sich um Frau Leisshaus‘ Hals geklammert, geweint und ihr gesagt, dass sie schon seit Jahren auf Hilfe wartete. Lina wollte endlich, dass ihre Probleme verschwanden. Aber die schlafende Silhouette ihres Vaters hielt sie davon ab. Vor Jahren schon hatte Lina sich geschworen, nicht aufzugeben und sich um ihren Vater zu kümmern, bis es ihm besser ging. Und das würde sie tun.

»Wir brauchen keine Hilfe. Wir kommen zurecht.« Linas Stimme klang in ihren Ohren fremd und viel zu hoch. Frau Leisshaus schien das auch so zu sehen, denn sie musterte Lina über ihre Brille hinweg.

»Was ist mit dem Haushalt? Du mutest dir viel zu viel zu, wenn du alles alleine schaffen willst. Und das noch neben der Schule. Das wird dich auf Dauer kaputt machen.«

Frau Heintge nickte zustimmend.

»Hören Sie, so wie es heute aussieht, ist es nicht immer. Es ist nur ein schlechter Tag. Normal sieht es hier richtig ordentlich aus. Versprochen. Und ich schaffe das mit der Schule trotzdem.«

Im Hintergrund ächzte und stöhnte Linas Vater, der aufzuwachen schien. Frau Heintge stand auf und ging zu ihm hinüber. Er schien sichtlich verwirrt, als er aufstand und zum Tisch kam. Seine Alkoholfahne war bis zum anderen Ende des Tisches zu riechen, und Lina hätte am liebsten den Kopf in den Sand gesteckt. Das alles war so beschissen!

Ihr Vatter hatte nur benommen genickt, während die Jugendamtsmitarbeiterinnen ihm erklärt hatten, dass er seine Aufsichtspflicht verletzte und dass Lina nicht nächtelang weg sein durfte und sie sich Sorgen machen würden, dass sein Alkoholkonsum eine zu starke Belastung für Lina wäre. Er war wie ein kleines

Kind, das beim Schuldirektor saß, und wirkte mitleiderregend und schwach.

Frau Leisshaus gab ihm Auflagen, dafür zu sorgen, dass Lina zu altersgerechten Zeiten zu Hause war, und Lina in ihren Pflichten zu entlasten. Sie ermahnten ihn wegen seines Alkoholkonsums und dem Chaos in der Wohnung und rieten ihm zu einer Therapie. Ein Rat, den Lina ihm schon oft erteilt hatte und der niemals befolgt wurde. Dann kündigten sie an, bald wiederzukommen, um die Situation neu zu bewerten und sich über die Entwicklung in Kenntnis zu setzen. Sie verrieten nicht, wann diese Überprüfung stattfinden würde.

Lina verabschiedete sich mit hängendem Kopf bei den Frauen und erbrach ihr Mittagessen in einen herumstehenden Mülleimer, kaum dass sie die Haustür hinter ihnen geschlossen hatte.

»Paps, wir müssen jetzt wirklich aufpassen«, sagte Lina, nachdem sie sich den Mund abgewischt hatte. »Wenn nicht, kann das Folgen haben.«

»Ich ... ja«, stammelte ihr Vater nur und rieb sich erschöpft über die Stirn. Seine Augenringe waren fast schwarz und machten ihn viel älter, als er war.

»Du hast verstanden, was das alles bedeutet, oder?«, bohrte Lina nach.

»Ja, natürlich. Mach dir keine Sorgen, Lina. Das wird schon wieder.« Er tätschelte gedankenverloren Linas Hand, doch die Art, wie er es machte, bereitete Lina fast noch mehr Sorgen als der Besuch des Jugendamts.

Lina sagte das Treffen mit Micky unter dem Vorwand, Kopfschmerzen zu haben, ab und verbrachte den Nachmittag damit, die Wohnung aufzuräumen. Ihr Vater half ihr halbherzig dabei. Lina wollte gerne wütend auf ihre Nachbarn sein, weil sie sich eingemischt hatten; gleichzeitig wollte sie wütend auf ihren Vater sein, weil sein Alkoholismus alles erschwerte. Doch in Wahrheit war sie auf sich selbst wütend. Immer wieder musste sie darüber nachdenken, wie sehr sie die Sachen in den letzten Wochen hatte schleifen lassen – vor allen die Schule und den Haushalt. Sie hatte so sehr den Wunsch verspürt, sich weiter frei zu fühlen, dass sie tatsächlich alles andere vergessen hatte. Es war dumm gewesen ... und vollkommen falsch.

Das Leben ließ sich nicht ignorieren, die Probleme holten einen doch immer wieder ein. Schlimmer noch: Sie hatten sich vermehrt und waren zu richtigen, übelkeitserregenden Sorgen herangewachsen. Durch ihren Wunsch, die Probleme zu vergessen, hatte sie es nur noch schlimmer gemacht und sich richtig in die Scheiße geritten.

Lina hätte sich sofort wieder übergeben können, wenn sie daran dachte, welche Konsequenzen es haben könnte, wenn das Jugendamt beim nächsten Besuch keine Verbesserung bemerken würde. Ängste, ihren Vater zu verlieren und vielleicht in ein Kinderheim zu müssen, überkamen sie und verursachten Übelkeit und pochende Kopfschmerzen.

Kapitel 21

Lina hatte die ganze Nacht wach gelegen und kein Auge zugetan. Ihre Kopfschmerzen waren zu einer kleinen Migräne herangewachsen, und ihre Sorgen hatten sich in ihr verhärtet. Sie wusste, was sie tun musste, um die Kontrolle über die Situation wiederzuerlangen. Sie wusste, dass sie nicht so weitermachen konnte wie in den letzten Wochen und dass sie vernünftig werden musste. Doch allein der Gedanke an diesen notwendigen Schritt ließ ihr Herz brechen.

Sie ließ den Schultag über sich ergehen und versuchte dem Unterricht zu folgen, doch ihre Gedanken kreisten einzig um diese eine Sache, die sie gleich tun würde. Lina hatte in ihrem Leben schon viele Prüfungen überstehen und viel Leid ertragen müssen, doch nichts kam dem nahe, was sie heute würde überstehen müssen. Es zerriss sie, noch bevor sie es zu Ende gedacht hatte.

Micky saß bereits auf der Tischtennisplatte, neben sich zwei Bierflaschen, die er mitgebracht hatte. Sein Gesicht strahlte, als er Lina erblickte, und ihr Herz rutschte in die Hose. Sie schluckte die Träne herunter, die sich allein bei seinem Anblick gesammelt hatte, und ging auf ihn zu.

»Geht es dir wieder besser? Du siehst noch etwas blass aus«, sagte Micky und wollte ihr einen Kuss geben, doch Lina wich ihm aus. Micky runzelte die Stirn. »Stimmt was nicht?«

»Du riechst nach Bier«, murmelte Lina.

»Ja und? Ich hab schon einen kleinen Schluck getrunken. Seit wann stört dich das?«

Lina starrte ihm in die Augen. »Es stört mich halt. Es stinkt.«

Micky lachte leise auf. Er hielt Linas Bemerkung offenbar für einen Scherz. »Dann trink auch einen Schluck, und du riechst es nicht mehr. Ist wie mit Knoblauch.« Er zwinkerte ihr zu, aber Linas Gesicht blieb ausdruckslos.

Sie musste sich zusammenreißen und stark bleiben. Sie hatte in ihrem Kopf bereits alles durchgespielt und wusste, was zu tun war. Sie hatte keine andere Wahl. Sie musste es tun. Trotzdem überforderte sie die Situation ein wenig.

»Das ist echt nicht witzig«, sagte Lina lauter als beabsichtigt.

Micky musterte sie erschrocken. »Was ist denn auf einmal los mit dir? So kenne ich dich ja gar nicht.«

»Ich habe einfach keinen Bock mehr darauf, dass wir uns ständig zusaufen. Sieh mich doch an, Micky! Ich werde langsam wie mein Vater!«, schrie Lina heraus und spürte, wie Tränen in ihren Augen brannten.

Micky schnaubte. »Du bist überhaupt nicht wie dein Vater. Nur weil wir mal gerne ein Bierchen trinken, sind wir nicht gleich Alkoholiker. Das gehört einfach irgendwie dazu. Es ist einfach gemütlich.«

Lina sah zu, wie Micky demonstrativ seine Bierflasche in die Höhe hielt – eigentlich, um ihr zu zeigen, dass es okay war, zu trinken, aber Lina sah rot. Er verstand sie nicht, dabei hatte sie gedacht, dass sie sich ähnlich wären und dass er sie *immer* verstehen würde.

»Vielleicht wird man dadurch nicht gleich alkoholsüchtig,

aber alleine die Annahme, dass Alkohol zwingend zum Leben dazugehören muss, ist doch irgendwie krank. Wer sagt das denn? Wieso können wir nicht auch ohne Bier Spaß haben?«

»Niemand sagt das. Wir müssen kein Bier trinken. Ich dachte nur irgendwie, das wäre unser Ding: abhängen, nächtelang quatschen und trinken. Das war doch von vornherein unser Ritual, hier an diesem Platz.« Micky zeigte auf die Tischtennisplatte unter sich. Dann stellte er die Flasche ab und ging einen Schritt auf Lina zu, die jedoch zurückwich. Sie musste ihren Plan durchziehen und an ihrem Entschluss festhalten.

»Damit ist jetzt Schluss. Kein Saufen mehr, kein nächtliches Rumhängen«, sagte Lina bestimmt, obwohl sich ein Kloß in ihrem Hals sammelte.

»Ich verstehe dich gerade wirklich nicht mehr.« Micky sah traurig und verwirrt aus.

»Das Jugendamt hat mich und meinen Vater auf den Schirm … vielleicht verstehst du *das*! Sie waren bei uns. Unangekündigt. Sie wissen von Paps und seinem Alkoholkonsum, und sie wissen auch, dass ich nächtelang weg bin. Verstehst du jetzt?« Linas Tonfall wurde schneidend, so wütend war sie auf die Gesamtsituation.

Sie hatte gewusst, dass so etwas passieren konnte. Jahrelang hatte sie alles dafür getan, dass niemand merkte, wie schlecht es ihnen ging, und dass jeder dachte, alles sei in Ordnung. Durch Micky war sie leichtsinnig geworden. Sie hatte die Schule vernachlässigt, die Einkäufe, den Haushalt. Einfach alles. Was hatte sie sich dabei gedacht, nächtelang um die Häuser zu ziehen? Hatte sie wirklich geglaubt, das würde niemand mitbekommen?

»Das Jugendamt?«, fragte Micky begriffsstutzig und scheinbar vollkommen überfordert.

»Ja, das Jugendamt«, wiederholte Lina aufgebracht. Mittlerweile war ihre Stimme so laut, dass sie sicher durch den ganzen Park hallte. »Ich habe alles vernachlässigt: den Haushalt, die Schule. Und dann dieses dämliche Zelten, zu dem du mich überredet hast. Drei Tage wegbleiben ... haben wir wirklich gedacht, das würde keine Konsequenzen haben? Klar. Du hast ja keine Angst vor Strafen und Konsequenzen. Du forderst sie ja richtig heraus, willst deine Eltern provozieren. Für dich ist das alles ein Spiel. Aber letztendlich bin *ich* diejenige, die die Konsequenzen ausbaden muss! Sie haben meinem Vater Aufträge erteilt, weil er die Aufsichtspflicht verletzt, und haben irgendwas von einer emotionalen Gefährdung gesprochen. Die haben uns jetzt auf dem Kieker, verstehst du? Ich könnte alles verlieren! Mein Vater könnte alles verlieren! Sein Sorgerecht zum Beispiel! «

»Okay ... ich verstehe.« Micky seufzte. »Also kein nächtliches Herumhängen mehr. Ist in Ordnung, wirklich. Wir können uns auch bei mir treffen. Ich weiß noch nicht, wie ich das mit meinen Eltern regele, aber mir fällt schon was ein. Oder ich schleich mich bei dir rein, so wie neulich. Das kriegen wir schon hin.«

Lina wappnete sich. Sie versuchte ihren Magen zu beruhigen, der zu rebellieren drohte und ihr spärliches Mittagessen ausbrechen wollte. Sie wollte diesen Schritt nicht wagen, aber sie wusste, dass sie es tun musste. Es war egal, dass ihr Herz schon alleine bei dem Gedanken daran zu zerbrechen drohte und dass ihr die Luft wegblieb.

Es ging nicht um sie. Es ging hier um ihren Vater und ihre Familie. Es stand einfach zu viel auf dem Spiel.

»Ich kann nicht«, flüsterte Lina, was im krassen Kontrast zu ihrem vorherigen Tonfall stand. Ihre Stimme zitterte leicht.

Micky runzelte die Stirn und streckte die Hand nach ihr aus, aber sie ging nicht darauf ein. »Was meinst du?«

Heiße Tränen liefen Lina übers Gesicht und ließen sie

schluchzen. »Ich kann dich nicht mehr sehen. Ich liebe dich, Micky, aber es geht nicht mehr.«

Micky sah aus, als habe er Schmerzen. Wenn er sich genauso fühlte wie Lina in diesem Moment, hatte er auch welche, tief im Innern. »Wieso?«, krächzte er nur und kämpfte mit den Tränen.

»Das Jugendamt wird wiederkommen. Ich weiß nicht, wann, sie kommen unangekündigt. Aber es wird bald sein. Sie werden uns regelmäßig kontrollieren. Deswegen muss ich vorbereitet sein.«

»Und was genau soll das heißen?«

Lina wischte sich undamenhaft ihren Rotz am Armsaum ab.

»Ich werde das tun, was ich immer getan habe, bevor ich dich kannte. Ich werde jeden Tag aufräumen und putzen, einkaufen und kochen. Ich werde meine Schulaufgaben erledigen und in der Schule pünktlich erscheinen. Alles, was ich bisher auch gemacht habe. Bis du kamst.«

Sie sah Micky traurig an. »Du hast mich meine Probleme vergessen lassen, und dafür liebe ich dich. Es hat so gutgetan, abzuschalten und sich frei zu fühlen. Aber dabei habe ich meinen Vater nicht mehr im Blick gehabt. Ich war kaum noch zu Hause und habe ihn alleine gelassen ... ihn und die Wohnung. Das Jugendamt hat es gesehen. Sie haben unsere Wohnung und die Umstände dort bemängelt. Wenn sie das nächste Mal kommen und keine Verbesserung vorfinden, hat das Konsequenzen. Und ich fürchte mich davor. Verstehst du?«

»Ja«, brachte Micky nur mühsam hervor. »Das verstehe ich. Aber das heißt doch nicht, dass wir uns gar nicht mehr sehen können. Nur nicht mehr jeden Tag. Wir könnten uns nur jeden zweiten Tag sehen, oder ich könnte dir mit dem Einkaufen helfen. Aber schließ mich nicht aus. Bitte.«

Linas Herz zog sich schmerzhaft zusammen. Fühlte es sich so an, wenn man sich selbst das Herz brach?

Dann schüttelte sie weinend den Kopf. Sie konnte ihn nicht in ihre Probleme hineinziehen. Und sie konnte sich nicht darauf einlassen, ihn nur manchmal zu sehen, denn das würde sie nicht verkraften. Das Problem war, dass sie ihn jeden Tag sehen *wollte* und dass sie sich selbst nicht traute. Die Dinge würden über kurz oder lang wieder aus dem Ruder laufen, weil sie sich so nach Micky sehnte. Alles oder nichts, hieß die Devise, und Lina entschied sich für einen Schlussstrich, um sich wieder auf ihre Aufgabe als Tochter besinnen zu können.

»Es tut mir leid, Micky. Aber es ist aus«, hörte sie sich selbst sagen, und doch hörte es sich gar nicht nach ihrer eigenen Stimme an. Es klang fremd und unpersönlich, wie sie mit ihm redete. Aber nur so schaffte sie diesen Schritt.

Sie sah ihn ein letztes Mal an. Micky war mittlerweile in Tränen ausgebrochen und schüttelte den Kopf, als könne er ihre gesagten Worte damit verscheuchen. Dann drehte sich Lina schweren Herzens um.

Mit jedem Schritt, den sie sich von Micky entfernte, fühlte sich Linas Körper schwerer an. Ihre Leichtigkeit, die sie in den letzten Wochen gefühlt hatte, war verschwunden.

»Du hast gesagt, dass wir auf alles und jeden scheißen und alles egal ist, solange wir nur uns zwei haben!«, brüllte Micky ihr hinterher. »Du und ich gegen den Rest der Welt, schon vergessen?«

Lina hatte es nicht vergessen. Leidend schloss sie die Augen und dachte an ihr Motto, das ihr so viel Kraft gegeben hatte. Aber Lina drehte sich nicht zu Micky um, sondern stolperte schnell aus dem Park. Durch den Schleier ihrer Tränen sah sie kaum, wo sie langging.

Lina hatte in ihrem Leben schon oft gelitten, aber noch nie hatte sie derartig Schlimmes wie diesen Liebeskummer gefühlt, der sie nun übermannte. Sengende Hitze und eisige Kälte fuhren gleichzeitig durch ihren Körper und ließen sie zittern. Ihr Magen krampfte sich zusammen, und ihr Herz fühlte sich an, als sei es ihr bei lebendigem Leib aus der Brust gerissen worden. Schützend schlang sie ihre Arme um sich selbst, aber auch das half nicht wirklich.

Wenn Lina gedacht hatte, schon einmal Trauer empfunden zu haben, wusste sie nun, dass es nicht stimmte. Am liebsten hätte Lina sich gleich hier auf die Straße gelegt, um sich ihrer Verzweiflung hinzugeben und alles herauszulassen. Aber die Menschen starrten bereits auf ihr nasses und fleckiges Gesicht.

Aber Lina hatte eine Entscheidung getroffen und musste nun Stärke zeigen, um das durchzuziehen. Egal, wie viel Kraft es sie auch kosten mochte.

Zu Hause stürzte sie sich in die Arbeit. Sie musste beginnen die Wohnung herzurichten. Niemand wusste, wann das Jugendamt wiederkommen würde, und sie musste vorbereitet sein. Lina spülte Geschirr, putzte die Küche und das Bad und räumte sogar die Kissen und Decken zusammen, die ihr Vater stets auf dem Sofa verteilte. Diese Ordnung würde nicht lange halten, aber es fühlte sich gut an, alles hübsch herzurichten und dabei nicht an Micky denken zu müssen. Obwohl er sich immer wieder in Linas Gedanken schlich, meist in den merkwürdigsten Momenten. Wenn sie beispielsweise gerade die Toilette putzte oder die Schränke aufräumte. Seine braunen Augen verfolgten Lina, und wieder spürte sie dieses schmerzhafte Ziehen im Magen, wenn sie daran dachte, dass es nun wirklich vorbei war.

Sie hatte diesen tollen Jungen gehen lassen. Lina hatte das, was ihr zurzeit am wichtigsten war, das, was sie glücklich gemacht hatte, geopfert. Manchmal war das Leben einfach unfair. Am liebsten hätte Lina laut geschrien.

Stattdessen räumte sie die Putzmittel weg, betrachtete noch mal eingehend die nun saubere Wohnung und ging dann in ihr Zimmer, um ihre Hausaufgaben zu machen.

Lina kam es befremdlich vor, sich an etwas Banales und Alltägliches wie Hausaufgaben zu setzen, während gerade ein Teil ihrer Welt untergegangen war. Denn genau so fühlte sich die Trennung von Micky an: wie ein Weltuntergang.

Kapitel 22

An den nächsten Tagen wäre Lina am liebsten im Bett geblieben. Sie hätte mit der Decke über dem Kopf Schokolade und Eis verdrücken können, um sich ihrer Traurigkeit hinzugeben. Nichts lag ihr ferner als in die Schule zu gehen und so zu tun, als sei ihr Herz nicht in Tausende von Scherben zerbrochen. Denn dieser pochende Schmerz, der vom Herzen in den Magen und dann in den gesamten Körper gewandert war und immer wieder aufkeimte, sobald sie an Micky dachte, war so präsent, dass es ihr fast den Atem raubte.

Doch Schule schwänzen hätte nur wieder das Jugendamt auf den Plan gerufen und ihr noch mehr Probleme bereitet, als sie ohnehin schon hatte. Die Entschuldigung für den Zeltausflug hatte sie nur mit Müh und Not von ihrem Vater bekommen. Drei Anläufe hatte es dazu gebraucht.

Sie war physisch anwesend, immerhin das konnte man sagen. In den Pausen irrte sie wie ein Zombie durch die Gänge, warf jedem, der ihr begegnete, finstere Blicke zu und erwischte sich im Unterricht dabei, wie sie kleine Anarchiezeichen und kleine M‘s auf ihr Papier kritzelte, anstatt aufzupassen.

Würde das nun auf ewig so weitergehen? Lina hatte mal eine Frau im Fernsehen gesehen, die von ihrer ersten großen Liebe verlassen worden war und nie darüber hinwegkam. Selbst als sie geheiratet und Kinder bekommen hatte, hing ein Teil ihres Herzens immer an dieser ersten Liebe. Würde es bei Lina auch so werden? Würde sie niemals ganz von Micky loskommen und ihn für immer lieben?

Letztendlich war ihr Vater der Beweis dafür, wie sehr die Liebe zu einem Menschen einen zerstören konnte. Dass Linas Mutter einen anderen kennengelernt und ihren Vater verlassen hatte, war für ihren Vater der Todesstoß gewesen. Selbst Jahre danach hatte er sich nicht davon erholt, und Lina fürchtete, dass sie der verlorenen Liebe zu Micky auch auf ewig nachtrauern würde. Dieses dumpfe Gefühl in ihrem Innern würde bleiben und sie über kurz oder lang von innen zerfressen, bis nur noch eine leere Hülle von ihr übrig sein würde. Es fing bereits an. Ohne Micky fühlte sie sich unvollständig.

Zu Hause bereitete Lina Pommes, Schnitzel und Erbsen zu. Ihr Vater schlief noch im Wohnzimmer, aber dem Zustand der Wohnung nach zu urteilen war sein Tag heute okay gewesen. Er hatte zumindest weder die Küche dreckig gemacht noch irgendetwas umgeschmissen. Heute wäre ein guter Tag, um mit ihm zu sprechen.

»Paps?«, fragte Lina sanft und rüttelte an seinen Schultern, damit er aufwachte. »Paps, das Essen ist fertig. Hast du Hunger?«

Ihr Vater murrte und stand schließlich auf. Seine Haare standen in alle Richtungen, und sein Bart brauchte dringend eine Rasur. Sein T-Shirt war aber immerhin frisch – eine Kleinigkeit, über die sich Lina freuen konnte, denn das war häufig nicht der Fall.

Er schlurfte zum Küchentisch und ließ sich stöhnend auf einen der Stühle plumpsen. Lina brachte ihm einen dampfenden Kaffee und einen Teller mit dem Abendessen, ehe sie sich zu ihm setzte.

Sofort begann ihr Vater die Pommes hinunterzuschlingen, als habe er seit Tagen nichts gegessen. Lina beobachtete ihn und räusperte sich dann. »Paps, wir müssen über die Sache mit dem Jugendamt sprechen.«

Ihr Vater sah hoch. »Was ist mit dem Jugendamt?«

Lina seufzte schwer. »Vor ein paar Tagen war das Jugendamt hier. Das musst du noch wissen.«

Er schien angestrengt nachzudenken und zuckte verwirrt mit den Schultern. »Ich weiß nicht. Ja, kann sein.«

Lina schob sich Pommes in den Mund, damit sie Zeit hatte, über ihren nächsten Satz nachzudenken. Es war so typisch, dass er sich an so ein wichtiges Gespräch nicht erinnerte. Normalerweise hätte der Anblick des Jugendamts ihn vor Schreck schlagartig nüchtern werden lassen müssen. Aber Lina schien wegen der ganzen Sache viel beunruhigter als er.

»Sie waren hier, weil jemand eine Gefährdung gemeldet hat«, erklärte sie ruhig.

Ihr Vater lachte laut. »Wer soll denn hier bitte gefährdet sein?«

»Na, ich.«

»Papperlapapp. Hier ist niemand gefährdet.«

»Das sieht das Jugendamt aber anders. Sie denken, dass du mich vernachlässigst. Mich und deine Aufsichtspflicht.«

»Niemand vernachlässigt dich. Sieh uns doch an. Läuft doch alles gut.«

Lina musste Wut und Frust, die bei den Worten ihres Vaters in ihr aufliefen, unterdrücken. Er schien noch immer zu verdrängen, welche Probleme er hatte und wie sich das auf ihren Alltag auswirkte.

»Sie finden, dass du zu viel trinkst und dich nicht genug um mich und den Haushalt kümmerst.«

Ihr Vater ließ den Blick durch die Küche schweifen. »Sieht doch richtig gut aus hier.«

Lina presste verärgert die Lippen zusammen. Natürlich war hier alles in Ordnung, weil sie stundenlang geputzt hatte, um es so aussehen zu lassen. Und ihr Vater schien das nicht mal anzuerkennen.

»Es sieht gut aus, weil *ich* geputzt habe. *Ich* habe für Ordnung gesorgt. Das Jugendamt hat angekündigt, wieder zu kommen.«

Zum ersten Mal sah ihr Vater besorgt aus. »Und wann?«

Lina zuckte mit den Schultern. »Das haben sie nicht gesagt. Es wird ein Überraschungsbesuch sein.«

Ihr Vater strich sich nachdenklich durch den wirren Bart.

»Paps, wir müssen uns in der nächsten Zeit wirklich zusammenreißen. Vor allem du. Du darfst erst mal nicht mehr so viel trinken und nicht mehr so viel Chaos anrichten. Bitte. Sonst kann das Konsequenzen haben, und vielleicht kann ich sonst nicht mehr bei dir wohnen.«

Er nahm nickend einen Schluck seines Kaffees. Lina sah nun echte Sorgen in seinen Augen, und sie hatte das Gefühl, dass er den Ernst der Lage verstanden hatte.

»Okay«, murmelte er. »Ich reiße mich zusammen.«

»Versprochen?« Lina sah ihm fest in die Augen.

»Versprochen.«

Lina hoffte sehr, dass ihr Vater dieses Versprechen halten würde. Seine Augen waren aufrichtig, und Lina wollte an einen Wandel ihres Vaters glauben. Erst recht. nachdem sie Micky für ihn aufgegeben hatte. Sie wollte daran glauben, dass diese Familie etwas war, für das sich der Verlust von Micky lohnte. Sie wollte endlich ihren Vater wiederhaben.

Der Abend mit ihm fühlte sich tatsächlich familiär an. Ihr Vater blieb seit dem Abendessen bei Kaffee und Wasser und räumte die ungeöffneten Bierflaschen, die noch im Wohnzimmer standen, in den Kühlschrank – raus aus seinem Blickfeld. Sie verbrachten den Abend gemeinsam auf der Couch, um einen Film zu schauen, und Lina konnte sich nicht erinnern, wann sie das letzte Mal gemeinsam mit ihm auf der Couch gesessen hatte. Es fühlte sich vertraut und doch ungewohnt an, aber Lina genoss es sehr und wünschte sich, es könnte immer so sein.

Die nächsten zwei Wochen flogen an Lina vorbei, ohne dass sie sagen konnte, sie richtig erlebt zu haben. Ihre Tage bestanden darin, schweigend den Schultag über sich ergehen zu lassen und, so gut es ging, mitzuschreiben, einzukaufen, zu Hause aufzuräumen und dafür zu sorgen, dass die Wohnung einer erneuten Inspektion standhalten konnte. Lina kochte täglich und verkrümelte sich dann in ihr Zimmer, um Hausaufgaben zu machen und danach wie erstarrt im Bett zu liegen. Jeden Tag dasselbe Muster, dieselbe deprimierende Stimmung.

Wenn die Wochen davor sich wie Freiheit angefühlt hatten, fühlte Lina sich nun wie im Gefängnis. Die Gitterstäbe engten sie ein, aber von Tag zu Tag ertrug Lina diese Qual ein wenig mehr, weil sie langsam, aber sicher begann, nicht mehr viel zu fühlen. Die Trauer und die Wut waren einer inneren Verbitterung gewichen, die zwar ihre Mundwinkel nach unten zog, aber ansonsten für keine Gefühlsausbrühe sorgte. Lina agierte wie ein Roboter, nur darauf bedacht, ihre Arbeit zu machen und die vorbildliche Tochter zu sein, in einer vorbildlichen Familie, die keine Hilfe brauchte.

Trotzdem erwischte sich Lina in regelmäßigen Abständen dabei, wie sie auf Mickys WhatsApp-Status und sein Profilbild starrte, um darauf zu warten, dass sich dort etwas veränderte. Gestern war sein Status umgeändert worden, von einem Liedtext der *Broilers* zu einem Bierglas. Lina hatte stundenlang davorgesessen, um darüber nachzudenken, ob dieser Statuswechsel für sie bestimmt gewesen war, wo sie sich doch auch wegen des Alkohols gestritten hatten.

Vielleicht war es verrückt, dass sich Lina über so etwas Gedanken machte und nun Stunde für Stunde nachsah, ob sich der Status noch mal verändert hatte, aber dieser WhatsApp-Status war die einzige Verbindung zu Micky, und Lina war noch nicht bereit, ihn vollständig aus ihrem Leben zu entfernen. Auch wenn ihr der Blick auf sein Profil jedes Mal einen heftigen Stich versetzte. Es war masochistisch.

»Lina, du musst endlich aufhören, dich in deinem Zimmer zu verkriechen und dein Handy anzustarren«, tadelte sie Maya am Freitagabend am Telefon.

Lina lag mit dem Kopf auf dem Bett, die Beine an die Wand gelehnt. »Und was ist, wenn ich mich verkriechen will?«, fragte sie schmollend.

»Du musst endlich mal wieder unter Leute. Du vereinsamst noch.«

»Ich war heute schon unter Leuten. Schule, schon vergessen?« Linas Stimme klang monoton und müde.

Sie war erschöpft von all der Traurigkeit. Mittlerweile war das Gefühl nicht mehr so, dass man den Liebeskummer so stark spürte, dass einem die Luft wegblieb. Inzwischen war Lina in einer Phase des Liebeskummers, in der es ihr manchmal vorkam, als habe sie alle Gefühle abgestellt und nur noch das dumpfe Gefühl des Verlustes blieb übrig.

»Schule zählt nicht. Lina, es ist Wochenende.«

»Ich weiß. Ich habe ja auch Pläne.«

»Sich zum fünfzigsten Mal *Vampire Diaries* ansehen und dabei Eis in sich hineinstopfen ist kein richtiger Plan.«

Lina machte es wütend, dass Maya sie so gut kannte. Tatsächlich hatte sie vorgehabt, Vampire Diaries zu sehen. Es war das Einzige, was ihr nicht vorkam wie eine komplette Zeitverschwendung, und das Einzige, was ihr ab und an ein kleines Lächeln entlockte. Nur mit dem Eis hatte Maya falsch gelegen. Stattdessen hatte Lina sich Kekse gekauft, die guten mit den Schokoladenstückchen, die bereits neben ihrem Bett auf sie warteten.

»Ich mag den Plan«, schmollte Lina.

»Für normale Tage schon, gerne auch für Freundinnenabende. Aber nicht, wenn du alleine bist, und nicht fürs Wochenende. Geh aus!«

Lina seufzte. »Würde ich ja machen, aber wo soll ich bitte hin? Und mit wem? Ich bin irgendwie einsam ohne dich und ohne ...« Sie bekam Mickys Namen nicht über die Lippen. »Ins Pink kann ich vorerst nicht mehr, so viel steht fest. Wenn ich ihn jetzt sehen würde ... das schaffe ich nicht.«

Mayas Stimme klang plötzlich sanfter. »Dann geh woandershin, und lern neue Leute kennen. Du musst nicht einsam sein. Geh doch ins *Pöbel*. Ich habe gehört, dass sie auch Leute ab sechzehn reinlassen.«

Lina hatte schon viel vom Pöbel gehört: Ein kleiner, sehr beliebter Punkschuppen, in dem Lina jedoch noch nie gewesen war.

»Das Pöbel ist doch am Ende der Stadt. Wie soll ich da hinkommen?«

Maya stöhnte. »Mit der U-Bahn?«

»Und dann nachts alleine zurück? Das klingt nicht so, als sollte ein Mädchen das machen.«

»Genau ... und weil du in der letzten Zeit nachts immer brav in deinem Bett gelegen hast, kommentiere ich das mal nicht«, lachte Maya, und Lina stimmte unwillkürlich mit ein. Es war das erste Lachen seit Wochen, und es war wie ein kleiner Befreiungsschlag.

Lina dachte über die Option nach. Sie war sich nicht sicher, ob sie Gesellschaft haben wollte. Manchmal war es so viel einfacher, mit sich alleine zu sein und im Zimmer Trübsal zu blasen. Es war weniger anstrengend als sich um neue Bekanntschaften zu bemühen, und es drohte weniger Gefahr, verletzt zu werden. Ihr letzter Ausflug, um Trauer zu bewältigen, hatte sie schließlich zu Micky geführt – und dann in eine tiefe Traurigkeit gestürzt.

Trotzdem, so dachte Lina, würde sie das Kennenlernen mit Micky nicht missen wollen. Würde sie die Chance bekommen, in die Vergangenheit zu reisen, würde sie erneut ins Pink gehen um ihn kennenzulernen. Weil sie ihn liebte und er ihr etwas bedeutete, und weil er, vor dieser Trennung, so viele schöne Gefühle in ihr ausgelöst hatte.

Lina beteuerte Maya, dass sie ins Pöbel gehen würde, und meinte es am Ende des Telefonats auch so. Es war ein komisches Gefühl, sich zum Ausgehen fertig zu machen. In den letzten Wochen hatte sich Lina nicht viel Mühe mit ihrem Äußeren gegeben. Die Haare waren strähnig, der Nagellack abgeblättert, und Lina hatte es nicht mal Freude bereitet, sich schöne Outfitkombinationen zu überlegen.

Als sie nun in den Spiegel sah, mit geöffnetem Haar, neuem Lack und ihrem blauen Lieblingsrock, fühlte sie sich wieder mehr wie sie selbst. Es passte nicht zu ihr, tagelang vor sich hin zu vegetieren und traurig zu sein. Egal ob es die Trennung ihrer Eltern, der Kontaktabbruch zu ihrer Mutter oder die Probleme von Paps gewesen waren: Lina hatte sich immer durchgebissen und sich niemals hängen lassen. Bis Micky kam.

Liebe war zerstörerisch, das hatte ihr Vater seit seiner Trennung immer gesagt, wenn es ihm schlecht ging, und Lina verstand zum ersten Mal, was er damit meinte. Liebe konnte das Schönste sein, was einem widerfuhr, konnte einen beflügeln und fliegen lassen. Aber Liebe konnte ebenso einen Absturz aus höchster Höhe bedeuten und damit das größte Unglück bringen.

Lina verabschiedete sich von ihrem Vater, der im Wohnzimmer saß und einen Film schaute. Lina versprach ihm, nicht zu lange wegzubleiben, und ihr Vater nahm es grunzend zur Kenntnis.

Seit dem Gespräch hatte er sein Versprechen größtenteils gehalten. Er trank natürlich – dass er ohne entsprechende professionelle Hilfe komplett aufhören würde, war reine Illusion -, aber er trank weniger, und die Situation war seitdem nicht mehr eskaliert. Würde das Jugendamt nochmals kommen, würden sie sehen, dass er sich besserte, und alles wäre in Ordnung. Das hoffte Lina jedenfalls.

Kapitel 23

Das Pöbel war noch toller, als Lina es sich in ihrer Vorstellung ausgemalt hatte. Der Laden war mit seinen dunkelbraunen Sesseln, der großen hölzernen Bar und den Konzertplakaten an der Wand stylisch, und doch wirkte es angeranzt genug, um in die Punkszene zu passen. Aus den Boxen drang ein Lied von *Betontod*, und Lina stimmte sofort in den Chorus mit ein.

Lina bestellte sich eine Cola. Heute würde sie ihren Frust nicht wieder in Alkohol ertränken, sondern nüchtern bleiben. Mit ihrer Flasche ließ sich Lina auf einem der Sessel nieder und beobachtete die Menge, die vor der Bar stand und sich im Takt des Liedes bewegte.

»Hey, bist du alleine hier?«, sprach sie ein Junge an und beugte sich zu ihr herunter. Er war sicherlich etwas älter als Lina, vielleicht achtzehn oder neunzehn, und hatte blau gefärbte Haare, die wild in alle Richtungen standen. Er trug eine Lederjacke mit Nieten und Patches gegen Nazis. Lina lächelte ihn freundlich an.

»Ja, ich bin das erste Mal hier. Ich bin Lina«, stellte sie sich vor.

»Ich bin Dennis. Du kannst dich gerne zu uns setzen, wenn du möchtest.« Er deutete auf eine kleine Vierergruppe: drei Jungs und ein Mädchen, die ihr auffordernd zuwinkten. Lina musterte die Leute kurz, nickte dann und ging gemeinsam mit Dennis zu deren Tisch. »Das sind Vera, Luis und Basti.«

Lina merkte schnell, dass es sich bei den vier Leuten nicht um Seelenverwandte handelte. Bis auf den Musik- und Kleidungsgeschmack schienen sie nicht viel gemeinsam zu haben, und Lina empfand nicht die gleiche Verbundenheit, die sie sofort bei Maya oder Micky gespürt hatte. Trotzdem waren sie nett, und Lina genoss die Gesellschaft. Es tat gut, mal wieder zu lachen, sich zu unterhalten und laut Lieder zu singen.

»Willst du noch eine Cola?«, fragte Vera. Lina nickte lächelnd. Vera zog sie zur Theke. »Ich bin so froh, dass endlich mal ein anderes Mädchen in unserer Runde ist«, lachte sie. »Ich mag meine Jungs, aber manchmal ist es anstrengend, immer das einzige Mädchen zu sein.«

Lina nickte erneut. Sie dachte unwillkürlich an die Jungs und ihren Proberaum, wo sie auch immer das einzige Mädchen gewesen war. Der Gedanke versetzte ihr einen kurzen Stich.

Vera redete von ihrer Freundschaft zu den anderen, aber Lina hörte ihr gar nicht richtig zu. Ihre ganze Aufmerksamkeit wurde von einem dunklen Haarschopf in Bann gezogen, der Lina einen Schauer über den Rücken jagte.

Ohne ein Wort der Entschuldigung ließ Lina Vera stehen und quetschte sich durch die Gruppe, die an der Bar stand, bis sie ihn genau im Blick hatte. Dort stand unverkennbar Micky, und Lina blieb die Luft weg.

Sie ließ ihren Blick über seine Kleidung und seine Haare gleiten und sog alles in sich auf, als fürchte sie sich, dass er jeden Moment wieder verschwinden würde und sie sich dann nur noch an diese Erinnerung klammern könnte.

Er stand neben Sandy. Die Jungs sah Lina nicht, und alleine

dieser Umstand machte sie unfassbar wütend. War er etwa alleine hier? Mit *ihr*? Ausgerechnet mit Sandy?

Sandy trug ein hautenges, schwarzes Kleid, das nichts der Fantasie überließ. Ihr Haar war offen, und sie hatte sich die Lippen rot gemalt. Sie wirkte zum Angriff bereit, als wäre sie so weit, sich Micky zu schnappen. Und Micky schien erneut mitzumachen. Als Sandy lachte und ihre Hand an seine Schulter legte, ließ es Micky zu. Er nahm ihre Hand nicht weg.

Lina wusste nicht, was sie tun sollte. Ihr Kopf rang mit sich, ob sie zu ihm gehen oder verschwinden sollte. Währenddessen stand sie wie angewurzelt da und starrte die beiden an.

Neben ihr zerschellte eine Flasche. Die Leute klatschten dem Trottel zu, der sie hatte fallen lassen, und Lina sah, wie Mickys Augen zu ihm wanderten, um dann an Lina hängen zu bleiben. Seine braunen Augen trafen ihre, aber sie waren gar nicht so, wie Lina sie in Erinnerung hatte. Der Blick, den Micky ihr zuwarf, war gleichgültig und hart, und Lina spürte Übelkeit aufkommen. Dann wandte sich Micky ab, zog Sandy an sich und küsste sie.

Mit den Händen vorm Mund stürmte Lina aus dem Pöbel und erbrach sich im nächsten Gebüsch, bis nur noch Galle hochkam.

Er hatte sie geküsst. Vor ihren Augen.

Lina hatte sich in ihrem Leben noch nie so klein, unscheinbar und austauschbar gefühlt. Sie hatte wirklich geglaubt, dass Micky sie lieben würde, und dann nahm er sich schon kurz nach ihrer Trennung eine andere. Und dann auch noch Sandy, ausgerechnet sie! Dabei hatte er ihr doch immer beteuert, sie wären nur Freunde ... Lina hatte ihm geglaubt.

Tränen strömten ihre Wangen hinab. Lina rannte durch die Straßen, als wäre der Teufel hinter ihr her. In der Eile hatte sie ihre Strickjacke vergessen, die noch immer über dem Stuhl im

Pöbel hing. Die Besitzer konnten sie behalten. Sie würde diesen Laden nie wieder betreten wollen.

Linas Füße trugen sie zum Park. Es war masochistisch und dumm, hierherzukommen, aber es fühlte sich wie ein Abschiedsritual an, als Lina sich auf die Tischtennisplatte setzte und ihre Finger auf das Anarchiezeichen legte.

War alles, was er zu ihr gesagt hatte, eine Lüge gewesen? Er hatte gesagt, dass sie zusammengehörten – dass die Welt ihnen gehöre und dass ihnen nichts und niemand etwas anhaben könnte, solange sie zusammen waren. Wie konnten all diese Worte gelogen sein? Wie konnte diese Verbindung zwischen ihnen gespielt gewesen sein? Lina schluchzte.

Für sie war es echt gewesen. Sie hatte ihn mit Haut und Haaren geliebt und liebte ihn noch immer. Sie hatte ihn verlassen, aber an der Aufrichtigkeit ihrer Gefühle hatte es nie gelegen. Nie.

Als Lina in ihre Straße einbog, fragte sie sich, wie sie dorthin gelangt war. Sie konnte sich weder daran erinnern, den Park verlassen zu haben, noch mit der U-Bahn gefahren zu sein. Alles lief wie in Trance an ihr vorüber, sie war nicht fähig, einen klaren Gedanken zu fassen.

Lina hatte wirklich geglaubt, dass es nicht schlimmer kommen könnte, doch als sie die Wohnung betrat und dabei eine Bierflasche umstieß, ahnte sie, dass der Abend noch einige schlechte Überraschungen parat hatte. Lina schaltete das Licht an und nahm sofort die Bierflaschen und die Lautstärke des Fernsehers wahr. Der Zustand der Wohnung war verhältnismäßig noch in Ordnung, aber es war dennoch unverkennbar, dass ihr Vater sein Versprechen gebrochen hatte, kaum dass sie aus dem Haus gegangen war.

Lina stellte sich vor, wie er keine zwei Sekunden, nachdem Lina sich von ihm verabschiedet hatte, zum Kiosk gegangen war, um neuen Alkohol zu kaufen. Augenblicklich stieg Wut in Lina auf und brodelte in ihrem Magen.

Lina stampfte in die Küche, nahm sich die leeren Bierflaschen und ließ sie mit Kraft auf dem Boden zerschellen. Als das Glas auf den Fliesenboden krachte und es schepperte, sah sie mit Genugtuung zu, wie ihr Vater auf dem Sofa aus dem Schlaf gerissen wurde und aufsprang, als seien die Hunnen hinter ihm her.

»Was ist das für ein Krach?«, fragte er verwirrt und sah sich um.

In diesem Moment ließ Lina die nächste Flasche fallen.

»Lina, hör auf! Was machst du denn da?« Ihr Vater kam näher, konnte sie jedoch nicht erreichen, da die Scherben ihm den Weg versperrten. Lina ging gelassen auf ihnen herum. Die Scherben knirschten unter ihren Springerstiefeln. Dann ging sie zurück in die Küche, nahm die vollen Bierflaschen aus dem Kühlschrank, öffnete sie und ließ den braunen Inhalt in den Ausguss laufen.

»Hör auf, verflucht noch mal! Was ist in dich gefahren?«

Lina drehte sich blitzartig zu ihm. »Was in *mich* gefahren ist?«, schrie sie ihn an. »Was ist in *dich* gefahren, Paps? Du hast wieder getrunken, du hast es wieder zu weit getrieben.« Tränen sammelten sich in Linas Augen und verschleierten ihren Blick. »Du hast es mir versprochen! Du hast mir versprochen, dass du dich zusammenreißt und so einen Mist nicht mehr machst! Wir hatten das doch geklärt!«

Nun weinte Lina ungehindert, und ihre Wangen fühlten sich von dem salzigen Wasser, das sie in den letzten Stunden vergossen hatte, bereits ganz wund an.

»Ich … es tut mir leid.«

»Das tut es dir immer, Paps, aber ändern tust du doch nichts. Ich kann einfach langsam nicht mehr. Mir wird alles zu viel.«

Ohne ein weiteres Wort zu sagen, lief Lina in ihr Zimmer und hinterließ in der Küche das Chaos – zum ersten Mal ein Chaos, das sie verursacht hatte und das sie nicht sofort beseitigte. Sie hatte einfach keine Kraft mehr.

Sie schloss sich ein, drehte ihre Musikanlage auf und legte sich auf ihr Bett, wo sie so lange weinte, bis ihr der Kopf schmerzte und ihr Kopfkissen ganz durchnässt war.

Erst mitten in der Nacht schaffte sie es, wieder in die Küche zu gehen. Zu ihrer Verwunderung waren die Scherben größtenteils weggefegt, und ihr Vater schlief wieder auf dem Sofa.

Lina bereute es nicht, dass sie wütend geworden war, aber sie bereute das Chaos, das sie angerichtet hatte. Wäre die Frustration wegen Micky nicht so übermächtig gewesen, wäre es vermutlich niemals zu solch einem Wutausbruch gekommen. Aber vielleicht, so dachte sie, während sie die restlichen Scherben auffegte, war ihr Wutausbruch notwendig gewesen, um ihren Vater wachzurütteln. Vielleicht hatte sie einfach mal Klartext reden müssen, ohne ihn immer in Schutz zu nehmen. Immerhin hatte er sich eigenhändig um die Scherben gekümmert.

Als die letzten Spuren ihres Anfalls beseitigt waren, schlich sich Lina ins Wohnzimmer und betrachtete ihren Vater beim Schlafen. Er wirkte friedlich, mit einem leichten Lächeln auf den Lippen, als würde er etwas Schönes träumen. Sie vermisste dieses Lächeln. Früher hatte er so viel gelacht, immer laut und aus vollem Halse, aber nun gab es höchstens dieses müde Lächeln, das nichts mit seinem früheren Lachen gemeinsam hatte.

Sie strich seine Decke glatt und ging dann in ihr Zimmer, um ebenfalls wieder ins Bett zu gehen. Auch wenn sie nicht wusste, wie sie nach dieser Nacht würde einschlafen können.

Kapitel 24

Schon den ganzen Morgen versuchte Lina Maya zu erreichen und erwischte immer nur die verdammte Mailbox. WhatsApp, Anrufe, selbst eine verfluchte SMS, die sie schon seit Jahren nicht mehr verschickt hatte, blieben alle erfolglos. Lina wusste, dass ihre Freundin sich melden würde, sobald es ihr möglich war, doch noch nie hatte sie so dringend ihre Stimme hören wollen. Lina hatte das dringende Bedürfnis, über Micky und Sandy zu sprechen. Sie musste sich das Ganze von der Seele reden, um nicht durchzudrehen.

Seit sie die beiden gesehen hatte, plagten Lina nicht nur Szenen, in denen sich der Kuss immer und immer wiederholte, sondern Lina war auch stark verunsichert. Ihr Selbstbewusstsein hatte durch den Vorfall offenbar stark gelitten, denn wenn sie nun in den Spiegel sah, sah sie lauter Unzulänglichkeiten, die Micky in die Arme von Sandy hätten treiben können. Sie sah ihr dünnes Spaghetti-Haar, ihr ausgeblichenes Grün in den Haarspitzen, das dringend nachgefärbt werden musste, sah ihren kleinen Busen und ihre knubbeligen Knie. Alles Dinge, mit denen Lina bis jetzt hatte umgehen können.

Meist hatte sie darüber lachen können, dass ihre Haare nicht saßen oder ihre Knie aussahen, als hätten sie Wucherungen. Aber nun, wo sie sich mit Sandy verglich, war ihr eher zum Heulen als zum Lachen zumute. Sie hatte am Sonntagmorgen extra eine Schokoladenmaske aufgelegt und ihre Nägel neu lackiert, um sich hübscher zu fühlen, aber selbst dieses altbewährte Mittel hatte nichts gebracht. Lina fühlte sich ausgetauscht und ersetzbar.

Den restlichen Sonntag verbrachte Lina in ihrem Zimmer und brütete über ihren Hausaufgaben, stets das Handy neben sich, um für Mayas Rückruf gewappnet zu sein. Aber es blieb stumm, und auch auf Linas folgende WhatsApp-Nachrichten reagierte sie nicht. Es war frustrierend.

»Lina, ich mache mir ein paar Rühreier. Möchtest du auch welche?«, fragte ihr Vater durch die Tür.

»Ja, danke, Paps.« Seit der Aktion mit den Flaschen hatte er sich bemüht, hatte sich um das Essen gekümmert und oft nach Lina gesehen – Aufmerksamkeit von ihm, die sie nicht gewohnt war, jedoch genoss. Zugegeben waren seine Kochkünste eher bescheiden, und das Rühreier schmeckte fad, aber es ging darum, dass er es versuchte.

»Denk daran, dass du morgen Mittag zum Elternsprechtag in die Schule musst«, erinnerte Lina ihn später beim Abendessen. »Versuch vorher nichts zu trinken, okay? Ich will nicht, dass meine Lehrer etwas merken.«

»Mach dir keine Sorgen. Ich habe alles unter Kontrolle.«

Lina nickte, machte sich aber trotzdem Gedanken. Das Letzte, was sie gebrauchen konnte, waren Lehrer, die dem Jugendamt sagten, dass ihr Vater alkoholisiert in die Schule gekommen war. Aber nicht zum Elternsprechtag zu erscheinen, war auch keine Option, wenn Lina beweisen wollte, dass bei ihnen zu Hause alles so lief, wie es laufen sollte, und sie keine Hilfe brauchten.

Das Klingeln ihres Handys schreckte Lina hoch.

»Maya?«, fragte sie atemlos, als sie ihren Namen auf dem Display sah, und eilte in ihr Zimmer, wo sie die Tür verschloss. »Wo warst du denn? Ich versuche schon die ganze Zeit dich zu erreichen.«

»Ich weiß, tut mir leid. Ich bin bei einer Freundin, und wir haben hier kaum Empfang.«

Diesen Satz aus Mayas Mund zu hören, war ein Schock. Lina hatte ihr gewünscht, dass sie in Stuttgart Anschluss finden würde, nur hatte Lina nicht erwartet, dass es diese Eifersucht in ihr auslösen würde. Erst hatte Micky sie ersetzt und nun auch ihre beste Freundin.

»Ich vermisse dich. Ich wünschte, du könntest mich besuchen kommen. Hier geht gerade alles drunter und drüber.«

Lina hörte Geräusche im Hintergrund, und Maya schien kurz abgelenkt. »Lina, ich vermisse dich auch. Aber das mit dem Besuch wird wohl noch warten müssen. Leider.«

Lina schluckte schwer. »Klar, das verstehe ich.«

»Du klingst traurig«, stellte Maya fest.

Lina nickte unwillkürlich und ließ sich auf ihr Bett fallen. Dann erzählte sie Maya alles vom Pöbel, von Micky und von Sandy. Sofort stieg wieder Übelkeit in ihr auf, als sie die Szenen erneut durchlebte.

»Ich fasse es nicht, dass er das getan hat!«, wütete Maya, kaum dass Lina die Geschichte beendet hatte. »Wenn ich dich besuchen komme, dann spüre ich ihn auf und mache ihn eigenhändig kalt.«

Lina lächelte müde über Mayas Spruch, aber ihr Rückhalt tat ihr gut. »Vielleicht habe ich es nicht anders verdient«, überlegte Lina laut. »Ich habe mit ihm Schluss gemacht. Es ist sein gutes Recht, sich mit einer anderen zu treffen. Eine, die ihm besser gefällt«, fügte sie leise hinzu.

»Hör sofort auf damit, dich deswegen kleinzumachen. Kein

Typ der Welt ist es wert, dass du dich wegen ihm schlecht fühlst. Zweifel nicht an dir.«

»Ich habe nur dieses ekelhafte Gefühl, ersetzt worden zu sein. Und dann auch noch ausgerechnet von ihr, dieser dummen eingebildeten Kuh. Sie hat gewonnen. Ich hab verloren.«

Lina seufzte schwer und rieb sich ihre Augen. Sie fühlten sich von den ganzen verlorenen Tränen richtig ausgetrocknet an. »Es tut verdammt weh.«

Sie hörte Maya laut schlucken. »Das glaube ich dir.«

»Aber das Schlimmste ist, dass ich selbst schuld bin.« Linas Stimme brach, und ihre Nase begann zu kribbeln. »Ich habe ihn verlassen. Ich habe ihn von mir gestoßen. Ich wollte einen Schlussstrich haben, es war meine Entscheidung. Wieso kann ich dann nicht akzeptieren, dass sein Leben weitergeht und meins ebenfalls? Wieso muss ich ständig an ihn denken und mir damit noch mehr Schmerz zufügen?«

»Weil du ihn liebst«, flüsterte Maya. »Du liebst ihn aufrichtig.«

Alle Dämme brachen, als Maya diese Worte aussprach, die so sehr der Wahrheit entsprachen. Dass Lina Schluss gemacht hatte, hatte ihre Liebe nicht verschwinden lassen. Sie war noch genauso präsent wie vorher. Nur schmerzhafter.

»Ich liebe ihn wirklich«, wiederholte Lina und schniefte. »Aber die Trennung war trotzdem das Richtige, oder?«

Maya seufzte leise. »Ganz ehrlich? Ich weiß es nicht. Aber ich bin auch nicht in der Situation, das bewerten zu können. Die Beziehung zu deinem Vater war schon immer speziell. Ich denke, dass zwischen euch unendlich viele Emotionen stecken, und davon sind nicht alle positiv. Aber du und dein Vater, ihr habt eine jahrelange Geschichte. Und letztendlich ist er dein *Vater*.«

Lina knibbelte an ihrer Bettdecke, während sie Maya zuhörte. »Ob es die richtige Entscheidung war, weiß ich nicht. Du liebst

Micky. Aber du liebst deinen Vater auch. Es ist nicht fair, dass du dich für eine Liebe entscheiden musst. Aber du hattest das Gefühl, dass du dich entscheiden musstest. Mach dich nicht verrückt deswegen.«

»Ich versuch es.« Lina seufzte und zog sich geräuschvoll die Nase hoch.

Jedes Wort von Maya war wahr gewesen. Es war tatsächlich nicht fair, dass sie die Liebe zwischen Micky und ihrem Vater hatte auswiegen müssen. Wie konnte sie diese Lieben überhaupt miteinander vergleichen? Micky war ihre erste große Liebe, nach der sich Lina verzehrte und die ihren Körper und Geist vollkommen in Besitz genommen hatte. Doch die Liebe zu einem Vater hatte eine eigene Qualität. Vielleicht war es zwischen ihrem Vater und Lina in den vergangenen Jahren zu einer Art Hass-Liebe geworden. Alles, was vorgefallen war, hatte die Liebe immer wieder auf die Probe gestellt und tiefe Wunden darin hinterlassen. Aber dennoch war sie da. Alleine die Erinnerungen an sein früheres Ich reichten aus, um ihn immer noch zu lieben.

Obwohl Lina wegen des Elternsprechtags keine Schule hatte, stand sie am Montagmorgen früh auf und machte sich für einen freien Tag viel mehr zurecht als gewöhnlich. Sie zog ihren Lieblingsrock an und straffte ihre Haare zu einem ordentlichen Zopf zusammen. Sie wollte sich Mayas Worte zu Herzen nehmen und sich wieder gut fühlen, wenn sie in den Spiegel guckte.

Lina machte Frühstück und ging dann los, um einen Großeinkauf zu machen. Sollte das Jugendamt vorbeikommen, sollten sie gefüllte Regale vorfinden und sehen, dass es Lina an nichts fehlte. Sie nahm sich Geld aus dem Portemonnaie ihres Vaters, der noch auf der Couch schlief, und ging zum Supermarkt.

Sie ließ sich Zeit, um zwischen den Regalen herumzustreifen und zu überlegen, was sie kaufen wollte. Einkäufe dauerten bei ihr meistens lange, da sie auf den Preis achten wollte. Bei dem wenigen Hartz IV, das ihr Vater bekam, und bei dem vielen Geld, das er für Unnötiges ausgab, musste jede Ausgabe genauestens geplant werden.

Trotzdem ließ es sich Lina nicht nehmen, die Lieblingspralinen ihres Vaters zu kaufen – die mit der Nougatcreme im Innern – und sich auf das Gesicht ihres Vaters zu freuen. Wenn er diese Pralinen aß, sah er immer so glücklich aus. Sie fand, dass er sich diese Anerkennung verdiente, nachdem er sich am Wochenende so gut gemacht hatte. Vielleicht war es auch als kleine Entschuldigung für ihren Wutausbruch und die zerstörten Flaschen gedacht.

Sie nahm noch etwas Schokolade für sich selbst mit, die über ihren Liebeskummer hinwegtrösten sollte. Dann ging sie zur Kasse und packte die Einkäufe in Tüten. In drei Stunden würde ihr Vater schon zum Termin in die Schule fahren, und vorher würde sie ihm noch dabei helfen, seinen wuchernden Bart zu stutzen, damit ihre Lehrerin nicht glaubte, er wäre ein Wilderer. Sie mochte das Gesicht ihres Vaters ohnehin viel lieber, wenn es nicht zugewachsen war und man die einzelnen Gesichtszüge besser erkennen konnte.

Kapitel 25

Sie hörte das Stimmengewirr, noch bevor sie die Haustür aufgeschlossen hatte. Ein miefiger Gestank und dicke Rauchschwaden kamen Lina entgegen, und sie hörte ein tiefes Lachen und Grölen aus dem Wohnzimmer.

Lina biss die Zähne zusammen und fühlte sich wie in ihrem persönlichen Albtraum. Ihr Vater schien seine sogenannten *Freunde* zu Besuch zu haben, und sie hasste es abgrundtief, wenn sie da waren.

Ein betrunkener Vater war schlimm genug, aber wenn er mit diesen Leuten zusammen war, wurde er anders, manchmal richtig bösartig. Bislang waren dies die einzigen Momente in Linas Leben gewesen, in denen sie ihren Vater wirklich abgrundtief gehasst hatte. Wenn er mit seinen *Freunden* trank, erreichte der Rausch ein ganz anderes Level, als wenn er es alleine tat. Dann blieb es niemals bei Bier, und es blieb nicht dabei, dass er dabei ruhig auf der Couch lag.

Dass er sie einlud, obwohl er doch versprochen hatte, sich zusammenzureißen, und er in ein paar Stunden zum Elternsprechtag eingeladen war, war Lina unbegreiflich.

Wutentbrannt stellte sie die Einkäufe im Flur ab. Sie ignorierte den herauskullernden Apfel und ging ins Wohnzimmer. Ihr Vater saß vor einer Flasche Wodka, gemeinsam mit zwei anderen

Typen, die sich lautstark über den viel zu lauten Fernseher unterhielten. Lina missachtete die Proteste und zog mit einem Ruck dessen Stecker.

»Da ist ja dein Töchterchen«, lallte einer der Männer. Schwankend schnappte er sich Linas Arm und zog sie mit einem breiten Grinsen näher an sich. Er stank nach abgestandenem Rauch und Wein. »Mach wieder den Fernseher an.«

»Nein«, sagte Lina bestimmt und schob seinen Arm weg, obwohl sie sich alles andere als mutig fühlte. »Ihr müsst jetzt gehen. Mein Vater hat einen Termin in meiner Schule.«

»Ich kann nicht«, sagte ihr Vater und sah ihr nicht in die Augen. »Ich kann nicht der Vater sein, den du dir wünschst. Ich hasse es, nicht zu trinken. Ich will nicht denken müssen ... mein Kopf ist zu laut.«

Lina biss sich so schmerzhaft auf die Lippe, dass sie Blut schmeckte. »Aber du hast es doch versprochen.«

»Du hast es doch versprochen«, äffte sie einer der Männer nach, und ihr Vater blieb stumm.

Einer der Typen kam näher und musterte sie neugierig. »Wie siehst du eigentlich aus? Was soll denn dieser alberne Rock?«, fragte er und zupfte mit der rechten Hand an Linas blauem Tüllrock.

»Lass mich in Ruhe«, giftete Lina und riss sich aus der Umklammerung. Genau das war es, was sie so hasste. Nicht nur, dass diese Typen ihr ständig zu nahe kamen, weil sie durch den Alkohol nicht mehr einschätzen konnten, wie viel Nähe normal war, sondern sie mäkelten ständig an ihrem Aussehen herum.

Lina ignorierte das Gelalle des Mannes und versuchte erneut Blickkontakt zu ihrem Vater aufzunehmen. Dieser hatte jedoch wieder die Wodkaflasche angesetzt und nahm einen großen

Schluck daraus. Ein Zeichen für Lina, dass es keinen Sinn hatte. Er würde nicht zum Elternsprechtag gehen, so viel stand fest.

Lina wich den anderen aus und ging in ihr Zimmer, wo sie sofort die Tür abschloss. Bislang war noch nie jemand von denen in ihr Zimmer gekommen – so etwas machten sie nicht. Aber meist blieben sie bis spät nachts, und Lina konnte einfach nicht einschlafen und fühlte sich der Situation bedingungslos ausgeliefert.

»Du hast eine ganz schön komische Tochter!«, hörte Lina den Mann seine Worte wiederholen, diesmal viel lauter, laut genug, dass seine Stimme durch die Tür drang. Der andere Typ lachte.

Dann hörte sie ihren Vater. »Dieser Rock ist echt unfassbar hässlich.« Er lachte kurz auf.

Tränen brannten in Linas Augen, als sie ihre Musikanlage aufdrehte, um diese dämlichen Sprüche nicht mehr zu hören. Sie versuchte es sich wie ein Mantra vorzusagen, dass es nicht ihr Vater war, der dort so über sie sprach. Nicht wirklich. Es war der Alkohol.

Sie wusste, dass sie sich diese Worte nicht zu Herzen nehmen durfte. Trotzdem zog sie ihren Lieblingsrock herunter und schmiss ihn auf den Boden, die Worte ihres Vaters im Ohr. Tränen tropften auf den Fußboden, und Lina kam sich unglaublich blöd vor, dass sie ständig alles für ihren Vater tat, während er sie behandelte, als sei sie Dreck. Natürlich nicht an guten Tagen, aber wie oft kamen die schon vor?

Trauer und Wut überkamen Lina, und sie schluchzte laut. Sie war wütend auf ihren Vater, auf sich selbst, auf Micky und auf die ganze beschissene Welt.

Sie hatte Micky fallen gelassen, um zu ihrem Vater zu halten. Sie hatte versucht, sich für ihre Familie zu entscheiden, und hatte versucht, alles, was das Jugendamt ihr gesagt hatte, zu ignorieren.

Weil sie es nicht wahrhaben wollte. Sie wollte nicht einsehen, dass ihr Vater seine Aufsichtspflicht verletzte, wenn es ihm egal war, wo Lina sich aufhielt, oder er gar nicht merkte, wenn sie weg war. Sie wollte auch nicht hören, dass sein Verhalten Lina seelisch schadete und es Folgen haben könnte. Als die Sozialarbeiterin mit ihr darüber gesprochen hatte, hatte sie sich die Ohren zugehalten, wie ein kleines Kind, das bloß nichts Schlechtes über seinen Papa hören wollte. Weil Väter für Töchter eben immer auf einem Thron saßen. Sie waren doch dazu da, ihre Töchter zu beschützen und ihre Helden zu sein. Nur dass Lina keinen Helden zum Vater hatte.

Lina strich sich wütend die Tränen aus dem Gesicht. Sie wollte wegen ihm nicht mehr weinen. Es reichte ihr. Endgültig! Schluss damit, so zu tun, als würde ihr Vater sich noch mal ändern. Schluss damit, so zu tun, als wäre alles in bester Ordnung. Nichts war in Ordnung. Gar nichts. Lina konnte und wollte einfach nicht mehr. Sie hatte Micky aufgegeben! Sie hatte ihn verlassen, obwohl sie ihn liebte, und ihn verloren, weil sie ihre Familie hatte schützen wollen. Aber Lina und ihr Vater waren keine Familie.

Lina schluckte schwer. Wären sie eine Familie, würde ihr Vater nicht zulassen, dass andere sie verhöhnten, und schon gar nicht würde er es selbst tun. Familien hielten zusammen. Aber ihr Vater war nicht loyal. Er interessierte sich nur für sich und seinen Alkohol. Was aus Lina wurde, was sie Tag für Tag leisten und erdulden musste, interessierte ihn nicht. Es reichte!

Sie kramte eine Sporttasche aus ihrem Kleiderschrank und begann energisch, ihre Lieblingskleidungsstücke hineinzupfeffern. Dazu kamen eine Zahnbürste, eine Haarbürste, ihr Lieblingsbuch, ihr Smartphone mit Kopfhörern und ein Foto von

Maya und ihr, das letzten Sommer entstanden war. Den blauen Tüllrock ließ sie liegen. Sie wollte ihn nicht mehr sehen.

Stattdessen zog sie einen anderen Rock über, schulterte ihre Tasche und stellte ihre Musikanlage ab. Dann schloss sie die Tür auf und eilte so schnell aus der Wohnung, dass niemand von ihr Notiz nahm.

Verzweifelt streifte sie durch die Straßen. Ihre Füße trugen sie, ohne dass sie wirklich darüber nachdachte, wo sie hinlief. Als sie sich vor dem ehemaligen Haus der Kingsmanns wiederfand, überkam sie erneut eine Welle der Verzweiflung. Sie wünschte sich so sehr, dass Maya und ihre Mutter dort drin wären. Lina brauchte ihren Trost, ihren Zuspruch, und gemeinsam mit ihnen würde sie eine Lösung finden. Aber der glänzend rote Ford Focus vor dem Haus war der Beweis. Vor diesem Haus stand kein blauer Volvo mehr, und in diesem Haus gab es keinen Zuspruch für Lina, niemanden, der sich um sie kümmern konnte. Sie war alleine. Vollkommen alleine.

In einer kleinen Seitenstraße ließ sie sich nieder. Sie musste sich überlegen, was sie tun sollte. In ihrem Kopf herrschte blankes Chaos, aber sie musste eine Lösung finden. Sie konnte nicht nach Hause, aber es gab auch sonst niemanden, zu dem sie gehen könnte. Stuttgart war zu weit weg. Und selbst wenn sie es schaffen würde, sich ein Ticket dorthin zu kaufen und loszufahren ... was dann? Sie würde nicht bei Maya bleiben können. Und was war mit der Schule?

Ihre Gedanken schweiften zu ihrer Mutter. Wie immer, wenn Lina an sie dachte, überkam sie eine Mischung aus Wut, Trauer und Unverständnis. Aber diesmal mischte sich auch Hass darunter, weil sie es damals gewesen war, die diese Lawine ausgelöst hatte. Eine Lawine, die Lina nun mitgerissen hatte und sie nach und nach unter sich begrub. Sie war es gewesen, die einfach gegangen war. Ohne einen Abschied, ohne ein Wort. Einfach weg, zu einem neuen Typen und einer neuen Familie, als habe es Lina und ihren Vater nie gegeben. Sie kümmerte sich nicht, sie war es eigentlich nicht mal wert, dass Lina an sie dachte. Sie könnte inzwischen in einer anderen Stadt sein oder in einem anderen Bundesland. Lina wusste nichts über ihren Aufenthaltsort. Sie stellte keine Option für sie dar. Himmel, ihre Mutter hatte ja nicht mal mehr das Sorgerecht für Lina.

Nachdem sie von einem auf den anderen Tag verschwunden und monatelang nicht erreichbar war, hatte ihr Vater das alleinige Sorgerecht zugesprochen bekommen. Was dachte Lina sich? Dass sie ihre Mutter finden und ihr ihr Leid beichten könnte? Dass sie sie aufnehmen würde und auf einmal, wie durch ein Wunder, wieder eine sorgenvolle Mutter war? Nein. Dieser Zug war vor Jahren abgefahren. Sie hatte ihre Chance gehabt, Jahrelang hatte Lina darauf gewartet, dass sie sich melden würde. Inzwischen war sie es leid, zu warten. Es war ebenso hoffnungslos wie darauf zu warten, dass ihr Vater sich besserte und mit dem Trinken aufhörte.

Lina blieb nur eine Lösung, nur eine einzige Idee, die ihr einfiel. Ihr war nicht wohl bei dem Gedanken, aber egal, wie oft sie es in ihrem Kopf durchspielte: Es musste sein.

Lina schulterte sich ihre Tasche und ging los. Sie musste drei Stationen mit der U-Bahn fahren. In ihrem Kopf rauschte es. Aber sie hatte einen Tunnelblick, starr auf das Ziel fokussiert.

Kapitel 26

Lina blickte auf die grauen Mauern des Bezirksrathauses. Kurz meldete sich ihr schlechtes Gewissen. Doch es verstummte, als sie erneut an die Worte ihres Vaters dachte. Dann straffte sie ihre Schultern und ging hinein.

»Ich möchte bitte zu Frau Leisshaus«, sagte Lina zu dem Pförtner und knibbelte an ihren Fingernägeln. Der rote Lack war bereits abgeblättert.

»Hast du denn einen Termin?«, fragte der Pförtner und musterte sie über seine Brille hinweg.

Nervös schüttelte sie den Kopf. »Es ist aber ein Notfall.«

»Na gut«, sagte er und warf einen Blick in seinen Computer. »Vierte Etage, Raum 410.«

Lina bedankte sich und forderte dann den Aufzug an. Sie war froh, ihn mit niemandem teilen zu müssen. Sie wollte diese Sekunden der Fahrt alleine sein, um sich nochmals versichern zu können, dass sie diesen Schritt wirklich gehen wollte.

Das *Ping* der Aufzugstür entschied für sie. Sie atmete tief aus und betrat den Flur des Jugendamtes. Er sah mit dem hellblauen Teppichboden und der Spielecke, in der gerade ein kleines Mädchen mit Zöpfen einen Turm baute, friedlich aus. Lina hatte sich das Jugendamt immer anders vorgestellt, irgendwie düsterer.

Zitternd stand Lina vor Raum 401, das Schild mit Frau Leisshaus‘ Namen vor der Nase. Obwohl sie entschlossen war, brauchte sie noch einen Moment. Es fühlte sich so endgültig an, als würde eine Tür geschlossen werden, sobald sie diese hier aufmachte.

Sie klopfte zaghaft an das Büro und biss sich auf die Unterlippe. Dann drückte sie die Klinke herunter und sah in das überraschte Gesicht von Frau Leisshaus, die am Schreibtisch saß.

»Lina«, sagte sie und ging auf sie zu. »Was machst du denn hier?«

Es erstaunte Lina, dass Frau Leisshaus noch ihren Namen kannte, wo sie doch so viele Akten im Schrank hatte. Lauter Familien, die ähnliche Probleme hatten und Hilfe brauchten.

»Ich will nicht mehr nach Hause«, hörte sich Lina sagen, und urplötzlich überkam sie wieder diese tiefe Trauer.

Frau Leisshaus sah sie mit mütterlichem Blick an, nahm ihr die Tasche von der Schulter und bedeutete Lina, dass sie sich setzen sollte. Dann schloss sie die Tür und goss Lina einen heißen Tee ein. Es roch nach Kamille.

»Was ist passiert? Du hast doch gesagt, es sei alles in Ordnung.« Ihre Stimme klang nicht vorwurfsvoll, eher besorgt.

Lina schüttelte weinend den Kopf. »Das war gelogen. Gar nichts ist gut.«

Sie bekam einen Behälter mit Taschentüchern gereicht und putzte sich lautstark die Nase, ehe sie zu erzählen begann. Diesmal verschönte Lina nichts, und sie log auch nicht. Sie erzählte von der jahrelangen Trinksucht ihres Vaters, von den Saufgelagen bei ihr zu Hause, von Momenten, in denen sie das Erbrochene wegwischen oder seinen Müll wegräumen musste. Sie erzählte offen von ihrer Last, gleichzeitig den Haushalt zu schmeißen und ihre Schulaufgaben zu erfüllen, und von der Kraft, die es sie gekostet hatte, all das zu vertuschen. Und sie erzählte von Micky und dass sie ihn für ihren Vater hatte fallen lassen, nur um dann festzustellen, dass ihr Vater ihr gegenüber nicht annähernd so loyal war.

Frau Leisshaus hörte nur zu und nickte an passenden Stellen. Sie unterbrach Lina nicht und ließ sie all den Frust von der Seele reden. Auch wenn Lina wusste, dass sie soeben Familiengeheimnisse ausplauderte, die ihrem Vater Ärger bereiten könnten, fühlte sie sich danach befreit, als wäre eine schwere Last von ihren Schultern gefallen.

»Gibt es Verwandte, zu denen du kannst?«

Lina schüttelte den Kopf. »Es gibt niemanden. Nur meinen Vater und mich.«

»Wenn du wirklich nicht mehr nach Hause möchtest, gibt es die Option, in einer Wohngruppe zu leben«, sagte Frau Leisshaus.

»Was genau würde das für mich bedeuten?« Lina hielt ihre Hände an die Teetasse. Die Wärme zu spüren, tat ihr gut und beruhigte ihre zitternden Finger.

»Es würde bedeuten, heute noch in eine Aufnahmegruppe zu kommen. Eine Art Zwischenstation, bis wir geklärt haben, ob das Leben in einer Wohngruppe für dich eine dauerhafte Lösung sein kann. Es kommt natürlich auch auf die Zustimmung deines Vaters an. Du kannst auch gegen seine Einwilligung in einer Wohngruppe leben, aber dann müssten wir mit dem Fall vors Gericht. Dein Vater hat das Sorgerecht für dich und damit auch das Recht, zu bestimmen, wo du lebst. Es sei denn, ein Richter spricht ihm dieses Recht ab.«

»Wie entscheidet der Richter so etwas denn?«

»In einem Gerichtstermin würde er über die Gründe sprechen, die dich in eine Wohngruppe führen. Du müsstest ihm sagen, wieso du nicht mehr zu Hause leben willst, wir als Jugendamt würden dich dabei unterstützen. Und dein Vater kann dann seine Sicht der Dinge darstellen.«

Lina gefiel der Gedanke nicht, vor ihrem Vater zu sagen, dass sie nicht mehr nach Hause wolle. Sie wusste nicht, ob sie es übers Herz bringen würde, ihm in den Rücken zu fallen, wenn er danebensaß. Aber welche Alternative gab es?

»Das mit dem Gerichtstermin fände ich nicht gut. Aber ich kann einfach nicht nach Hause. Es geht nicht mehr. Deswegen möchte ich in diese Wohngruppe«, entschied Lina und betrachtete eingehend ihre Schuhe.

Frau Leisshaus führte daraufhin Telefonate und Gespräche mit Kollegen. Es verging sicher eine halbe Stunde, in der Lina stumm auf ihrem Stuhl saß, Tee trank und darüber nachdachte, welche Konsequenzen ihre Entscheidung wohl für ihr weiteres Leben haben würde. Sie wusste nicht, wie es in einer Wohngruppe zuging, wer dort mit ihr wohnen und ob es ihr gefallen würde. Sie hatte Angst vor diesem Schritt, aber gleichzeitig wusste sie auch, dass er nötig war.

Sie musste jetzt endlich, zum ersten Mal, an sich selbst denken und nicht daran, wie sehr ihr Vater sie brauchte. Er musste klarkommen, er war erwachsen. Lina hingegen war es nicht, und sie hatte noch ein Leben zu leben, einen Schulabschluss zu machen, und wollte sich endlich fühlen wie ein normaler Teenager, ohne dunkle Geheimnisse und Verpflichtungen.

Eine Stunde später stand Lina in der Aufnahmestelle einer Wohngruppe, in der die Jugendlichen untergebracht wurden, bis entschieden war, ob sie dauerhaft in eine Wohngruppe durften, und bis ein entsprechender Platz gefunden war. Die Räume waren hell und freundlich, hätte Lina nicht gewusst, dass es eine Wohngruppe war, hätte sie es für eine normale Wohnung gehalten. Es gab eine Küche, ein kleines Wohnzimmer mit einem Sofa und einem Fernseher und sogar einen kleinen Garten. Nur das Büro, das an das Wohnzimmer grenzte, und die Namensschilder an den Zimmertüren zeigten, dass hier keine normale Familie lebte. Einige Zimmerschilder waren leer, offenbar waren nicht alle Zimmer belegt. Lina zählte insgesamt sechs Namen an zwölf Türen.

Es war komisch, in diese Zwischenstation zu kommen, ohne zu wissen, wie lange es dauern würde, bis Lina in ihr richtiges Wohnheim würde ziehen können; wenn sie es überhaupt dürfte. Der Gedanke, was passieren würde, wenn ihr Vater nicht zustimmte, ging ihr nicht mehr aus dem Kopf.

Die Mitarbeiterinnen begrüßten sie freundlich und erklärten ihr die Regeln und die Essenszeiten. Lina nickte stets höflich und versuchte, sich alles zu merken, aber die ganzen Informationen waren zu viel, besonders nach dieser emotionalen Achterbahnfahrt der letzten Stunden.

Frau Leisshaus hatte sich verabschiedet, um sich auf den Weg zu Linas Vater zu machen. Lina hoffte sehr, dass er ihrem Wunsch zustimmen würde. Zum einen, damit sie schneller in eine richtige Wohngruppe ziehen konnte, und zum anderen, weil sie ihm und ihr selbst den Gerichtstermin ersparen wollte.

Lina betrat zum ersten Mal den Raum, in dem sie nun vorübergehend schlafen würde. Es war klein, etwas größer als ihr Zimmer zu Hause. Es war viel heller und minimalistischer eingerichtet als Linas buntes Zimmer. Die Wände waren zitronengelb, eine Farbe, die zwar freundlich wirkte, aber überhaupt nicht Linas Geschmack entsprach. Der Schreibtisch, das Bett, der Kleiderschrank und das kleine Regal waren aus Buchenholz.

Lina packte ihre Tasche aus. Die wenigen Sachen, die sie mitgenommen hatte, wirkten verloren in den großen Regalen und machten Lina traurig. Mit einem Mal fühlte sie sich von den Ereignissen der letzten Stunde vollkommen überrannt. Wie hatte alles so eskalieren können? Noch vor vierundzwanzig Stunden hatte sie ihrem Vater die Treue geschworen, um ihn dann nicht mal einen Tag später zu verraten. Die Stimme in Linas Kopf, die sie seitdem hörte, wurde mit jeder Sekunde lauter und verursachte immer stärkere Kopfschmerzen.

Tränen stiegen in Linas Augen und rollten hinab, als sie versuchte, sie wegzublinzeln. Ihr Vater musste furchtbar enttäuscht von ihr sein. Sie *hatte* ihn enttäuscht. Sie hatte ihm versprochen, für ihn da zu sein, und es nicht gehalten. Er musste sie hassen! Er hatte zwei Frauen in seinem Leben gehabt, und beide hatten ihm den Rücken zugekehrt. Sicherlich hatte Lina alte Wunden bei ihm aufgerissen und alles nur noch schlimmer gemacht. Sie war schuld, wenn sich sein Zustand noch verschlechterte. Alleine sie.

Seufzend ließ sich Lina auf ihr Bett sinken. Alles, was diese Stimme in ihrem Kopf sagte, stimmte. Es war nicht zu leugnen. Aber die Schuld von ihrem Vater ebenso wenig. Er hatte sie ebenso im Stich gelassen, Versprechen gebrochen und immer wieder gelogen. Er war nicht besser als sie.

Lina schluchzte und vergrub ihren Kopf in dem weichen Kissen. Es roch nach Weichspüler und ganz anders als ihre eigene Bettwäsche. Der Geruch erinnerte sie schmerzhaft daran, dass sie nicht zu Hause war ... und sie nicht wusste, wo ihr Zuhause sein würde. Linas Zukunft war unklar, und dieser Zustand überforderte sie.

Sie zog ihr Handy zu sich und wischte sich die Tränen weg. Plötzlich überkam sie der dringende Wunsch, Micky anzurufen und sich bei ihm auszuweinen. Aber sie wählte nicht seine Nummer. Das Bild, wie er Sandy geküsst hatte, erschien vor ihrem inneren Auge, und sie pfefferte das Handy in die Ecke ihres Bettes.

Lina hätte Maya anrufen können. Maya wäre sicherlich sauer

darüber, dass Lina ihr nicht sofort Bescheid gegeben hatte - aber auch das tat Lina nicht. Nachdem Lina so oft vor Maya beteuert hatte, wie wichtig ihr ihr Vater und der Familienzusammenhalt waren, würde sich Lina nun schmutzig vorkommen, wenn sie ihr von ihrem Verrat berichten würde. Irgendwann würde sie es tun müssen ... aber noch nicht. Noch war alles zu frisch.

Ein Klopfen an der Tür ließ Lina hochschrecken. Sie war es nicht gewohnt, dass Leute an ihre Zimmertür klopften. Ihr Vater hatte das nur selten gemacht.

Ein Mädchen mit dunkelbraunen Haaren steckte ihren Kopf durch die Tür. »Hey, habe ich doch richtig gehört, dass ich eine neue Zimmernachbarin habe.«

Lina lächelte ihr schüchtern zu. Das Mädchen kam herein, zog sich den Schreibtischstuhl heran und setzte sich verkehrtherum darauf. Lina fiel sofort auf, dass das Mädchen nicht nur dunkle Haare hatte, sondern auch die Kleidung dunkel war: eine schwarze Hose, schwarze Boots, ein Top und ein Cardigan. Einzig ihre roten Perlenohrringe ergaben einen kleinen Farbtupfer.

»Ich bin Hannah. Ich wohne im Zimmer nebenan.« Das Mädchen musterte sie neugierig. »Endlich mal jemand, der cool ist. Ich liebe deine Haare«, sagte sie offen heraus, und Lina mochte sie auf Anhieb.

»Ich mag dein Top«, sagte Lina ehrlich und betrachtete den Spitzenbesatz und die Schnürung am Dekolleté. Lina hätte es vielleicht anders gestylt – eher mit einem farbigen Rock –, aber so, wie Hannah es trug, war es auch ziemlich hübsch.

»Ich war mir nicht sicher, ob du lieber alleine sein willst oder nicht. Der erste Tag ist für die meisten ziemlich aufwühlend, und ich verstehe voll, wenn du deine Ruhe brauchst.«

Sie sah Lina musternd an und zog dann einen Mundwinkel nach oben.

»Ich wollte nur, dass du weißt, dass ich direkt im Zimmer nebenan bin, falls du reden willst. Egal wann.«

»Danke«, sagte Lina. »Aber ich denke, ich brauche erst mal etwas Zeit, um alles zu verdauen.«

Hannah nickte ihr verständnisvoll zu. »Klar doch.« Sie stand auf, schob den Stuhl wieder gerade und sah dann auf ihre Armbanduhr. »In zwei Stunden gibt es ein gemeinsames Essen, aber wenn du heute lieber auf deinem Zimmer essen willst, ist das sicher okay. Ich spreche mit Birgitt, unserer Betreuerin.«

»Danke«, wiederholte Lina und sah zu, wie Hannah das Zimmer verließ und hinter sich die Tür schloss.

Sofort umgab Lina wieder Stille. Eine Stille, die ihre Gedanken wieder lauter werden ließ. Aber irgendwie brauchte sie diese Stimmen in ihrem Kopf, um mit der Situation fertigzuwerden.

Die Betreuerin brachte ihr das Abendessen ins Zimmer, auch wenn sie zweifach betonte, dass es schön wäre, wenn sie mit den anderen essen würde, und ihr die Gesellschaft sicher guttun würde. Lina lehnte dankend ab.

Das Essen rührte sie kaum an, auch wenn es gut roch. Irgendwie war ihr Appetit verschwunden, und sie hatte das Gefühl, als würde ein Stein in ihrem Magen liegen, der keine Nahrungsaufnahme zuließ. Daher rührte sie lustlos in ihrem Vanillepudding, den es zum Nachtisch gab, leckte einmal den Löffel ab und legte sich dann wieder auf das Bett.

In der Zwischenzeit hatte sie eine Nachricht von Maya erhalten, die wissen wollte, was es Neues gab. Was sollte Lina darauf schreiben? Die Neuigkeiten waren so tiefgreifend und lebensverändernd, dass sie sich nicht einfach so zwischendurch und in ein paar Zeilen erzählen ließen. Wie sollte Lina für ihre Entscheidung die richtigen Worte finden, und wie sollte sie die Kraft sammeln, um diese Worte laut auszusprechen? Es laut auszusprechen, würde es so real machen. Lina war noch nicht bereit dafür.

Kapitel 27

Verwirrt wachte Lina auf und brauchte einige Sekunden, um zu erfassen, wo sie war. Sie lag auf dem Bett, noch immer in Kleidung, und konnte sich nicht daran erinnern, wann sie eingeschlafen war. Ihr Handy zeigte bereits ein Uhr nachts an.

In diesem dunklen, unpersönlichen Zimmer zu hocken war befremdlich und ließ Lina frösteln. Ihr leerer Magen meldete sich mit einem lauten Knurren zurück. Lina war eindeutig unterzuckert und brauchte etwas zu essen. Dieses innere Frösteln würde sicherlich weggehen, wenn sie erst mal etwas im Magen hatte.

Lina öffnete ihre Zimmertür und schlich auf Zehenspitzen durch den Flur. Die Aufnahmegruppe war abgedunkelt und still. Selbst die Betreuerin schien zu schlafen. Sie hatte Lina ihr Zimmer für den Nachtdienst gezeigt, für den Fall, dass sie etwas brauchen würde, doch Lina wollte sie nicht wecken, nur weil sie Hunger hatte. Stattdessen ging sie in die Küche. Prompt stieß sie sich den Zeh an einem Schrank und verkniff sich einen lauten Fluch. Dann öffnete sie den Kühlschrank auf der Suche nach einem Joghurt oder etwas Käse.

»Was machst du denn?«, ertönte eine flüsternde Stimme hinter ihr. Lina erschrak so heftig, dass sie beinahe den Käse fallen gelassen hätte, den sie gerade aus dem Kühlschrank genommen hatte.

Mit klopfendem Herzen drehte sie sich um. Hinter ihr stand Hannah und musterte grinsend den Käse in Linas Hand.

»Ich habe Hunger«, flüsterte Lina zur Antwort und schob sich ihre Beute in den Mund. Das Stück Käse war lecker, aber viel zu klein, um ihren Hunger zu stillen. Augenblicklich antwortete ihr Magen mit einem erneuten Knurren.

»Komm mit in mein Zimmer. Ich habe Waffeln.« Hannah winkte sie mit der Hand zu sich und bedeutete Lina, ihr zu folgen. Diese schloss den Kühlschrank und ging dann Hannah hinterher.

Hannahs Zimmer war eingerichtet wie Linas, auch wenn die Regale hier nicht so trostlos leer waren. Hannah schien mit ein wenig mehr Halbseligkeiten gekommen zu sein, und sie hatte sich ein Poster von *Placebo* über ihr Bett gehängt.

»Setz dich ruhig«, sagte Hannah und deutet auf ihr Bett.

Lina ließ sich auf die weiche Matratze sinken. Währenddessen wühlte Lina in einem ihrer Schränke und hielt einige Sekunden später eine Packung Frischeiwaffeln in die Höhe. Sie reichte Lina die Packung und setzte sich neben sie.

»Hast du dein Abendessen nicht gegessen?«, fragte Hannah belustigt, als sie zusah, wie Lina sich eine ganze Waffel in den Mund stopfte und zufrieden seufzte.

»Hatte keinen Appetit«, nuschelte Lina.

»Na, das scheint sich geändert zu haben.« Hannah lachte leise und nahm sich auch ein kleines Stück einer Waffel heraus. »Es geht dir gerade vermutlich ganz schön viel durch den Kopf, oder? Das war bei mir nicht anders, als ich hierhergekommen bin. Die ersten Tage habe ich kaum geredet, aber irgendwann wurde es besser.«

Lina schluckte ihre Waffel hinunter und sah Hannah an. »Bist du schon lange hier?«, fragte sie neugierig und hoffte, dabei nicht unhöflich zu sein.

»Seit vier Wochen. Aber ich habe bald einen Platz in einer Wohngruppe.«

Lina ließ ihre Waffel sinken, die sie sich gerade in den Mund schieben wollte. Hannah könnte vielleicht Licht ins Dunkel bringen und ihr einige Antworten über ihre Zukunft geben – oder zumindest über eine der Varianten, wie ihre Zukunft bald aussehen könnte.

»Kennst du die Wohngruppe schon? Wie ist es da?«, fragte sie offen heraus.

»Eigentlich ganz cool, aber anders als hier. Es ist mehr was für Ältere, eigentlich fast wie eine WG. Man hat sein eigenes Zimmer, das man sich so gestalten kann, wie man möchte. Mit den anderen teilt man sich nur die Küche und das Badezimmer. Es gibt dann Putzpläne und so ... ich hoffe, das funktioniert mit den anderen, und es gibt deswegen keinen Streit. Fürs Putzen, Aufräumen, Einkaufen und Kochen sind wir selbst verantwortlich. Diese Wohngruppe soll uns darauf vorbereiten, danach in eine eigene Wohnung ziehen zu können. Es gibt dann Sozialarbeiter, die regelmäßig nach uns sehen, um sicherzugehen, dass alles funktioniert. Aber es ist nicht wie hier ... die Sozialarbeiter sind nicht im selben Haus, sondern sind quasi die Nachbarn.«

»Klingt ganz gut.« Immerhin war Lina es gewohnt, selbstständig für sich zu sorgen. Den Haushalt zu schmeißen, war ihre leichteste Übung. Und sie würde es nach den Freiheiten vermutlich nicht ertragen können, von Sozialarbeitern streng kontrolliert zu werden, als sei sie ein Baby.

»Bald wird in der Wohngruppe noch ein Zimmer frei. Frag doch mal, ob du da auch einziehen kannst. Das wäre doch cool, oder nicht?«

»Ich weiß noch nicht mal, ob ich überhaupt untergebracht

werde. Die müssen sich erst noch die Erlaubnis einholen, dass ich hier sein darf.«

»Keine Sorge. Bei mir haben meine Eltern ziemlich schnell zugestimmt, obwohl sie sich erst gar nicht mit dem Gedanken anfreunden konnten, dass ich nicht mehr zu Hause wohne. Aber ich wollte es, und das haben sie am Ende akzeptiert.«

»Wieso wolltest du es?«, fragte Lina. Sie wusste nicht, ob Hannah ihr antworten würde. War es üblich, in Wohnheimen offen über die Gründe zu sprechen, die einen hierhergebracht hatten?

»Meine Eltern sind beide psychisch krank ... schon ziemlich lange. Meine Mutter hat Depressionen, so heftig, dass sie oft tagelang nicht aus dem Bett kommt. Und mein Vater hat Borderline. Es geht ihnen wirklich schlecht. Das Jugendamt geht schon seit Jahren bei uns ein und aus. Sie haben wirklich versucht zu helfen. Wir hatten eine Familienhelferin, die zweimal in der Woche zu uns gekommen ist, um nach mir zu sehen und meine Eltern zu unterstützen. Aber es hat alles nicht funktioniert. Leider.«

»Hast du dich dann selbst dazu entschieden auszuziehen?«

»Na ja«, Hannah schnaubte. »So kann man das nicht sagen. Die Familienhelferin hat mich vor zwei Jahren mal in eine Wohngruppe geschleppt, damit ich mir mal ansehe, wie so was abläuft. Damals hätten mich keine zehn Pferde da reinbekommen. Ich hatte wirklich keine Lust darauf. Aber dann ging es mir irgendwann schlechter. Ich habe kaum noch das Bett verlassen und habe die Schule geschwänzt. Die Schule hat das dann dem Jugendamt gemeldet. Und na ja ... hier bin ich. Weil ich eingesehen habe, dass es nicht gut für mich ist, länger bei meinen Eltern zu sein. Es macht mich krank und belastet mich. Und ich will nicht so enden wie sie.«

Lina betrachtete Hannah voller Mitgefühl. »Aber ich fühle mich gut mit der Entscheidung. Ich besuche meine Eltern jedes zweite Wochenende für ein paar Stunden. Ich habe auch die Erlaubnis, dort zu schlafen, habe es aber bislang noch nicht gemacht.«

»Man darf also regelmäßig nach Hause fahren, auch wenn man in einer Wohngruppe ist?«, fragte Lina hoffnungsvoll.

»Klar. Das ist doch hier kein Gefängnis. Es gibt Besuchsregelungen, die man mit dem Jugendamt und den Sozialarbeitern hier vereinbaren muss. Da wird genau festgelegt, wann und wie die Besuche ablaufen. Ob es Übernachtungen gibt oder nicht ... so was eben.«

Nachdem Hannah ihre Familiengeschichte so offen erzählt hatte, spürte Lina, dass dasselbe auch von ihr erwartet wurde. Vielleicht war es ein ungeschriebenes Gesetz in Wohngruppen, dass man offen mit seiner Vergangenheit umging.

Es fühlte sich zunächst merkwürdig an, als Lina begann, von ihrer Mutter zu erzählen und welche Auswirkungen die Trennung auf ihren Vater hatte. Aber es war auch befreiend, kein Geheimnis mehr daraus zu machen und sich nicht verstellen zu müssen.

Seit Wochen hatte Lina sich gefragt, wie sie neue Freundschaften schließen sollte, wenn sie nicht offen über ihr Leben reden konnte. Und plötzlich ging alles so leicht. Hannahs Blick war zu keiner Zeit verurteilend oder mitleidig. Lina sah eher Mitgefühl darin, weil Hannah ganz genau wusste, wie es war, seine Eltern zu decken und sich selbst dabei zu vernachlässigen. Sie verstand Lina – noch mal auf eine ganz andere Weise, als Micky es getan hatte –, und Lina tat dieses Verständnis gut.

Kapitel 28

Einen Tag nach Linas Ankunft in der Gruppe stimmte ihr Vater der Aufnahme in eine dauerhafte Wohngruppe zu. Laut Frau Leisshaus sei er traurig, aber verständnisvoll gewesen. Und halbwegs klar. Als Lina einige Tage später bei ihm angerufen hatte, um ihm aus ihrer Sicht noch mal alles zu erklären und um ihm für diesen Schritt zu danken, war er es nicht. Er war betrunken wie eh und je und hatte Lina damit nochmals in ihrer Entscheidung bestärkt. Es war das Richtige gewesen, zu gehen, auch wenn das schlechte Gewissen sie nach wie vor um den Schlaf brachte.

Lina hatte die Erlaubnis, ihren Vater zu besuchen, doch hatte sie noch nicht das Bedürfnis danach. Bei einem Umzug in eine dauerhafte Wohngruppe würde sie ohnehin in ihr altes Zimmer gehen müssen, um ihre restlichen Sachen zu holen – dann jedoch gemeinsam mit einem Sozialarbeiter. Dann würde sie in sich hineinfühlen müssen, ob sie Besuche bei ihrem Vater aushalten könnte oder nicht. Das Telefonat mit ihm hatte ihr gesagt, dass sie vielleicht erst mal Abstand benötigte. Die Schuldgefühle waren zu groß, und Lina befürchtete, sich ihm wieder verpflichtet zu fühlen, wenn sie sah, dass er nicht zurechtkam.

Wie so oft seit ihrem Auszug fragte sich Lina, wie es so weit hatte kommen können. Hatte sie in den letzten Jahren die richtigen Entscheidungen getroffen? War es richtig gewesen, ihren

Vater immer wieder zu decken? Dieses Versteckspiel war nicht nur anstrengend, regelrecht kräftezehrend gewesen, sondern hatte Linas Leben so viel schwerer gemacht. So viel hatte sie wegen der Lügen und Geheimnisse aufgeben müssen: Freundschaften, Freizeit, Lebensqualität. Ohne dass dieser Verzicht ihr nun gerechtfertigt vorkam. Natürlich hatte sie es für ihren Vater getan, und weil sie die Hoffnung auf eine intakte Familie noch nicht ganz aufgegeben hatte. Aber letztendlich waren dabei nur Lebensjahre vorbeigezogen und Chancen verloren gegangen, die Lina nicht hatte wahrnehmen können. Sie hatte sie für ihren Vater geopfert, ohne etwas dafür zu bekommen. Es war alles umsonst gewesen. Und vielleicht, so dachte Lina, hatte sie ihrem Vater damit auch Zeit genommen. Wenn sie früher zum Jugendamt gegangen wäre, sich irgendwem anvertraut hätte, wäre er vielleicht schon längst so weit, sich helfen zu lassen, anstatt immer noch auf der Stelle zu treten.

Wann Lina endgültig umziehen würde, stand noch nicht fest. Aber sie hatte sich für den freien Platz in Hannahs neuer Wohngruppe beworben. Lina war mit ihrem Wunsch, in dieselbe Gruppe zu ziehen, auf Zustimmung von Frau Leisshaus gestoßen, die froh war, dass Lina so schnell Kontakte geknüpft hatte.

Auf Wunsch der Gruppenleitung vor Ort hatte Lina gestern einen Brief geschrieben, in dem sie erklärte, wieso ausgerechnet *sie* den Platz bekommen sollte. Dabei hatte sie sich auf ihr Bedürfnis nach Freundschaft und Offenheit bezogen, das sie mit Hannah vielleicht würde erfüllen können, und hatte darauf hingewiesen, dass sie für eine Wohngruppe, in der man auf Selbstständigkeit setzte, genau die Richtige sei, da sie in den vergangenen Jahren nichts anderes getan habe als selbstständig zu sein. Nun hoffte sie, damit überzeugen zu können und die Zusage zu bekommen. Sie wusste nicht, wie lange es dauern würde, bis die

Entscheidung getroffen werden würde, aber sie war voller Hoffnung. Hannah zumindest war optimistisch, dass es klappen würde. Sie selbst war heute Morgen ausgezogen. Das Zimmer neben Lina war somit frei, und die einzige Person in der Aufnahmegruppe, zu der sie eine Bindung aufgebaut hatte, war fort.

Vielleicht war dies der Grund, wieso Lina nun schon den dritten Nachmittag hintereinander vor Mickys Schulgebäude stand und auf die Kellertür starrte.

Sie wusste, dass Micky dort unten war. Heute war Bandprobe. Sie konnte das Schlagzeug hören, wenn sie sich anstrengte. Er war zum Greifen nah, beinahe war es ihr so, als könnte sie seinen Geruch wahrnehmen. Wie jedes Mal, wenn sie hier stand, war der Drang, nach unten zu gehen, ihm um den Hals zu fallen und ihm zu sagen, dass es ihr leidtat, groß. Der Grund, weshalb sie Schluss gemacht hatte, war nicht mehr da. In Linas Leben hatte sich alles verändert. Es drängte sie, Micky das mitzuteilen, ihm zu sagen, wie sehr ihre Lage sich verschoben hatte, wollte ihm sagen, dass sie ihn zurückhaben wollte. Micky war nicht nur der erste Junge gewesen, dem sie sich komplett geöffnet hatte und der ihre Probleme kleiner erscheinen ließ, sondern er war auch derjenige gewesen, der unbewusst diesen Stein ins Rollen gebracht hatte, der dazu geführt hatte, dass sich Lina erstmalig gegen ihren Vater und für sich selbst entschieden hatte.

Micky nichts von diesem Stein zu sagen, fühlte sich falsch an. Alles an ihrer Entscheidung, ihn zu verlassen, war falsch. Zu gerne hätte Lina es ungeschehen gemacht.

Aber sie war sich darüber im Klaren, dass sich zwischen *ihnen* auch alles verändert hatte. Linas Vertrauen in seine Liebe und seine Aufrichtigkeit war ins Wanken geraten. Sie wusste nicht mehr, wie ernst das mit ihnen gewesen war. Nicht, wieso Micky sie so schnell ersetzt hatte. Sandy stand jetzt zwischen ihnen.

Lina wusste nicht, was dieser Kuss bedeutet hatte, ob die beiden nun mehr waren als nur Freunde. Es war möglich, dass Sandy in diesem Moment unten im Proberaum saß, um der Band zuzuhören und Micky anzuhimmeln. Allein die Vorstellung löste in Lina Übelkeit aus.

Sie hätte am liebsten geschrien, aber es würde nichts ändern. Nichts daran, dass er Sandy geküsst hatte, und auch nichts daran, dass Lina Schluss gemacht hatte. Entscheidungen konnte man nicht zurücknehmen, sie würde damit leben müssen. Die Trennung hatte das, was Micky und sie gehabt hatten, zerstört, und Lina war sich nicht sicher, ob man es reparieren konnte. Vielleicht gab es kein Zurück mehr, egal wie sehr Lina es auch wollte. Sie hatte es vergeigt.

Trotzdem blieb Lina, wo sie war, und starrte auf die Kellertür, voller Hoffnung, das Schlagzeug hören zu können, wenn der Wind richtig stand, und sich Micky nah zu fühlen. Es war erbärmlich. Sie wusste das. Aber sie konnte ihn einfach nicht vergessen, egal wie sehr sie es auch versuchte.

Auch als es anfing zu regnen und die Tropfen Lina von Kopf bis Fuß durchnässten, blieb sie stehen. Weil sie Zeit brauchte, um sich von dem Gedanken zu verabschieden, die Beziehung zu Micky retten zu können. Sie musste es schaffen, einen endgültigen Schlussstrich zu ziehen. Hoffnung war auch hier fehl am Platz. Sie wusste, dass es nur den Weg nach vorne gab. Sie durfte dafür nicht zurückschauen. Sie musste sich nun auf ihr neues Leben konzentrieren und auf sich selbst. Das war sie sich schuldig, nach allem, was sie in den letzten Jahren verpasst hatte. Sie durfte sich nicht wieder an Hoffnung klammern, die nie erfüllt werden würde. Die Sache mit ihrem Vater hatte ihr doch gezeigt, wie so etwas ausging. Auch wenn es schmerzte, sich das einzugestehen, diese Lektion hatte sie verstanden.

Als das Schlagzeug verstummte und die Probe offenbar beendet wurde, straffte Lina ihre Schultern. Sie würde nicht noch mal zu dieser Schule fahren. Damit wäre jetzt Schluss. Schluss damit, traurig zu sein, Schluss damit, sich nach ihm zu sehnen. Sie musste sich auf das fokussieren, was sie in den nächsten Monaten erreichen wollte: ihren Schulabschluss und ein Leben in einer Wohngruppe. Zu sich selbst finden. Glücklich werden.

Lina kehrte um und verließ den Schulhof. Trotz des Regens, der immer stärker wurde, beeilte sie sich nicht. Stattdessen erlebte sie bewusst den Moment, in dem sie Micky und ihre gemeinsame Zeit hinter sich ließ. Schritt für Schritt.

Kapitel 29

Nur eine Woche später stand Lina in ihrem neuen Zimmer. Der Brief, den sie der Leiterin der Wohngruppe geschrieben hatte, war positiv angenommen worden, und Lina hatte den freien Platz bekommen. Sie war nicht nur froh, endlich aus dieser Zwischenlösung herauszukommen und wirklich irgendwo anzukommen, sondern es war auch ein regelrechter Glücksfall, dass Hannah ebenfalls hier wohnte. Weil Hannah Lina Mut machte, das alles hier durchzuziehen, und weil die beiden in den letzten zwei Wochen eine richtige Freundschaft entwickelt hatten. Nach Mayas Umzug brauchte sie eine Verbündete, und es war erleichternd, jemanden gefunden zu haben, der sie nicht nur annahm, wie sie war, sondern sogar in einer ganz ähnlichen Situation wie sie steckte. Lina fühlte sich dadurch weniger einsam, viel mehr verstanden.

Ihr neues Zimmer war viel größer als ihr Zimmer zu Hause. Sie hatte einen schönen Ausblick auf den Innenhof des Hauses und die Erlaubnis, sich das Zimmer nach ihren Vorlieben zu gestalten. Der Raum war noch kahl, weil sie ihre Poster und Bilder noch nicht hatte holen können. Aber die Wände hatte sie bereits in einem saftigen Grün gestrichen. Die Sozialarbeiter wollten, dass die Mädchen sich wohlfühlten. Es war geplant, dass Lina bis zu ihrer Volljährigkeit hierblieb, eine lange Zeit, in der sich Lina heimisch fühlen sollte und wollte.

Es war ein Neustart. Sie hatte eine Tür geöffnet und etwas Gutes dahinter vorgefunden. Hier besaß sie all die Möglichkeiten, um die sie andere immer beneidet hatte: Freunde einladen, in Ruhe Hausaufgaben erledigen, und ein gewisses Familienleben, auch wenn ihre neue Familie nun aus fünf Jugendlichen bestand, die gemeinsam kochten, aßen und putzten.

Niemand von den anderen war so cool wie Hannah, aber dennoch empfingen sie Lina mit offenen Armen. Jeder hier hatte sein Päckchen zu tragen und hatte ein Leben, das schon einmal aus der Bahn geworfen wurde. Sie alle saßen im selben Boot und ruderten gemeinsam, um nie wieder unterzugehen.

Lina blickte sich ein letztes Mal um, schulterte dann ihre Tasche und ging pünktlich aus dem Haus. Sie brauchte nun etwas länger bis zu ihrer Schule, jedoch war dies nur ein kleiner Preis, den sie bereitwillig zahlte.

Ihre Schule wusste mittlerweile natürlich, dass sie nicht mehr zu Hause lebte. Es hatte eine große Welle der Unruhe gegeben. Lehrer hatten mit Lina geredet, ebenso wie die Schulsozialarbeiterin. Alle hatten ihr versichert, dass sie nie etwas geahnt hätten, und wollten von Lina wissen, warum sie nie etwas gesagt hatte und ob es ihr gut ging. Lina war dankbar für die Gespräche, aber sie überforderten sie auch. Nachdem sie es gewohnt gewesen war, niemals über ihre Situation zu Hause zu sprechen, kamen ihr die Gespräche nun wie Überfälle vor.

Sie hatte das Gefühl, sich rechtfertigen zu müssen und ihren Vater zu verteidigen, denn immer wieder hatte sie dieses dumpfe Bauchgefühl, wenn sie mit jemandem über den Alkoholkonsum sprach. Es kam ihr noch immer wie ein Verrat vor, dass sie dafür gesorgt hatte, dass nun jeder von ihrem Geheimnis wusste, deswegen wartete Lina hoffnungsvoll darauf, dass das Thema irgendwann vorbei sein würde. Sie wollte nicht mehr reden, wollte keine mitleidigen oder besorgten Blicke mehr.

Von ihren Mitschülern wusste zum Glück noch niemand Bescheid. Die Lehrer hatten ihr versichert, ihnen nichts zu verraten, solange es Lina nicht tat. Sie war froh darüber, denn sie hatte nicht vor, die anderen einzuweihen. Irgendwann würden sie es vielleicht herausfinden.

Die Einzige, die neben ihren Lehrern von ihrem Auszug wusste, war Maya. Nach ein paar Tagen hatte Lina sich dazu durchgerungen, sie anzurufen und ihr alles zu erzählen. Maya war überrascht gewesen, jedoch auch froh, dass Lina diesen Schritt gegangen war. Sie hatte gesagt, dass sie sich schon lange Sorgen um Lina gemacht hatte. Aber Lina sei zu verbohrt gewesen, um sich diese Sorgen anzuhören. Und es stimmte. Lina hätte von allen Seiten hören können, dass ihr das Leben bei ihrem Vater nicht guttat; sie hätte doch nur auf Durchzug geschaltet. Letztendlich musste sie selbst erkennen, wie schlimm es wirklich um sie stand, ehe sie diese Einwände annehmen konnte.

Nach der Schule fuhr Lina mit einem Sozialarbeiter zu ihrem alten Zuhause. Der Transporter der Gruppe war groß genug, um Linas Habseligkeiten einzupacken und mitzunehmen. Es fühlte sich noch unwirklich an, wieder die Wohnung zu betreten, ihre Sachen zu packen und damit wegzufahren. Es war so endgültig, jetzt wurde ihr Auszug erst richtig real.

Mit jeder Straßenecke, die sie sich der Wohnung näherte, wurde Lina unruhiger. Sie wusste nicht, ob ihr Vater da sein würde. Wie würde er reagieren? Wäre heute ein guter oder schlechter Tag?

»Du machst dir Sorgen«, erkannte Tobias, der Sozialarbeiter der Gruppe.

Lina nickte zustimmend und schluckte schwer.

»Meistens ist es nicht so schlimm, wie man denkt.«

Lina wollte ihm erneut zustimmen, aber sie hatte zu viel Erfahrung mit ihrem Vater gemacht, der sie stets überraschte und bei dem man auf alles gefasst sein musste.

Aber ihr Vater war nicht da.

Die Wohnung sah aus, als habe eine Bombe eingeschlagen, und es roch nach ranzigem Müll, der zu lange nicht hinausgetragen worden war. Lina hielt den Atem an, während sie die Schachteln von Tiefkühlpizzen und die leeren Bierflaschen sah. Eine der Pflanzen in der Küche sah durstig aus.

»Sieht so aus, als würde mein Paps ohne mich nicht so gut klarkommen«, flüsterte Lina, und ihr schlechtes Gewissen lastete auf ihren Schultern.

Tobias legte eine Hand auf ihre Schultern und sah sie eindringlich an. »Diesen Schuh solltest du dir nicht anziehen. Du bist sechzehn, Lina. Du bist nicht dafür verantwortlich, wie dein Vater klarkommt, und du bist nicht dafür verantwortlich, dass es hier so aussieht. Das liegt alleine in *seiner* Verantwortung. *Er* ist der Erwachsene.«

Lina wusste, dass er recht hatte.

Ihr Vater war ein Alkoholiker. Punkt. Daran hatte niemand Schuld, so war es einfach.

Irgendwann würde ihr Vater es vielleicht erkennen und dagegen ankämpfen. Aber dann war es *seine* Entscheidung, ebenso wie es seine Entscheidung war, Tag für Tag zu trinken, anstatt die Versprechen an seine Tochter einzuhalten. So wie es Linas Entscheidung war, dies nicht mehr mittragen zu können.

Lina und Tobias gingen in Linas altes Zimmer, das noch genauso dalag wie vor drei Wochen: unberührt. Sie begannen Kartons zu packen und in den Transporter zu tragen. Lina packte fast alles ein und ließ nur wenige Sachen zurück, die sie in der Wohngruppe nicht gebrauchen konnte.

Sie bückte sich und hob den blauen Tüllrock auf, der noch immer auf dem Boden lag. Die Worte ihres Vaters hallten in ihrem Kopf wider. Vielleicht würde sie diese Worte nun immer hören, wenn sie diesen Rock ansah. Aber es war immer ihr Lieblingsrock gewesen, und sie hatte lange sparen müssen, um ihn zu kaufen. Daher faltete sie ihn zusammen und steckte ihn in die letzte Kiste, die Tobias gerade nach draußen trug.

»Kannst du mir noch fünf Minuten geben, bevor wir losfahren?«, fragte Lina, und Tobias nickte verständnisvoll.

Lina ging durch ihr Zimmer. Ohne die Poster und Bilder an den Wänden wirkte es ungewohnt und fremd. Sie ließ die Finger über ihren Fenstersims streifen. Der Abend, an dem Micky dort hindurchgeklettert war, schien eine Ewigkeit her zu sein.

Lina ging in die Küche, in der sie so viel Zeit damit verbracht hatte, das Chaos ihres Vaters zu beseitigen. Sie betrachtete die schmutzigen Sachen und das abgestandene Bier und war mit einem Mal froh über die bunte und ordentliche Küche in der Wohngruppe. Es war so viel schöner, kochen zu können, ohne vorher putzen und aufräumen zu müssen.

Ihr Blick blieb auf einem Stapel Briefe hängen, die auf dem Küchentisch verteilt waren. Sicherlich waren das meiste davon die üblichen Werbeprospekte und Rechnungen, um die sich ihr Vater von nun an selbst kümmern müsste. Lina wollte gerade ihren Blick abwenden, als ihr einer der Umschläge ins Auge fiel. Es war ein kleiner weißer Umschlag, auf dem eindeutig ihr Name stand. Und daneben war ein grünes Anarchiezeichen gemalt, das Linas Herz zum Galoppieren brachte.

Sekunden vergingen, ohne dass Lina sich gerührt hatte. Sie befand sich in einer Art Schockstarre, während ihr Herz und ihr

Verstand den Kampf ihres Lebens ausführten. Ihr Herz wollte den Brief an sich reißen, ihn lesen und hoffen. Hoffen, dass dieser Brief alles zwischen Micky und ihr reparieren würde. Aber ihr Verstand war dagegen. Ihr Verstand pflanzte ihr immer wieder Bilder des Kusses mit Sandy in ihren Kopf, um sie davon abzuhalten, diesen Schlussstrich wieder zu verwischen. Sie hatte in den letzten Wochen weniger an Micky gedacht, hatte nicht mehr sein WhatsApp-Profil angestarrt, sondern seine Nummer gelöscht. Sie war dabei, nach vorne zu schauen. Und dieser Brief würde nichts von dem ungeschehen machen, was geschehen war. Es änderte nichts.

Trotzdem konnte Lina nicht anders. Sie löste sich aus ihrer Starre und nahm den Brief mit zitternden Händen von dem Stapel. Es war eindeutig Mickys Schrift. Aber eigentlich hatte sie die Schrift nicht sehen müssen, das Anarchiezeichen hatte ihr längst den Beweis geliefert, dass Micky diesen Brief geschrieben hatte.

Sie steckte den Brief in ihre Tasche, sah sich ein letztes Mal in der Wohnung um und verließ das Haus. Linas Tasche fühlte sich mit einem Mal viel schwerer an, als sei ihrem Körper bewusst, welch wichtige Fracht dort verstaut war.

Kapitel 30

Lina nahm sich Zeit, den Transporter auszuräumen und die Kisten in ihr Zimmer zu packen. Obwohl ihre Mitbewohner mitanpackten, war es doch anstrengend. Ihr tat die Ablenkung gut, so schaffte sie es, nicht permanent an den Brief zu denken, den sie in der Schublade ihres Nachtschränkchens verstaut hatte.

Sie machte sich sofort daran, mit Hannah gemeinsam die Kisten auszupacken und die Schränke zu befüllen. Hannah räumte den Kleiderschrank ein, während Lina die Poster und Plakate an der Wand befestigte. Lina hatte ihre Musikanlage bereits aufgebaut, und so summten und sangen die beiden bei der Arbeit. Ihr Zimmer endlich wohnlicher zu machen, war jetzt genau das Richtige. Ein Schritt in die richtige Richtung.

»Findest du, das Poster ist schräg?«, fragte Lina und musterte ihr Werk.

Hannah kam ein wenig näher. »Ein bisschen schon. Aber ich finde es ganz gut, wenn nicht alles so ordentlich ist.«

Lina betrachtete das große Ganze. »Ich glaube, ich auch«, stimmte sie zu und krabbelte von dem Stuhl, den sie als Trittbrett genutzt hatte. Dann begann sie Bücher und Schulsachen einzuräumen. Endlich hatte sie einen eigenen, kleinen Schreibtisch und würde nun nicht mehr die Hausaufgaben auf dem Boden machen müssen.

Das nächste Lied ertönte, und Linas Herz zog sich zusammen. Ihre Musikanlage spielte *Schmutzki*. Die Band, die Micky ihr gezeigt hatte. Seine Lieblingsband. Unwillkürlich setzte sich Lina auf ihr Bett, ihre Emotionen überrollten sie förmlich. Emotionen, die sie eigentlich unter Kontrolle gehabt hatte. Bis dieser elende Brief auf der Bildfläche erschienen war.

»Stimmt was nicht? Du bist auf einmal so blass.«

Lina zuckte geistesgegenwärtig mit den Schultern. Sie dachte an den Tag auf der Tischtennisplatte, als sie mit Micky Musik gehört und er ihr die Band gezeigt hatte. Damals war sie so voller Zuversicht und Glück gewesen ... davon war nun nichts mehr übrig. Innerhalb von Sekunden war Linas gesamter Liebeskummer wieder da. Kummer, den sie durch die Sache mit ihrem Vater und dem Jugendamt irgendwie ganz gut verdrängt hatte. Er war zeitweise in den Hintergrund gerückt, doch nun war er wieder so stark wie am Anfang.

Hannah ließ sich neben Lina nieder und musterte sie besorgt. »Was ist los? Ist es wegen deinem Vater? Weil du jetzt deine Sachen geholt hast? Ich weiß noch, dass es mir danach auch ganz komisch ging.«

»Nein. Das ist es nicht«, sagte Lina. Tränen stiegen ihr in die Augen, und sie ließ zu, dass sie sich ihren Weg nach draußen suchten.

»Was dann?«

Lina schluckte schwer. Und dann erzählte sie Hannah von Micky. Sie erzählte ihr von ihrem Kennenlernen, ihrer wachsenden Liebe, ihrer Entscheidung, Schluss zu machen, und von Sandy. Hannah störte sich nicht daran, dass Linas Stimme irgendwann durch ein permanentes Schluchzen unterbrochen wurde. Sie hörte einfach nur zu und reichte Lina Taschentücher, die die dankend annahm.

»Und der Brief ist in der Schublade?«, fragte Hannah anschließend.

Lina nickte.

»Lies ihn«, sagte Hannah bestimmt. »Wenn du es nicht machst, wird er dir keine Ruhe lassen. Du willst doch wissen, was er dir zu sagen hat, sonst würdest du nicht so emotional darauf reagieren. Je nachdem, was dort drinsteht, kannst du immer noch grübeln, was du tun willst.«

»Ich hab ein bisschen Schiss.«

»Ich kann hierbleiben, während du es machst.«

Lina nickte erneut. Dabei nicht alleine zu sein, sondern den Rückhalt einer Freundin zu haben, würde helfen. Also stellte sie die Musik leiser und holte den Brief heraus. Ihr Körper spannte sich an, während sie den Umschlag öffnete und das Papier auseinanderfaltete. Es hätte Lina nicht gewundert, wenn sie vor Aufregung in Ohnmacht gefallen wäre. Aber ihr Kreislauf blieb trotz Nervosität stabil.

Wie hypnotisiert starrte Lina auf die kleine, krakelige Schrift von Micky, die ihr einen Schauer über den Rücken jagte. Nach den Wochen, in denen sie sich gewünscht hatte, wieder Kontakt zu ihm aufzunehmen und ihn wieder in ihr Leben zu lassen, hatte sie nun ein Zeichen von ihm in der Hand: einen Brief, den er selbst geschrieben hatte, und Worte, die nur für sie bestimmt waren.

Lina,

lange habe ich überlegt, wie ich Kontakt zu dir aufnehmen soll. Oft hatte ich das Handy in der Hand und war bereit dir bei WhatsApp zu schreiben oder dich anzurufen, doch ich habe mich nicht getraut. Immer wieder habe ich Rückzieher gemacht. Zum einen, weil es zu leicht gewesen wäre und nach allem was war, kam es mir falsch vor, den einfachen Weg zu wählen. Und zum anderen, weil ich feige war. Du hasst mich nun sicher. Dich diese Worte am Telefon sagen zu hören, hätte mich zerstört.

Deswegen schreibe ich dir ... in der Hoffnung, dir irgendwie alles erklären zu können.

Als du im Park mit mir Schluss gemacht hast, hast du mich wirklich verletzt. Auch wenn ich die Gründe verstehen kann, konnte ich nicht verstehen, wie du diesen Schritt überhaupt gehen konntest. Weil ich dich so sehr liebe, dass ich dich nicht hätte verlassen können. Niemals.

Du hast mir immer gesagt, dass es nur auf uns beide ankommt... doch das hast du gebrochen. Es hat mich wahnsinnig wütend gemacht, dass du an diesen Worten nicht festgehalten hast. Richtig wütend. Deswegen habe ich Dinge getan, die nicht fair waren und die mir leidtun. Ich empfinde nichts für Sandy. Ich weiß, dass du uns im Pöbel zusammen gesehen hast. Ich weiß, dass du unseren Kuss gesehen hast. Die Wahrheit ist, dass ich sie nur geküsst habe, weil du da warst. Keine Ahnung, was in mich gefahren war, aber ich wollte dich damit so verletzen, wie du mich verletzt hast. Vielleicht wollte ich auch damit erreichen, dass du eifersüchtig wirst und mich wieder zurückwillst. Es war dumm und der völlig falsche Weg. Vermutlich habe ich dich damit erst richtig verloren.

Du hast es nicht verdient, dass ich solche Spielchen mit dir spiele. Dafür war mir das, was wir beide hatten zu kostbar. Weil ich noch nie so für ein Mädchen empfunden habe, wie für dich.

Ich akzeptiere, dass du Schluss gemacht hast. Doch das bedeutet nicht, dass ich aufhören werde, für dich da zu sein und an dich zu denken. Wenn du irgendwann wieder bereit bist, werde ich da sein. Sofern du mir verzeihen kannst. Ich hoffe es!

Egal wie lange es dauert. Ich warte. Komm einfach zurück,

wenn du so weit bist. Hauptsache wir sind irgendwann wieder zusammen.

Ich liebe dich!

Dein Micky

Tränen kullerten auf das weiße Papier und drohten die Schrift zu verwischen. Hastig packte Lina den Brief weg. Sie wollte auf keinen Fall, dass dieser Brief unleserlich werden würde. Sie wollte ihn lesen und lesen, bis sie die Worte auswendig konnte.

»Und?«, fragte Hannah.

»Keine Ahnung, was ich davon halten soll«, gab Lina zu. »Er sagt, dass es ihm leidtut, dass er mich liebt und dass das mit Sandy nichts zu bedeuten hatte.«

»Aber das ist doch gut, oder? Dann könnt ihr ja vielleicht doch wieder zusammenkommen.«

»Vielleicht.« Lina musterte noch mal den Brief, der nun neben ihr auf dem Kissen lag. »Aber ich weiß nicht, ob ich ihn noch mal so sehen kann wie früher.«

»Wie meinst du das?«

»Als wir zusammen waren, hatte ich das Gefühl, als wäre ich die Einzige für ihn. Er hat mich immer so angesehen, als sei ich kostbar, und mich auch so behandelt. Aber dieser Kuss mit Sandy ... Egal aus welchen Gründen er es auch getan hat. Er hat es getan, obwohl oder gerade weil er wusste, dass ich es sehe.

Weißt du, Micky ist bei seinen Eltern auch so. Ich verstehe ihn auf gewisse Weise, denn seine Eltern sind wirklich krass drauf. Aber sobald ihm etwas nicht passt, schlägt er wild um sich. Er provoziert und verpasst Denkzettel. Und genau das hat er bei mir auch gemacht. Er hat mich wissentlich verletzt, um mir eins auszuwischen. Aber das geht nicht ... so kann er mich nicht behandeln. Wie kann ich sichergehen, dass er das nicht noch mal machen würde? Wenn wir mal Streit haben, muss ich darauf vertrauen können, dass er mir nicht wieder eins auswischt.«

Hannah nickte niedergeschlagen. »Ich verstehe, was du meinst.«

Lina weinte bitter, aber Mickys Verhalten hatte sie so sehr verletzt, und sie glaubte nicht, ihm wieder vertrauen zu können. Sie musste sich jetzt auf sich selbst konzentrieren.

Kapitel 31

Das Leben in der Wohngruppe hatte viele Vorzüge, die Lina nach zwei Wochen endlich ohne schlechtes Gewissen genießen konnte. Zum einen war sie niemals alleine, konnte aber trotzdem immer ihre Ruhe haben, wenn sie wollte.

Lina genoss es, die Hausaufgaben ohne Ruhestörung und an einem Schreibtisch zu machen. Sie merkte, dass ihre Konzentration gestiegen war, ebenso wie ihre Mitarbeit im Unterricht. Erst jetzt erkannte sie, wie viel Energie ihr die Probleme zu Hause abgezapft hatten. Sie schlief besser, fühlte sich weniger erschöpft. Es war nur noch eine Woche bis zu den Sommerferien, und Lina war sich sicher, ihre Noten durch die mündliche Mitarbeit noch mal verbessert zu haben.

Hannah hatte ihr dabei geholfen, ihre verblassten Haarspitzen wieder knallgrün zu färben, und sie waren inzwischen dazu übergegangen, sich gegenseitig Kleidung auszuleihen und zusammen shoppen zu gehen. Denn neben all diesen Vorzügen war Lina am glücklichsten darüber, sich endlich etwas leisten zu können. Die Wohngruppe zahlte ihr ein wöchentliches Taschengeld, was so viel mehr war als das, was sich Lina immer selbst gegeben hatte. Zunächst war sie überfordert damit gewesen, so viel Geld für sich selbst zur Verfügung zu haben, und wollte erst mal alles auf die Seite legen. Aber Hannah hatte ihr das nicht durchgehen lassen. Sie war mit ihr in ihren Lieblingsladen gefahren und hatte grinsend zugesehen, wie Lina sich ein neues Oberteil gekauft hatte. Einfach so, ohne schlechtes Gewissen, ohne dafür monatelang zu sparen.

Auch diesmal schlenderten Hannah und Lina durch die Einkaufsstraße. Hannah hatte bereits eine Tüte in der Hand, in der neue Flipflops und eine Sonnenbrille verstaut waren, und Lina hatte sich neuen Nagellack gekauft. Jetzt brauchte Lina noch einen neuen Bikini. Die Ferien standen vor der Tür, das Wetter sollte gut werden, gut genug, um an den See fahren zu können.

Hannah wollte Lina gerade dazu überreden, in einen der Läden zu gehen, die für Lina viel zu teuer aussahen, als jemand nach ihr rief. Sie erkannte die Stimme sofort, sie musste sich dafür nicht mal umdrehen.

»Wer ist das?« Hannah drehte sich um, sah zu dem Besitzer der Stimme und schnellte dann wieder zu Lina. »Oh Gott, das ist er. Oder?«

Lina nickte zögerlich. Sie wollte weglaufen, aber ihr Körper war zu einer Salzsäule erstarrt.

Sie brauchte sich nicht umzudrehen, und sie musste auch nicht Hannahs Quietschen hören, um zu wissen, dass er sich ihr näherte. Er stand direkt hinter ihr, Linas Körper reagierte mit einem verräterischen Kribbeln auf seine Anwesenheit. Diese dummen Hormone hatte sie nicht im Griff. Dabei wollte Lina dieses Kribbeln nicht spüren. Und sie wollte auch nicht, dass Micky hinter ihr stand. Trotzdem drehte sie sich langsam zu ihm um.

Sein Anblick traf sie wie ein Schlag. Er sah noch genauso aus, wie sie ihn kannte. Die spitze Nase, die markanten Wangenknochen ... nur die Augen sahen erschöpft aus, als hätte Micky tagelang nicht geschlafen. Lina biss sich auf die Lippe. War es wegen ihr? Oder hatte er wieder Streit mit seinen Eltern? Sie wollte sich nicht dafür interessieren, aber dennoch konnte sie nicht anders als sich Gedanken deswegen zu machen.

»Hast du meinen Brief bekommen?«, fragte er mit gequälter Stimme.

»Ich habe ihn vor zwei Wochen gelesen.«

»Erst vor zwei Wochen?«

»Ich wohne nicht mehr zu Hause, deswegen habe ich ihn erst später bekommen«, sagte Lina leise.

Micky sah sie überrascht an. »Was? Wo wohnst du denn jetzt?«

»In einer Wohngruppe.«

»Oh … äh … Ich weiß nicht, was ich sagen soll. Ich bin überrascht … ich meine … Wie geht's dir damit?«

Lina zuckte verkrampft mit den Schultern. »Ganz gut so weit. Ist eine lange Geschichte.«

»Verstehe.« Micky fuhr sich durch die Haare. Er wirkte viel unsicherer als früher. So kannte Lina ihn gar nicht.

»Aber … aber dann ist der Grund, wieso du Schluss gemacht hast, verschwunden, oder? Dann gibt es die Gründe nicht mehr.«

Er ging einen Schritt auf sie zu, aber Lina wich ihm aus. Er sollte merken, dass dieser Brief nichts änderte.

»Verstehe«, sagte er erneut. Seine Stimmte war belegt. »Du kannst mir nicht verzeihen, oder?«

»Ich habe darüber nachgedacht, glaub mir. Ich *will* dir verzeihen und diesen Kuss mit Sandy vergessen. Aber das geht nicht so einfach.«

»Aber wieso? Ich habe dir doch gesagt, dass ich sie nicht will. Ich will nur dich, Lina.«

»Und was ist beim nächsten Streit? Oder wenn dir irgendwas an meinem Verhalten nicht gefällt? Schlägst du dann auch wieder um dich und machst irgendeinen Blödsinn, um mich zu verletzen? Soll das so werden wie mit dir und deinen Eltern? Ein ständiges Provozieren? Ständig Denkzettel verteilen?«

»Nein. Ich meine ... das mit meinen Eltern ist doch etwas völlig anderes. Sie haben mich nie so gesehen wie du. Du verstehst mich, Lina.«

»Mag sein. Meistens verstehe ich dich. Aber den Micky, der Sandy geküsst hat, um mir eins reinzuwürgen, den verstehe ich nicht.« Lina schluckte. »Und diesen Micky liebe ich auch nicht.«

Sie sah, dass ihre Worte Micky verletzten. Gott, sie verletzte sich damit ja sogar selbst. Es war wie ein Stich in ihr Herz, aber es war auch die Wahrheit.

»Hannah, wir sollten jetzt gehen.«

Hannah, die nur stumm danebengestanden hatte, nickte und nahm Lina an der Hand, um die Einkaufsstraße zu verlasen. Sie wusste, dass Lina nun nicht mehr in Shoppinglaune war.

»Was ist, wenn ich um dich kämpfe?«, rief Micky ihr hinterher. »Ändert das was?«

Lina antwortete nicht, sie drehte sich nur um und sah ihn an. Sie sah ihm direkt in die schokoladenen Augen und überlegte, was sie sagen könnte, aber ihr Kopf blieb leer.

»Ich werde kämpfen!«, rief Micky, während Hannah und Lina weggingen.

Seine Worte hallten Lina noch Stunden später in ihrem Kopf wider und hielten sie davon ab, einzuschlafen.

Kapitel 32

Einen Tag später tauchte Micky in Linas Schule auf. Er wartete genau an der Stelle, an der er Lina früher immer abgeholt hatte. Ihn dort zu sehen, genau an der Stelle, weckte so viele Erinnerungen und Gefühle in Lina. Ihre Handflächen waren schweißnass, während sie ihm näher kam. Alles in ihrem Körper schrie danach, ihn in ihre Arme zu schließen. Aber sie tat es nicht. Sie versuchte hart zu bleiben. Ihr Blick war auf den Boden geheftet, während sie an ihm vorbeiging. Sie rechnete damit, von ihm aufgehalten oder angesprochen zu werden. Doch mit der weißen Tüte, die er ihr in die Hand drückte, hatte sie nicht gerechnet. Kurz sah sie ihn an. Micky sagte nichts, er erwiderte nur ihren Blick. Dann sah Lina zu der Tüte. Sie war voller Weingummi. Es war eine gemischte Tüte, genau wie die, die sie gemeinsam auf der Tischtennisplatte gegessen hatten. Lina schenkte ihm ein kleines Lächeln, mehr brachte sie nicht zustande. Diese ganze Situation war so surreal. Ihr Kopf musste das alles noch ordnen. Sie stieg in den Bus, den sie nun immer nehmen musste, um in die Wohngruppe zu fahren. Der Bus setzte sich in Bewegung, und sie sah Micky nach. Er wirkte diesmal nicht traurig oder erschöpft, sondern entschlossen. Und Lina fragte sich zum ersten Mal seit dem Treffen auf der Einkaufsstraße, ob seine Kampfansage vielleicht doch ernster gemeint war, als sie dachte.

Micky meinte es ernst. Die ganze Woche erschien er auf dem Schulhof. Immer pünktlich zum Schulschluss und immer an derselben Stelle. Und immer hatte er etwas in der Hand, was er Lina überreichte. Sie wollte davon genervt sein und sich nicht dafür interessieren, aber insgeheim fragte sie sich von Tag zu Tag mehr, was er sich als Nächstes würde einfallen lassen. Lina wusste, was er vorhatte. Alle Geschenke hatten irgendwie etwas mit ihrer gemeinsamen Zeit zu tun, als wolle Micky sie an die Gefühle zwischen ihnen erinnern.

Auf Linas Schreibtisch hatte sich längst das Arsenal seiner Bemühungen versammelt, um Lina immer wieder zum Nachdenken zu bringen. Dort lag das Foto von dem Briefkasten, auf den er den Sticker der Billiard Balls geklebt hatte. Es war das Geschenk an Tag zwei gewesen und erinnerte Lina an den Moment, in dem sie dem Mann einen Sticker auf die Stirn geklebt hatte. So ausgelassen gelacht wie an diesem Tag hatte sie lange nicht mehr. Alleine bei dem Gedanken daran musste sie grinsen.

Daneben stand eine kleine Dose Ravioli, als Erinnerung an ihren gemeinsamen Zeltausflug. Micky hatte sich ihr dort das erste Mal vollständig geöffnet und von seinen Eltern erzählt. Und sie hatten sich ihre Liebe gestanden. Inzwischen war sich Lina wieder sicher, dass Micky dieses Geständnis ernst gemeint hatte.

Lina legte den Chip daneben, den sie heute von ihm bekommen hatte. Es war einer dieser Chips, die in Einkaufswagen passten, und Lina wusste genau, für welche Nacht dieses Symbol stand. Lina ließ die Fahrt durch die Straßen Düsseldorfs Revue passieren. Noch nie hatte sie so verrückte Dinge gemacht wie mit ihm. Noch nie hatte sie sich so frei gefühlt wie in dieser Nacht.

Eine Sammlung voller Erinnerungen. Micky hatte sich eindeutig Gedanken gemacht, so viel stand fest. Und dennoch wusste Lina nicht, was sie davon halten sollte. Jedes dieser Geschenke löste ein Kribbeln in ihr aus. Lina ließ sich darauf ein. Die Bilder von Sandy und Micky waren noch in ihrem Kopf, aber sie wurden immer schwächer, wie eine Glühbirne, die nur noch flackerte und bald erlöschen würde. Aber sie hatte Angst davor ... Angst, ihm zu verzeihen. Etwas hinderte sie daran.

Hannah, die jeden Tag mitfieberte, wenn Lina wieder mit einem neuen Geschenk nach Hause kam, war längst auf seiner Seite.

»Lina! Das ist so was von romantisch«, sagte Maya. Lina hatte das Telefon auf Lautsprecher gestellt, damit Hannah mithören konnte, die unaufhörlich nickte, um Mayas Worte zu bestätigen.

»Das habe ich ihr auch schon gesagt«, antwortete Hannah. »Der Typ macht sich *solche* Gedanken. Das kannst du doch nicht ignorieren. Er gibt sich wirklich Mühe.«

»Aber ändert das etwas an seinem Verhalten?«, fragte Lina.

»Gott Lina, jeder macht doch mal Fehler!« Mayas Stimme wurde eindringlicher. »Denk doch nur mal an dich. Du hast schließlich auch nicht alles richtig gemacht. Du bereust, dass du mit ihm Schluss gemacht hast. Und er bereut die Sache mit Sandy. Ihr solltet euch einfach beide verzeihen und neu anfangen.«

Lina ließ sich ihre Worte durch den Kopf gehen. Natürlich war nicht alleine Micky schuld an der Misere, sondern es war ebenso ihre Schuld. Die Geschenke von Micky waren alle auf ihrem Bett aufgereiht. Sie sahen wundervoll aus, lauter Erinnerungen an ihre gemeinsame Zeit, und sie konnte nicht leugnen, dass ihr Herz jetzt schon wie verrückt klopfte, wenn sie daran dachte, ihn morgen wiederzusehen. Aber da war immer noch dieser Moment des Zweifelns.

Lina begutachtete ihr Zeugnis. Die letzten Wochen waren schwer gewesen, aber die Ruhe in der Wohngruppe und die neue Ordnung in ihrem Leben hatten tatsächlich noch etwas bewirkt.

In Mathe hatte sie wirklich noch eine Drei geschafft. Ihre beste Note seit Langem, und das auf dem Zeugnis, mit dem sie sich im Oktober für die Ausbildung bewerben müsste. Sie verließ die Klasse, noch immer vertieft in die Noten, als sie vor dem Schulgebäude von einer Menschentraube aufgehalten wurde, die sich am Eingang versammelt hatte. Sie starrten alle auf die Häuserfassade, und Lina hielt verwirrt inne.

»Was ist denn los?«, fragte Lina eine der Umstehenden.

»Jemand hat die Wand angesprüht«, erklärte das Mädchen, das einige Stufen unter Lina sein musste. Sie schob aufgeregt ihre Brille nach oben und deutete auf die Wand.

»Echt?«, fragte Lina und versuchte über die Köpfe hinweg etwas von der Wand zu sehen, aber die Leute standen zu dicht.

»Ist so ein komisches Zeichen mit einem A. Einer der älteren Schüler hat gesagt, dass das ein Anarchiezeichen sein soll. Keine Ahnung, was das ist.«

»Ein Anarchiezeichen? Wirklich?«

Linas Herz schlug ihr bis zum Hals, während sie sich an den anderen vorbeischob und drängelte, bis sie direkten Blick auf die graue Außenwand der Schule hatte. Es war ungefähr einen Meter lang und breit, war dunkelgrün und unverkennbar ein Anarchiezeichen – genau so eins wie das, was Micky und sie auf die Tischtennisplatte im Park gekritzelt hatten.

Es kam ihr vor, als wäre es Jahre her, dass die beiden dort gesessen und darüber gesprochen hatten, dass die ganze Welt egal war, solange sie einander hatten. Es war eine Szene wie aus einem anderen Leben. Seitdem war so viel geschehen; zwischen Micky und ihr, aber auch in Linas Leben.

Das hier musste ihr letztes Geschenk sein: Mickys letzte Erinnerung für sie. Lina schaute sich suchend um. Wo war Micky? Sie wollte ihn sehen, ihm in die Arme fallen und einfach noch mal von vorne anfangen.

Lina kämpfte sich durch die Menge, die noch immer auf die Fassade starrte, und lief zu der Stelle, an der Micky sonst auf sie wartete. Aber er war nicht da.

Hatte sie sein Zeichen missdeutet? War dies nicht sein letzter Kampf, sondern seine Kapitulation? Lina wusste es nicht, aber sie wusste, dass nun sie dran war. Sie würde den letzten, entscheidenden Zug machen, der über Glück oder Niederlage entschied. Also steckte Lina ihr Zeugnis ein und lief los.

Lina klingelte und klopfte wie eine Irre an die Tür von Mickys Elternhaus, und es war ihr dabei egal, wie unhöflich und penetrant ihr Verhalten war. Ihr war es auch egal, dass sie seine Eltern am liebsten nie wiedergesehen hätte. Sie musste zu ihm, egal was die von ihr und der Beziehung hielten.

Doch die Tür blieb geschlossen. Das Auto von seinen Eltern war nicht in der Auffahrt, und auch sonst sah sie keine Bewegung im Haus. Verstohlen sah sie sich um und schlich dann zum Fenster, das zu Mickys Zimmer führte. Sie spähte hindurch, aber sie sah niemanden darin. Offenbar war er nicht zu Hause.

Schnell überschlug sie ihre Optionen. Sollte sie hier auf ihn warten? Oder sollte sie zum Proberaum gehen?

Sie hatte sich gerade für Option Nummer zwei entschieden, als sie die Erkenntnis traf. Er war nicht hier, und er würde auch nicht in den Proberaum kommen. Mit einem Mal wusste sie, wo Micky war.

Fluchend lief Lina wieder los. Sie durfte jetzt nicht zu spät kommen. Sie hatte das Gefühl, dass jede Sekunde zählte und darüber entschied, wie es mit Micky weiterging.

Mit brennender Lunge betrat sie den Park. Sie durchquerte den Tunnel und erinnerte sich an ihre erste Nacht mit Micky, als das Feuer zwischen ihnen zu brennen begann. Damals, als er nur irgendein fremder Junge gewesen war, der Lina ein paar unbeschwerte Momente geschenkt hatte.

Schon von Weitem sah sie ihn. Micky saß auf der Tischtennisplatte, beide Hände ins Gesicht vergraben. Lina blieb von seinem Anblick fast die Luft weg, so sehr sehnte sie sich nach ihm. Sie hatte erwartet, dass erneut die Zweifel aufkommen würden, aber sie waren komplett weg.

»Nur du und ich gegen den Rest der Welt, oder?«, fragte Lina atemlos und sah amüsiert zu, wie Micky so schnell aufsprang, dass er ins Straucheln geriet.

Micky sah aus, als habe er einen Geist gesehen. »Du hast meine Botschaft verstanden ... und du bist hier.«

»Das bin ich. Weil ich dir verzeihe«, beantwortet Lina.

Mickys Adamsapfel zitterte, als er schluckte. »Wirklich?«

Lina ging einen Schritt auf ihn zu. »Wirklich.«

Micky riss sie sanft, aber bestimmt an sich, so überraschend, dass Lina nach Luft schnappte. Sein Griff war besitzergreifend, und Lina genoss es, seine Finger um ihre Hüfte zu spüren.

»Ich will das mit uns wirklich, Micky«, sagte Lina leise und sah ihm tief in die Augen. »Aber es wird sich einiges ändern müssen. Ich möchte mich mit dir nicht immer irgendwo verstecken müssen oder die Nächte durchmachen, weil wir nirgendwo hinkönnen. Ich möchte nicht mehr trinken, vorerst zumindest nicht.« Sie sah ihn gequält an. Vielleicht würden ihre Worte ihn abschrecken, und er würde seinen Griff gleich lockern. Vielleicht war Micky nicht bereit für eine spießige Beziehung, wo er doch immer gegen solche Lebensformen rebellierte. »In der Wohngruppe, in der ich lebe, gibt es Regeln, an die ich mich halten muss. Ich will dort wohnen bleiben, weißt du.«

Micky schluckte. »Darf ich denn … also, kannst du dort Freunde mitbringen?«

Lina nickte. »Aber vorher müssen die Sozialarbeiter wissen, wer du bist, und auch die anderen, die da wohnen. Jeder muss einverstanden sein.«

»Du meinst das wirklich ernst, oder? Du willst nicht mehr mit mir die Nächte durchmachen.«

Lina biss sich auf die Lippen. »Nun ja … *so* habe ich das nicht gesagt. Ich denke, uns fällt auch in meinem Zimmer ein, wie wir die Nächte durchmachen können.« Lina grinste schelmisch. »Und ausgehen darf ich ja auch. Aber eben nur bis Mitternacht, zumindest solange ich noch nicht achtzehn bin.«

Micky nickte zögerlich. »Hauptsache, wir sind zusammen. Alles andere ist egal.« Er sah sie forsch an. »Wirklich«, bestätige er noch mal nachdrücklich.

»Und keine Spielchen mehr? Keine Denkzettel?«

»Nie wieder. Ich verspreche es.«

Lina strahlte ihn an. Ihr Gehirn setzte aus und wurde von ihrem Herzen und ihren Gefühlen übermannt. Sie küsste Micky so stürmisch wie am ersten Abend, und Micky reagierte prompt, indem er sie noch enger an sich zog und seine Finger in ihre Haare krallte. Der Kuss hatte dasselbe Feuer wie in der Nacht am Tunnel, aber er hatte eine ganz andere Bedeutung. Dieser Kuss schrie förmlich danach, dass nichts sie auseinanderbringen konnte und sie wirklich zusammengehörten. Der Kuss schmeckte nach Sehnsucht und nach Liebe.

Kapitel 33

Micky drückte Linas Hand, während sie unentschlossen vor der Haustür stand. Seit zwölf Wochen hatte sie ihren Vater nicht mehr gesehen. Es war die erste Nacht seit ihrem Auszug, die sie bei ihm verbringen würde, und sie hatte lange mit sich gehadert, ob sie diesen Schritt gehen sollte. Doch egal, wie viel ihr Vater ihr zugemutet hatte und wie wütend sie deswegen noch war: Er blieb eben ihr Vater, und ein Teil in Lina sehnte sich nach ihm. Egal, was sie im Haus vorfinden würde.

Die Sozialarbeiter hatten ihr versichert, dass sie sie jederzeit anrufen konnte, wenn sie abgeholt werden wollte. Sie hatten ihr immer wieder gesagt, sie solle auf ihr Bauchgefühl hören, welches ihr sagen würde, ob dieser Übernachtungsbesuch bei ihrem Vater zumutbar war oder nicht. Linas Bauchgefühl war es auch gewesen, das nach Mickys Anwesenheit geschrien hatte.

Micky verbrachte inzwischen so viel Zeit in der Wohngruppe, dass die Sozialarbeiter schon scherzten, er wäre Linas sechster Mitbewohner. Es war auch für ihn zu einer Art Schutzraum geworden, wann immer er sich mit seinen Eltern stritt. In vier Monaten würde er volljährig werden, und dann würde sich für ihn vieles ändern. Dann würde er endlich auch auf dem Papier eigene Entscheidungen treffen dürfen, ohne von kontrollsüchtigen Eltern bevormundet zu werden. Aber bis dahin blieben ihm Lina und die Wohngruppe, um sich zurückzuziehen.

Die Sozialarbeiter achteten darauf, dass die Besuche von Micky nicht zu viel wurden, doch zwischen Micky und den anderen hatte sich eine Freundschaft entwickelt, sodass sie nicht nur eine Wohngruppe, sondern eine richtige Clique geworden waren. Eine Clique, die gemeinsam ihre Freizeit verbrachte, füreinander einstand und sich unterstützte.

»Bist du bereit?«, fragte Micky einfühlsam und nahm Lina die Umhängetasche ab, in die sie einige Sachen gepackt hatte, die sie für die Übernachtung brauchte.

Lina wusste nicht recht, was sie antworten sollte.

Richtig bereit würde sie wohl nie sein. Die Vorstellung, was sie hinter der Haustür erwarten würde, sorgte sie genauso wie die Vorstellung, dass Micky das erste Mal die Wohnung des Grauens betreten und das erste Mal auf ihren Vater treffen würde.

Lina nickte schließlich und nahm ihren Schlüssel, um die Tür aufzuschließen.

Die Wohnung war genauso, wie sie Lina in Erinnerung hatte, doch roch es nicht annähernd so streng, wie sie befürchtet hatte. Es schien so, als habe ihr Vater ein paar gute Tage gehabt. Eine rührende Wärme breitete sich in Lina aus. Sie spürte wieder die Zuneigung zu ihrem Vater, die verstärkt wurde, als sie seine Stimme aus dem Wohnzimmer hörte.

»Lina?«, fragte er verwirrt, aber mit klarer Stimme. »Lina, bist du das?«

Sie betrat das Wohnzimmer, Micky beruhigend in ihrem Rücken. »Ich bin's.«

Lina lächelte ihn nervös an. Sie wirkte merkwürdig steif. Wie sollte man reagieren und agieren, wenn man seinem Vater freiwillig den Rücken zugekehrt hatte? Sicherlich war er schrecklich enttäuscht von seiner Tochter.

Doch ihr Vater kam auf sie zu und umarmte sie stürmisch. Lina fühlte sich überrumpelt. Zu lange hatte ihr Vater sie nicht mehr auf diese väterliche Art und Weise umarmt. Aber sie schloss die Augen und genoss das Gefühl und den Duft seines Rasierwassers. Er hatte sich tatsächlich rasiert. Ein Zeichen dafür, dass es ihm zurzeit gut ging.

»Ich habe dich vermisst, kleine Biene.« Eine Träne sammelte sich in Linas Augenwinkel, als sie ihren alten Spitznamen hörte. Seit Jahren hatte sie ihn nicht mehr gehört.

Lina löste sich aus seiner Umarmung und griff nach Mickys Arm. »Paps, das ist Micky.«

Micky reichte ihm die Hand und schüttelte sie respektvoll. Lina rechnete es ihm hoch an, dass er ihn trotz der ihm bekannten Geschichten wie einen respektablen Mann behandelte.

»Freut mich, dich kennenzulernen.«

Ihr Vater rieb sich nervös die Handflächen und schielte dann rüber ins Wohnzimmer, wo sein Bier stand. Es schien, als würde er sich große Mühe geben, sich für Lina zusammenzureißen.

»Ist okay, Paps«, sagte Lina und zeigte auf die Bierflasche. »Ich komme damit klar.«

Ihr Vater strich sich über das Kinn und wirkte traurig. »Ich bin mir nur nicht mehr so sicher, ob *ich* klarkomme. Ich hab in der letzten Zeit viel nachgedacht.«

Zu dritt setzten sie sich auf das Sofa. »Nachdenken ist nicht verkehrt. Aber wenn du aufhörst, dann tu's nicht für mich, sondern für dich.« Lina seufzte. »So viel habe ich kapiert: Es klappt nur auf Dauer, wenn du wirklich etwas verändern willst und du es für dich selbst tust.«

Ihr Vater musterte das Bier, das vor ihm stand. Dann seufzte er schwer und nahm einen Schluck. Micky sah Lina mitleidig an, aber Lina schüttelte leicht den Kopf. Es war okay. Sie hatte sich damit abgefunden.

Hannah und Lina hatten viel über das Schicksal ihrer Eltern gesprochen, in vielen Nächten auf Linas Zimmer, wenn sie beide nicht schlafen konnten, weil sie an ihre Eltern denken mussten.

Hannahs Eltern, die beide psychisch krank waren, hatten nie genügend Kraft gehabt, vollständig gegen ihre Krankheit anzukämpfen und sich helfen zu lassen, genau wie Linas Vater. Irgendwann hatte Lina verstanden, dass sie es nicht mehr auf sich beziehen durfte, dass ihr Vater es nicht schaffte, vom Alkohol loszukommen. Es lag nicht an der mangelnden Liebe zu ihr oder daran, dass sie ihn nicht genug unterstützt hatte, sondern es lag schlichtweg daran, dass ihr Vater noch nicht bereit war, etwas zu verändern. Vielleicht würde sich das nach Linas Auszug ändern, vielleicht aber auch nicht. Lina wollte nicht mehr darauf warten.

Stattdessen hatten Hannah und Lina sich vorgenommen, die Schwachstelle ihrer Eltern zu akzeptieren, sich selbst jedoch als oberste Priorität zu nehmen.

Lina, ihr Vater und Micky verbrachten den Abend vor dem Fernseher, in dem eine Spielshow lief, bei der man mitraten konnte. Sie bestellten Pizza und redeten, bis ihr Vater irgendwann einschlief und Micky und Lina sich in Linas altes Zimmer zurückzogen. Es war befremdlich, mit ihm auf ihrem alten Bett zu sitzen und zu wissen, dass sie gemeinsam hier übernachten würden.

»Lief doch gar nicht schlecht«, sagte Micky und lehnte sich zurück. Sein Kopf ruhte auf einem der riesigen Kissen, in die sich Lina früher gerne reingekuschelt hatte, wenn ihr alles zu viel geworden war.

»Stimmt. Lief eigentlich ganz gut.«

Micky wartete, bis Lina sich zu ihm legte, und spielte dann mit einer ihrer Haarsträhnen. »Wie fühlst du dich jetzt?«

Lina überlegte kurz, wie sie ihre Gedanken in Worte fassen sollte. »Ich denke, es war die richtige Entscheidung, auszuziehen. Jahrelang habe ich in diesem Zimmer gelegen und darum gebetet, dass sich etwas verändert und ich endlich wieder glücklich sein kann. Aber eins weiß ich jetzt ...«

Micky sah zu ihr. »Was denn?«

»Das Glück findet dich nicht, wenn du nicht aktiv danach suchst. Ich habe mich in dieser Wohnung verkrochen und habe meinem Vater noch geholfen, seinen Alkoholkonsum zu vertuschen. Jahrelang. Und ich bin daran fast zerbrochen. Ich habe mein Leben nun endlich selbst in die Hand genommen und Veränderungen selbst herbeigeführt, anstatt immer nur darüber zu jammern, dass sich nichts verändert. Und jetzt sieh mich an.«

Lina lächelte strahlend. »Ich wohne in einer Wohngruppe mit anderen in meinem Alter, die zu echten Freunden geworden sind. Ich habe eine zweite beste Freundin in Hannah gefunden, habe einen festen Freund ... irgendwie ist mein Leben jetzt etwas normaler geworden, und ich habe das, was ich mir immer gewünscht habe. Das finde ich gut.«

»Fehlen nur noch dein Schulabschluss und deine Ausbildung. Dann hast du alles, was du wolltest.«

Lina gab Micky einen kleinen Kuss auf den Mund. »Das bekomm ich auch noch hin.«

Er zwirbelte eine von Linas Haarsträhnen. »Bleibt nur die Frage, was ich tun kann, um *mein* Leben in die richtigen Bahnen zu lenken.«

»Wie meinst du das?«

»Na, eigentlich bin ich wie du. Ich jammere ständig, dass ich irgendwas verändern will, weil ich mit meinen Eltern nicht klarkomme. Du hast eben gesagt, dass man selbst aktiv werden muss, um etwas zu verändern. Aber eigentlich mache ich nie wirklich etwas dafür, dass sich mein Problem löst. Ich sorge immer nur für Ärger, um meine Eltern zu provozieren, und mache das Problem damit nur noch größer.«

»Irgendwie stimmt das. Aber wie willst du das Problem lösen?«

Micky zuckte mit den Schultern. »Ich weiß es noch nicht. Aber irgendeine Lösung wird es geben müssen. Ich muss irgendetwas tun – entweder etwas, das meine Eltern und mich endlich auf einen Nenner bringt, oder etwas, das uns tatsächlich für immer entzweit. Hauptsache, ich finde endlich eine Lösung. Ich habe keine Lust mehr, ständigen Streitigkeiten ausgesetzt zu sein und immer abzuhauen, wenn mir alles um die Ohren fliegt. Das ist anstrengend.«

Lina dachte nach. »Das sollten wir bald in Angriff nehmen.«

»Wir?«

»Klar. Wir sind doch ein Team. Und zusammen finden wir eine Lösung.«

Mickys Augen strahlten, als er nickte.

Dann kuschelte sich Lina in Mickys Armbeuge und schloss die Augen, um dieses Gefühl der Geborgenheit voll auszukosten.

Lina war in den letzten Wochen stärker geworden und über sich hinausgewachsen. Sie war zum ersten Mal für sich selbst eingestanden und sich getraut, ihrem Teufelskreis zu entfliehen.

Micky hielt ihr den Rücken frei, sodass sie sich unbesorgt ins Leben stürzen konnte. Sie würden sich gemeinsam den Herausforderungen stellen und alle Hürden meistern, da war sie sich sicher.

Doch eins wusste Lina, trotz all der Liebe, die sie für Micky empfand: Sie selbst stand nun auf ihrer eigenen Prioritätenliste ganz oben, und sie würde sich nie wieder für das Glück eines anderen verbiegen. Sie würde ihre Zeit nicht mehr damit verbringen, Babysitter für ihren Vater zu spielen, sondern sich auf ihren eigenen Weg konzentrieren. Mit allen Höhen und Tiefen.

Wenn Maya sie in den Weihnachtsferien besuchen würde, wollte Lina ihr von vielen schönen Momenten erzählen und ihr mit einem echten Lächeln begegnen können. Sie wollte sie in ihr Zimmer einladen, zum allerersten Mal, und sich endlich für all die Abende revanchieren, an denen Maya Lina bei sich aufgenommen und sie mit Süßigkeiten versorgt hatte.

Sie hatte nun genug Zeit und Ruhe, um sich auf ihren Schulabschluss zu konzentrieren. Die letzten Wochen hatten ihr gezeigt, dass sie es schaffen konnte. Und sie würde in ein paar Wochen beginnen, Bewerbungen zu schreiben, und sich eine Ausbildungsstelle zur Konditorin sichern, um sich ihren Traum zu erfüllen. Die Sozialarbeiter der Gruppe hatten ihr bereits zugesichert, ihr bei der schriftlichen Bewerbung zu helfen. Sie würde diese Ausbildung durchziehen und einen festen Job haben, um aus Hartz IV herauszukommen und ihr Leben zukünftig selbst finanzieren zu können.

Aber vor allem würde sie in der Zeit sich selbst treu bleiben, Spaß haben und trotz ihrer Vorhaben das Leben auskosten, weil sie nun endlich wusste, wie es sich anfühlte, ausgelassen zu lachen und dabei das berauschende Gefühl von Freiheit zu spüren. Lina wollte mit ausgestreckten Armen im Regen tanzen, sich im Pink der Musik hingeben, nachts mit Hannah Schokokekse verdrücken, mit Micky Schlagzeug spielen und mit Maya am Telefon quatschen. Sie wollte sich wieder fühlen, als hätte sie Flügel und könnte jederzeit abheben.

Lina lächelte bei dem Gedanken.

Playliste

Betontod – Küss mich
Betontod – Traum von Freiheit
Broilers – Ist da jemand?
Broilers – Tanzt du noch einmal mit mir?
Broilers – Grau, Grau, Grau
Die Toten Hosen – Bonnie & Clyde
Die Toten Hosen – An Tagen wie diesen
Die Ärzte - Schrei nach Liebe
Feine Sahne Fischfilet – Zuhause
Feine Sahne Fischfilet - Alles anders
Feine Sahne Fischfilet – Ich mag keinen Alkohol
Massendefekt – Tanz im Nebel
Massendefekt – Der Augenblick
Planlos – 1000 Scherben
Planlos – Wenn es regnet
Schmutzki – Piss gegen den Wind
Schmutzki – Dein Song

Danksagung

Wieder eine Geschichte, die hinaus in die Welt geht und ich bin ganz aufgeregt.

Ich danke dem Team von Forever, und besonders meiner Lektorin Tabea Horst, dass sie meinem Manuskript ein Zuhause gegeben und daraus ein echtes Buch gemacht haben. Ihr macht mich damit sehr glücklich.

Die Idee zu Du und ich gegen den Rest der Welt kam mir durch das Lied „Küss mich“ von Betontod, sodass Musik – und speziell der deutsche Punkrock – einen wichtigen Teil dieser Geschichte eingenommen hat. Deswegen verzeiht mir, wenn diese Danksagung etwas anders wird. Denn ich möchte diesmal vor allem Leuten danken, die mir *so* unendlich viel geben, mich immer wieder inspirieren, mir Kraft, Mut und Lebensfreude schenken, obwohl sie gar nicht wissen, dass ich existiere.

Ich danke den *Toten Hosen*, für jedes Lied, das mich mitreißt, für jedes Konzert, bei dem ich an meine Grenzen gehen kann und für jedes weitere Jahr, indem ich euch live erleben darf! Seit ich „All die ganzen Jahre“ gehört habe, damals mit 16 in dem Keller eines Freundes, bin ich euch verfallen und es ist eine Liebe, die mich wohl für immer begleiten wird.

Ich danke *Schmutzki*, die mich vor drei Jahren als Vorband der Hosen in ihren Bann gezogen haben. Sicher werdet ihr das hier niemals lesen. Aber ich bin die, die in der ersten Reihe immer vor Danny steht und so hoch springt, wie ich nur kann. Ich bin die, die extra für euch nach Stuttgart reist, weil ich Sehnsucht nach euren Auftritten habe. Und ich bin die, die bei „Erinner dich mal“ immer Gänsehaut bekommt, weil mir dieses Lied so viel bedeutet. Ich liebe eure Musik und die Fangemeinschaft.

Und zuletzt natürlich einen Dank an alle die dieses Buch gelesen haben. Ich hoffe sehr, dass euch die Geschichte von Micky und Lina gefallen hat.